古典文獻研究輯刊

三 編

曾永義 主編

第23冊

明代傳奇時事劇研究

高美華 著

國家圖書館出版品預行編目資料

明代傳奇時事劇研究／高美華 著 — 初版 — 新北市：花木蘭
文化出版社，2011〔民100〕
目 2+168 面；19×26 公分
（古典文學研究輯刊 三編；第 23 冊）
ISBN：978-986-254-565-2（精裝）
1. 明代傳奇 2. 戲曲評論
820.8　　　　　　　　　　　　　　　100015024

古典文學研究輯刊
三 編 第二三冊　　　　　ISBN：978-986-254-565-2

明代傳奇時事劇研究

作　　　者　高美華
主　　　編　曾永義
總 編 輯　杜潔祥
出　　　版　花木蘭文化出版社
發 行 所　花木蘭文化出版社
發 行 人　高小娟
聯 絡 地 址　新北市永和區中正路五九五號七樓
　　　　　　電話：02-2923-1455 ／傳眞：02-2923-1452
網　　　址　http://www.huamulan.tw 信箱 sut81518@ms59.hinet.net
印　　　刷　普羅文化出版廣告事業
初　　　版　2011 年 9 月
定　　　價　三編 30 冊（精裝）新台幣 48,000 元　　版權所有・請勿翻印

明代傳奇時事劇研究

高美華　著

作者簡介

高美華，台灣台中人，1956 年出生於台北。為政治大學中國文學碩士、博士；其碩士論文為
《楊升庵夫婦散曲研究》，博士論文原題作《明代時事新劇》。現任國立成功大學中國文學系副教
授，曾任嘉義師範學院語文教育系講師、副教授兼系主任。專長領域為詞曲、戲曲和語文教育。
精研崑曲理論與實務，開設詞曲選及習作、古典戲曲製演、戲曲專題等專業課程，並指導成大
國劇社多年，親自粉墨登場。教學資歷二十餘年，自高中、專科到大學，經驗豐富，並參與成
大實用中文寫作計畫，累積多篇論文成果。

提　　要

　　代有文學興起，唐詩、宋詞、元曲，足為時代精神之表徵；有明一代則非「傳奇」莫屬。
狹義的「傳奇」，指嘉靖中葉以後，以崑山腔譜寫演出的劇本，盛演至清，遍及全國，歷時二、
三百年。「時事劇」，則是以當代政治社會事件或實事為題材、所譜寫的劇本；在劇曲中之比例，
約佔十分之一。
　　本論文以崑山腔譜寫的傳奇時事劇為研究範疇，首先爬梳傳奇戲曲著錄劇目情況，再擇時
事劇本，分政治與社會二部份分析探討。反映政治時事之劇，主要集中在嚴嵩與魏忠賢當權的
時代，分析的劇本有：花將軍虎符記、鳴鳳記、飛丸記、一捧雪、喜逢春、魏監磨忠記、清忠譜、
回春記等八劇。反映社會時事之劇，則以作家背景、劇作旨趣為基礎，分析的劇本有：奇遇玉
丸記、三社記、雙雄記、望湖亭記、小青娘風流院、療妒羹、二奇緣、鴛鴦絛等八劇。
　　劇中呈現的政治社會現象有：政治污腐、世風浮靡、市民覺醒等端。劇作在形式上，因應
時代和觀眾需求，而展現的特色有：戲中有戲、作者自傳、人物眾多等項。明代時事傳奇在
題材、形式上，開創戲曲新的面貌和途徑，不但在當代有很大的影響，至清初有更多的承襲和
發展，甚至劇中之人物形象、影響後人對歷史人物的評價。社會政治是現實人生的舞台，政經、
治道與時事劇的關係密切，明代傳奇中的時事劇作，在君主與民眾之間、一消一長的關係
中，呈現獨特的風貌，值得借鑑與省思。

目

次

前　言

　　戲劇是人生的縮影，是表現人生的。明末劇作家尤侗曾說：「世界小梨園……二十一史演成一部傳奇」，〔註1〕他出生在萬曆四十六年，西元一六一八年，莎士比亞死後的兩年。這人生如戲的觀念，與莎翁所說：「整個世界是一座舞台，所有的男女不過是演員而已」，〔註2〕異曲同工。可見在人生這個大題目中，包羅萬象，在在都是戲劇取材的資源。若以主題區分，很難釐清各類的畛域。若就取材而言，大致可歸為：歷史、現實、與理想等三種人生層面，〔註3〕而理想的人生必須根植在現實的人生之上，才能邁向精神生活的提昇。因此，嚴格說來，可以用古、今二大類概括，也就是歷史劇與時事劇。

　　綜觀中國傳統戲劇作品，十之八九都屬歷史劇，他們寫古人古事，表現過去的人生；但多借古喻今、勸善懲惡，甚至托寓古人以澆一己磊塊。在專制政體下，他們抒發不滿，而不致獲罪，他們傳播忠孝節義的思想，寓教於樂。他們找到了一條寄託理想的道路，他們將現實人生的體驗，一並陳現。楊潮觀《吟風閣雜劇》卷首說：

> 百年事，千秋筆；兒女淚，英雄血。數蒼茫世代，斷殘碑碣。今古
> 難磨真面目，江山不盡閒風月。有晨鐘暮鼓送君邊，聽清切。

很明白的指出歷史劇寫作的目的，在傳送「晨鐘暮鼓」，警戒世人。而洪九疇

〔註1〕　尤侗：《西堂雜俎》，卷下〈雜言〉：「予戲作一對云：『世界小梨園，牽帝王師相為傀儡，二十一史演成一部傳奇；佛門大養濟，收鰥寡孤獨為丘尼，億千萬人遍受十方供養。』」台北：河洛圖書出版社，民國67年，頁130。
〔註2〕　莎士比亞：《如願》一劇第二幕、第七場，劇中人物賈奎斯（Jaques）的對白。
〔註3〕　參鄧綏寧：《編劇方法論》，頁13～32。

《三社記》題辭也說：

> 金元以旋，多稱引往事、托寓昔人，借他酒杯澆我壘魂，自可隨意
> 上下、任筆揮洒，以故劇曲勘諸史傳，往往不合。

在古人古事中，摻合著作者的血淚，他們任筆揮洒，不免有違離史實的地方。但不因此妨礙它「信今傳後」〔註4〕的使命。雖然歷史劇中也可窺見當代的人事，但畢竟是隱藏在古人古事中，若勉強分析，恐怕有違作者本意，因此，本論文探討的領域，僅限於時事劇。

傳時事的戲劇作品，從金、元以後，偶而出現，明代中葉以後遽興。祁彪佳《遠山堂曲品》中，收崑腔傳奇四百二十種，其中傳時事和當代題材的劇本，約占十分之一。雖然只占十分之一，卻遠過前代。誠如洪九疇所說：

> 若今時用當世手筆，譜當前情事，正如布帛菽粟，隨人辨識，稍一
> 語非是、一毫非眞，便與其人其事相違，群起而攻僞且諫宜矣。故
> 傳近事與傳昔人，其難易相去，政不啻十倍也。〔註5〕

寫現實人生，動輒得咎。稍有閃失，違於眞相，或不合某些人的意念，就飽受攻詰。時事劇難寫，能有十分之一的作品，已屬難能。再說，在中國傳統戲劇中，明中葉以後，這一股直指時事的潮流，是前所未有的，它不僅盛演於極權專制的當代，更影響到清初、甚至晚近。

爲什麼時事劇在明代中葉以後大放奇葩？爲什麼它有這麼大的威力、影響力？它所代表的意義何在？這些問題，常在腦海盤旋。雖然明代的時事，已成歷史，但它表現的人生，有助於我們了解過去的眞相，並得鑑往知來。因此，本論文擬就明代時事傳奇劇本，探究諸問題。

首先追溯傳奇、時事劇的來源，其次掌握明代時事劇的劇目、釐清畛域、搜集劇本。再就劇本加以分類、分析，以見劇中展現的時代風貌。最後論其流傳、影響，及給後人的省思。

〔註4〕洪九疇：《三社記》題辭：「夫傳記之作，蓋以信今而傳後也。其間或以人傳、或以事傳，而宮調之叶、律音之諧，則在作者之明腔識譜以爲傳播之淺深。」
〔註5〕《三社記》題辭。

第一章　明代傳奇的流脈

第一節　明代傳奇的名稱

　　中國戲劇的名稱，古來沒有一定的標準，有的據性質定名，如唐雜戲、滑稽戲、歌舞戲、說唱文學等；有的依流傳的地域定名，如溫州雜劇、永嘉雜劇、崑劇、莆仙戲等。更有隨意混用，同名異實的，如雜劇一辭，在晚唐已經出現；〔註1〕宋金時代稱雜劇，與院本同義；〔註2〕到元代產生了新興的劇種，也稱爲雜劇。爲了區分不同性質的戲劇，於是稱唐宋雜劇爲古劇；當時萌芽的南戲，就冠以地名，稱溫州雜劇，元雜劇也因此又稱北雜劇。而一個劇種也常有不同的名稱，以南戲爲例，就有戲文、南戲文、南曲戲文、溫州雜劇、永嘉雜劇、鶻伶聲嗽、傳奇……等不同的稱謂。〔註3〕《荀子》正名篇說：「名定而實辨」。因此在進入本題研究之初，先確定明代傳奇的名稱。

〔註1〕《李文饒文集》卷十二、第二狀奉宣令更商量奏來者：「蠻共掠九千人，成都郭下，成都、華陽兩縣，只有八十人。其中一人是子女錦錦，雜劇丈夫兩人，醫眼太秦僧一人。餘是尋常百姓，並非工巧。」錢南揚：《戲文概論》頁4案：《新唐書》〈杜元穎傳〉，太和三（西元829）年，南詔攻掠成都，謂「蜀之寶貨工巧子女盡矣」，元穎因此得罪，貶死循州。此狀乃根據實況，意在替他申雪。這裡所舉的音樂伎巧人，不但雜劇丈夫，除了戲劇男演員之外，不可能作其他解釋；即子女錦錦，也應是女演員，而不是尋常百姓。可見：「雜劇」一辭，在晚唐時候，已經確然出現。
〔註2〕《輟耕錄》卷二十五云：「金有院本、雜劇、諸公（宮）調。院本、雜劇，其實一也。國朝院本、雜劇始釐而二之。」
〔註3〕詳錢南揚：《戲文概論》引論、第一章。

傳奇一辭，始於唐人裴鉶的短篇小說集——《傳奇》。後來就把唐宋人用文言寫作的短篇小說稱爲傳奇，甚至類似這種體裁的文章，也稱「傳奇體」。〔註4〕到了宋元戲文，開始借來當作戲劇的名稱。張敬《明清傳奇導論》所列傳奇的名稱，十分詳備。今據以整理如下。如成化本《白兔記》第一齣有云：

> 今日利（庋）家子弟搬演一本傳奇。

《小孫屠》開場有云：

> 後行子弟，不知敷衍甚傳奇？

《宦門弟子錯立身》第五齣的〈賞花時〉有云：

> 你把這時行的傳奇。

又〈哪吒令〉云：

> 這一本傳奇周索太尉，這一本傳奇是崔護覓水，這一本傳奇是關大
> 王獨赴單刀會，這一本是馬踐楊妃。

這與唐宋傳奇，已大異其趣。所以徐渭的《南詞敘錄》加以釐清：

> 裴鉶乃呂用之之客，用之以道術愚弄高駢，鉶作傳奇多言仙鬼事諂
> 之，詞多對偶，借以爲戲文之號，非唐之舊矣。

到了宋朝，所謂的傳奇是指諸宮調而言。吳自牧《夢梁錄》云：

> 說唱諸宮調，昨汴京有孔三傳，編成傳奇靈怪入曲說唱。

周密《武林舊事》卷六，也有「諸宮調傳奇」字樣。稍後，元的北雜劇也稱爲傳奇。如《錄鬼簿》卷上云：

> 前輩已死名公才人，有編傳奇行於世者。

又云：

> 右前輩編撰傳奇名公，僅止於此。

楊鐵崖《元宮詞》，也是如此：

> 尸諫靈公演傳奇，一朝傳到九重知，奉宣齎於中書省，諸路都教唱
> 此詞。

元無名氏《藍采和》第一折〈鵲踏枝〉有云：

> 你道我誑人錢，胡將這傳奇扮。

都是以雜劇作傳奇的例子。由宋元戲文、諸宮調、元雜劇通稱傳奇，可知傳奇一辭，在當時已成爲戲劇的通稱了。胡應麟《少室山房筆叢》卷四十一、《莊

〔註 4〕胡應麟：《少室山房筆叢》卷四十一，《莊嶽委談》卷下：「范文正記岳陽樓，宋人譏曰傳奇體，則固以爲文也。」

嶽委談》卷下云：

> 唐所謂傳奇，自是小說書名，裴鉶所撰。……然中絕無歌曲樂府，
> 若今所謂戲劇者，何得以傳奇爲唐名？或以中事跡相類，後人取爲
> 戲劇張本，因展轉爲此稱不可知。〔註5〕

傳奇本爲小說，後用以稱戲劇，或許是因爲後代說唱和戲劇，多取材於唐宋的傳奇小說吧！到了明代，傳奇有了新的內涵，主要是爲了區別元雜劇；大都稱南戲爲傳奇。雖然如沈璟《北九宮譜》之類，以長的戲曲爲傳奇，似乎對於傳奇、雜劇的界劃，仍未分明；但呂天成《曲品》自序中，已將傳奇、雜劇，在音樂、結構上的特點，明白區分了。〔註6〕他在《曲品》中稱《拜月》、《琵琶》等爲舊傳奇。其後清高奕《新傳奇品》將《幽閨》、《琵琶》等列入附錄——古人傳奇總目中。清無名氏《傳奇匯考標目》也包括《琵琶》和《拜月亭》。清支豐宜《曲目新編》分雜劇、傳奇二類，將《琵琶》列入明人傳奇。〔註7〕清乾隆間，黃文暘等編《曲海目》，正式把戲曲分爲雜劇與傳奇兩類；民國以來，王國維《曲錄》也將元明清戲劇分爲雜劇、傳奇列目；傅惜華《中國古典戲曲總錄》、羅錦堂《中國戲曲總目彙編》、莊一拂《古典戲曲存目彙考》等，都依此例。傳奇的內涵，就包括了元明雜劇以外、南戲的各類聲腔劇本。

　　但是也有學者用傳奇來專稱明朝中葉興起的崑山腔系統的劇本。如錢南揚在《戲文概論》中，就將明初的南戲作品列於戲文的領域，並將屬於餘姚腔的劇本一一列出。錢氏以爲這一部分餘姚腔劇本，都無作者姓名，可能大都出於宋元人之手。而所謂海鹽、餘姚、弋陽三大聲腔，產生於宋代，到明代各有消長，眞正屬於明代新腔的，應是由海鹽腔轉變而來、吸收各腔所長、並結合北曲優點的崑山腔劇本。

　　基於上述，對戲劇領域而言，傳奇一辭的內涵，最廣義的，是泛指一切戲劇；其次是指明代雜劇之外的劇作；若要確指明代傳奇，那麼它應是狹義

〔註5〕 李調元：《雨村曲話》亦見引載，文略有不同。

〔註6〕 明呂天成《曲品》自序云：「金、元創名雜劇，國初演作傳奇。雜劇北音，傳奇南調。雜劇折唯四，唱止一人；傳奇折數多，唱必勻派。雜劇但摭一事顚末，其境促；傳奇備述一人始終，其味長。無雜劇則孰開傳奇之門？非傳奇則未暢雜劇之趣也。傳奇既盛，雜劇寖衰；北里之管弦播而不遠，南方之鼓吹簇而彌喧。」

〔註7〕 清姚燮在所著《今樂考證》中，把前後戲劇分爲雜劇和院本，稱傳奇爲院本，是一特例。

的崑山腔劇本。本文就以崑山腔劇本作爲研究的領域，因爲它取眾腔所長，獨闢蹊徑，並且蔚然成風，獨霸劇壇二、三百年，足以代表有明一代戲劇的新風貌，因此界定爲「明代傳奇」。

第二節　明代傳奇的形成

中國戲劇的起源很早，有的推溯到周的〈大武舞〉，有的以爲起源於《楚辭・九歌》中的祭神儀式，也有追溯到春秋時代的優施、優孟；說法紛陳，尚無定論。但由於社會階層不同，就有不同的文化面貌；居上的領導階層，有他們的娛樂方式、統治理想，廣大的民眾也有他們的生活需求。如果天子能以民爲本，施政能化民成俗，那麼必定是個和諧安定的社會。《詩經》時代，設行人之官，博采風謠，以觀風俗、成教化；直到漢武帝設立樂府，採民歌、知風教，都是很好的措施。但這種理想往往不能貫徹，而歌舞、戲劇等活動，又被歷來文人視爲小道，輕視鄙夷。民眾表達的利器，不受領導者重視，他們的生活需求不能上達天聽，於是將不滿和批評，藉戲、歌、舞表達出來，這種充滿生命情感的表現，容易引起群眾的迴響，更容易和政府利害相衝突。此時上位者多循壓制一途，如唐玄宗禁止散樂巡村、禁止女樂；〔註8〕南宋光宗朝有趙閎夫榜禁；〔註9〕元朝更藉嚴酷的刑罰來禁止戲曲，並壓制演員；〔註10〕明初太祖、成祖的禁令，更變本加厲。〔註11〕於是演員由諷諫到直斥，充分發揮他們寫實反抗的精神；壓迫愈大，這股精神就愈頑強。而每一種劇曲的產生，都離不開民眾思想感情強烈表達的需求。

另一方面，新劇種所以產生，必是舊有的戲劇不足以表達這股生命力。由於在位者以歌舞戲劇爲娛樂、統治的工具，他們也攫取民間的技藝，以滿足他們的耳目之欲、權利威望，一旦將戲劇據爲己有、宮廷化之後，這劇種

〔註8〕《唐會要》卷三十四、雜錄云：「其年十月六日勅：散樂巡村，特宜禁斷。如有犯者，並容止主人及村正，決三十，所由官坊考奏；其散樂人仍遞送本貫，入重役。」又論樂、載開元二年八月七日，曾下令禁女樂云：「傷風害政、莫斯爲甚。既違令式，尤宜禁斷。」

〔註9〕祝允明《猥談》：「余見舊牒，其時有趙閎夫榜禁，頗述名目。」

〔註10〕《元史》刑法志：「諸妄撰詞曲，誣人以犯上惡言者，處死。」又云：「諸亂製詞曲爲譏議者，流。」又如《通制條格》卷五、學令科舉載，皇慶二年條目：「倡優之家不許應試。」

〔註11〕見下文註21所引《客座贅語》載文。

就遠離了生活，僵化而沒有生命，不得不走向沒落消歇的道路。像宋代古劇，在南宋理宗時，演出的只是《君聖臣賢爨》、《堯舜禹湯》、《年年好》……等歌功頌德的作品，古劇終於泯滅。而明初雜劇，統治者用來弘宣教化，以配合統治。如《繼母大賢》、《梧桐葉》、《團圓夢》等作品，表彰賢母、義夫、節婦；而《煙花夢》、《桃源景》、《復落娼》等劇，甚至為妓女樹貞節牌坊；《黑旋風仗義疏財》，以李逵為招安的義賊……凡此都是統治者的立場和觀點，與民眾心理是背道而馳的。這樣的雜劇，也漸漸被供上案頭，失去了戲劇的功能。雖然一個劇種衰歇的因素不止此一端，但沒有掌握它的本質和精神，必然會窒死它的。

中國戲劇的發展，彷彿就在民間、政府兩極中對立、衝突。統治者壓制它、而民眾反抗它；統治者利用它，而民眾漠視它。士大夫輕視它，但它卻成了民間自我教育的憑藉。明代傳奇取代了北雜劇，而執劇壇牛耳二、三百年，上述的二大因素，是不容否認的。

明代是個戲劇發達的時代，據曾永義的研究，可歸納為四個原因：一是戲劇文學本身的發展和改進，二是學術與正統文學的衰微、以及戲曲文學地位的確立，三是樂戶的分布與商業的繁榮，四是帝王與士大夫的喜好。〔註12〕在崑山腔未形成之前，明代劇壇已有許多的躍動和變化。原來鼎盛的北雜劇，成了帝王的統治工具，不再能表達人民的思想情感。於是另一股來自民間的潛流——南戲，就逐漸取而代之。這一消一長，促成了明代「傳奇」的產生。換句話說，傳奇實肇端於南戲，由於社會經濟繁榮、以及雜劇南移的影響，使它日益精進，蔚為風氣。今詳述於后。

中國戲劇的發展一直到北宋宣和前後，戲文產生，〔註13〕才粗具型態。在往後戲文發展的過程中，有許多民間聲腔，在不斷衍變中存在，它們不同於劇種，卻密切地影響劇種的發展。由宋到明，主要的聲腔有海鹽腔、弋陽腔、餘姚腔和崑山腔。它們是在劇曲音樂中發揮相當作用後，才與劇種一同被提出來，被確認與注意。魏良輔《南詞引正》載：

> 腔有數種，紛紜不類。各方風氣所限，有崑山、海鹽、餘姚、杭州、
> 弋陽。

祝允明《猥談》云：

〔註12〕詳曾永義：《明雜劇概論》第一章第一節。
〔註13〕錢南揚：《戲文概論》考證在宣和以前。

> 自國初以來，公私尚用優伶供事，數十年來，所謂南戲盛行，更爲
> 無端……。今遍滿四方，輾轉改益，又不如舊，……愚人蠢工，狗
> 意更換，妄名餘姚腔、海鹽腔、弋陽腔、崑山腔之類，變易喉舌，
> 趁逐抑揚，杜撰百端，眞是胡說。

不論他們的好尚如何，我們可以知道當時已有四大聲腔，而且盛行各地。徐
渭《南詞敍錄》更記載了四大聲腔流傳的區域：

> 今唱家稱弋陽腔，則出於江西，兩京、湖南、閩、廣用之；稱餘姚
> 腔者，出於會稽，常、潤、池、太、揚、徐用之；稱海鹽腔者，嘉、
> 湖、溫、台用之。惟崑山腔止行於吳中，流麗悠遠，出乎三腔之上。

其中崑山腔源起較晚，並於改良各腔後，大放奇葩，廣受大眾歡迎，蔚成國
劇。至於海鹽腔、弋陽腔、餘姚腔則早在宋代就已產生。

雖然早在元末明初之際，就有昆山腔的出現。如魏良輔《南詞引正》記
載：

> 元朝有顧堅者，雖離崑山三十里，居千墩，精於南詞，著作古賦。
> 擴廓帖木兒聞其善歌，屢招不屈。與楊鐵笛、顧阿瑛、倪元鎭爲友，
> 自號風月散人，其著有《陶眞雅集》十卷、《風月散人樂府》八卷行
> 於世，擅發南曲之奧，故國初有崑山腔之稱。

又在《正德姑蘇志》、和明周玄暐《涇林續記》都記載了明初朱元璋召見崑山
老人周壽誼一事，而在《涇林續記》中記述他們談話內容時提到了崑山腔，
說：

> ……太祖聞其高壽，特召至京，拜階下，狀甚矍鑠。問今年若干？
> 對云一百七歲。又問平日有何修養而能致此？對曰清心寡欲。上善
> 其對，笑曰：聞崑山腔甚嘉，爾亦能謳否？曰：不能，但善吳歌。
> 命歌之。歌曰：月子彎彎照幾州，幾人歡樂幾人愁，幾人夫婦同羅
> 帳，幾人飄散在他州。上撫掌曰：是個村老兒。命賞酒飲。

但是這個名稱，「只像曇花一現，後來從蘇州流傳於南京、山東一帶的腔調，
仍稱海鹽腔，不稱崑山腔，則蘇州本地可知。」〔註14〕錢南揚認爲這裡的崑
山腔，實則是海鹽腔。他的根據是：祝允明生於天順四年，卒於嘉靖五（西
元 1460 年～西元 1526 年）年，《南詞敍錄》成書於嘉靖三十八（西元 1559
年）年，魏良輔的生平不可確知，但由陳其年〈贈歌者袁郎〉詩：「嘉隆之間

〔註14〕錢南揚：《戲文概論》，頁 10、及頁 52。

張野塘，名屬中原第一部。是時玉峰魏良輔，紅顏嬌好持門戶。一從張老來婁東，兩人相得說歌舞。」可知魏良輔是嘉靖、隆慶（西元 1522 年～西元 1572 年）之間的人。據他們的記載，可知崑山腔在嘉靖年間，只盛行於吳中，逐漸有嶄露頭角之勢。

在此之前，明、陸容《菽園雜記》中載：

> 嘉興之海鹽、紹興之餘姚、寧波之慈谿、台州之黃巖、溫州之永嘉，
> 皆有習爲倡優者，名曰戲文子弟，雖良家子弟，亦不恥爲之。

並未提及崑山腔。陸容爲成化、弘治間人，可見崑山腔的出現，最早也當在成化（西元 1487 年）以後。因此魏良輔改良的崑山腔，與其說受顧堅的影響，不如說是在海鹽腔的基礎上發展起來的。〔註 15〕

海鹽腔產生於浙江海鹽。明、李日華《紫桃軒雜綴》卷三云：「張鎡字功甫，循王（張俊）之孫，豪侈而有清尚。嘗來吾郡海鹽，作園亭自恣。令歌兒衍曲，務爲新聲，所謂海鹽腔也。」則爲張鎡家歌兒所創，時在宋代高宗紹興二十三年至寧宗開禧三年之間（西元 1153 年～西元 1207 年）。到了元朝，仍很流行。元、姚桐壽《樂郊私語》云：

> 州少年多善樂府，其傳多出於澉川楊氏。當康惠公（梓）存時，節
> 俠風流，善音律，與武林阿里海涯之子雲石交善。雲石翩翩公子，
> 無論所製樂府散套，駿逸爲當行之冠，即歌聲高引，上徹雲漢，而
> 康惠獨得其傳……。其後長公國材，次公少中，復與鮮于去矜交好。
> 去矜亦擅場樂府。以故楊氏家僮千指，無有不善南北歌調者。由是
> 州人往往得其家法，以能歌有名於浙右云。

澉川即海鹽之澉浦。貫雲石、鮮于去矜爲北散曲作家，楊梓爲雜劇作家，他們對海鹽腔又做了些改進。直到明代中葉，它仍然盛行，嘉隆年間，何元朗《四友齋叢說》云：

> 近世北曲雖鄭衛之音，然猶古者總章，北里之韵，梨園、教坊之調，
> 是可以證也。近日多尚海鹽南曲，士大夫稟心房之精，從婉孌之習
> 者，風靡如一，甚者北土亦移而耽之，更數世後，北曲亦失傳矣。

大有壓倒北曲之勢。它在士大夫間享有盛名，不但流行於浙江，也流行於江

〔註 15〕補記：據曾永義研究，顧堅所唱爲崑山土腔，後經北曲化、文士化、水磨調化，崑曲傳奇在魏良輔改良、梁辰魚實踐於舞台後，宣告完成。詳見曾永義：《從腔調說到崑劇》一書，台北：國家出版社，2002 年。

西，明湯顯祖《宜黃縣戲神清源師廟記》：

> 此道有南北。南則崑山之次爲海鹽，吳、浙音也。其體尚靜好，以拍
> 爲之節。……我宜黃譚大司馬綸……自喜得治兵於浙，以浙人歸教其
> 鄉子弟，能爲海鹽聲。大司馬死二十餘年矣，食其技者殆千餘人。

而《金瓶梅詞話》第三十六回：

> 四個戲子跪下磕頭，蔡狀元問道：「那兩個是生旦？叫甚名字？」於
> 是走向前說道：
>
> 「小的是裝生的，叫苟子孝；那一個裝旦的，叫周順……。」安進
> 士問：「你每是那裡子弟？」苟子孝道：「小的都是蘇州人。」

又第七十四回：「海鹽子弟張美、徐順、苟子孝生旦，都挑戲箱到了」，苟子
孝等是蘇州人，唱海鹽腔，可見當時不但吳中仍唱海鹽腔，而且已傳播到山
東了。它在音樂方面靜好、婉變的特色，在後來興起的崑山腔中繼承、改良
了。

弋陽腔產生於江西。徐渭《南詞敘錄》：「今唱家稱弋陽腔，則出於江西，
兩京、湖南、閩、廣用之。」魏良輔《南詞引正》敘：「自徽州、江西、福建
俱作弋陽腔，永樂間雲貴二省皆作之，會唱者頗入耳。」可見在明代它已流
行於北京、南京、安徽、湖南、福建、廣東、廣西、貴州、雲南等地，而明
初就能流傳到雲南、貴州等邊遠地區，它發生的年代必早。又清、劉廷璣《在
園曲志》有云：「西江弋陽腔、海鹽浙腔，猶存古風，他處絕無矣。」《客座
曲語》戲劇云：「大會則用南戲，其始止二腔：一爲弋陽，一爲海鹽。」能與
海鹽旗鼓相當，可以想見它的出現，不會遲於宋、元間。弋陽腔的音樂特色，
可由下列記載推知：如清、昭槤《嘯亭雜錄》：

> 唯弋腔不知起於何時。其鐃鈸喧闐，唱口囂雜，實難供雅人之耳目。

如明顧起元《客座贅語》：

> 弋陽則錯用鄉語，四方士客喜閱之。……後則又有四平，乃稍變弋
> 陽而令人可通者。

又如湯顯祖《玉茗堂文集》卷七、〈宜黃縣戲神清源師廟記〉：

> 江西以弋陽，其節以鼓，其調諠。至嘉靖而弋陽之調絕，變爲樂平、
> 爲徽青陽。

它用擊樂器伴奏，一唱眾和，氣氛熱烈，文辭通俗，雖不受文人雅士喜愛，
卻廣受民間大眾的歡迎。崑山腔繼海鹽腔興起後，它似乎消聲匿跡，實際上

它並沒有絕傳，反而在廣大的民間流傳、衍變，不同的地區，賦予不同的稱呼，如弋腔、秧腔、高腔、京腔、清戲、調腔、亂彈、下江調等，一直流傳至今。〔註16〕它對後來戲曲的發展，起了極大的影響。

餘姚腔出於浙江會稽。《南詞敘錄》云：「今唱家……稱餘姚腔者，出于會稽，常潤池、太、揚、徐用之。」在明初，盛行於江蘇、安徽一帶，以傳播地區廣泛而言，也應發生於宋代。它所用的曲調大都出於地方小曲，劇中五七言詩當曲子唱，這都是海鹽、弋陽所沒有的現象。在音樂上的特色，就是在一套曲子中，有時插入一支獨立的滾調，用流水板；與弋陽腔「其節以鼓」，不用板，是不同的。崑山腔興起之後，餘姚腔在江蘇的下落不可考，在安徽的就發展為青陽腔（池州屬縣），目前存有一批萬曆以來所刻行的青陽腔選本，可以看出繼承餘姚腔的地方。由於海鹽、餘姚兩地僅隔一杭州灣，同出一源的腔調不免互相影響，在清雅、官語方面，餘姚腔是近於海鹽腔的，所以後來有「崑池」、「青崑」等並稱的現象。而崑山腔劇本中，也偶見餘姚腔的曲牌，如「思凡」劇中香雪燈、哭皇天、風吹荷葉等即是。

雖然海鹽、弋陽、餘姚三大聲腔，各有其演變發展，但我們不可忽略它們是並列競爭、交互影響的。明初的南戲，就是在這種基礎上，日益茁長；在成化、弘治之後，名家輩出。如蘇復之《金印記》、邵宏治《香囊記》、姚茂良《精忠記》、王濟《連環記》、沈采《千金記》、薛近兗《繡襦記》、沈受先《三元記》等劇，因排場得法、故事通俗，得以流行於江、浙、贛一帶。這些戲文以南曲為主，但是劇中也運用了北曲曲牌，大致有三種情形：一是在一套中穿插一兩個北曲曲牌。如《琵琶記》〈墜馬〉，用北曲叨叨令；同劇、〈陳情〉，用北曲點絳唇、混江龍等。二是用南北合套形式，將南北曲牌依次相間，聯成一套。如《拜月亭》〈矯奏〉一齣。三是在全劇多套南曲之間，夾用整套的北曲。如《拜月亭》〈神獲〉齣。〔註17〕由宋、元時代南北曲涇渭分

〔註16〕明張岱《陶庵夢憶》：「朱楚生，女戲耳，調腔戲耳。」清姚燮《今樂考證》：「越東人呼弋陽腔為調腔。」可見明末弋陽腔猶存。清李調元《劇話》：「弋腔即今高腔。所唱皆南北楚曲。又謂秧腔，秧即弋之轉聲。京謂京腔；粵俗謂之高腔。蜀之間謂之清戲。」清張際亮（西元1799年～西元1843年）《金台殘淚記》：「亂彈即弋陽腔，南方又謂之下江調。」清姚華（西元1876年～西元1930年）《菉猗室曲話》：「唐熙中，茂苑王端生（正祥）、平江盧南浦（鳴鑾）、梁溪施均衡（銓）、荊溪儲君用（國珍）纂京調譜。意在正詞隱之失，實為弋腔譜也。名曰：新定十二律京腔譜。」

〔註17〕楊蔭瀏：《中國古代音樂史稿》（四），頁109。

明，一直到明初、南北曲逐漸合流，然後南戲終於將雜劇的地位取而代之，更奠定了「傳奇」發展的基礎。

但是明代戲曲家，多忽略了這潛伏於民間的劇種，而認爲傳奇直接由雜劇演變而來。如《吳騷合編》附刻張琦《衡曲麈談》、作家偶評云：

> 金元入中國，所用胡樂，嘈雜緩急之間，詞不能按，乃更爲新聲（北曲）以媚之。……大江以北，漸染胡語，而東南之士，稍稍變體，別爲南曲。

王驥德《曲律》卷一、論曲源第一云：

> 而金章宗時，漸更爲北詞，……入元而益漫行。其製櫛調比聲，北曲遂擅盛一代，……南人不習也。迨季世入我明，又變而爲南曲。

沈德符《顧曲雜言》云：

> 自北有西廂，南有拜月，雜劇變爲戲文，以至琵琶，遂演爲四十餘折，幾十倍雜劇。

沈寵綏《度曲須知》卷上，曲運隆衰云：

> 明興，樂維式古，不祖夷風。……風聲所變，北化爲南。

呂天成《曲品》卷上云：

> 金元創名雜劇，國初演作傳奇。雜劇北音，傳奇南調。

他們都認爲傳奇是直接由雜劇演變來的。雖然這看法是不正確的，但可由他們的敘述中，窺出當時南人不習北曲的現象。爲什麼會有這種好尙變化？從事戲劇活動的作家、演員成份是否改變？觀眾的需求、生活的傾向有何改異？而政治社會又有什麼重大的變動，致使「北化爲南」？明人會有這一致的看法，未必無因。此處就加以探討。

南戲在形成之初，只是民間的地方小戲，它不斷吸收宋雜劇和其他的民間伎藝，才逐漸成熟。徐渭《南詞敘錄》說：

> 永嘉雜劇興，即又即村坊小曲而爲之，本無宮調，亦罕節奏，徒取其畸農、士女順口可歌而已。

又說：

> 其曲，則宋人詞而益以里巷歌謠，不叶宮調，故士大夫罕有留意者。

此時南戲所用的是農村中群眾熟悉的里巷歌謠，通俗鄙俚，很少會引起士大夫的注意。等到南戲流布漸廣，〔註18〕從事劇本編寫的，仍以下層社會的文

〔註18〕《九宮正始》徵引元天曆（西元 1328 年～西元 1330 年）間所刻的九宮、十

人爲多，他們或沒沒無名，或託身書會，如錢南揚《戲文概論》中所說：宋末的《宦門子弟錯立身》題「古杭才人新編」，《張協狀元》題「宋九山書會編撰」，《白兔記》題「宋永嘉書會編撰」，元末的《小孫屠》題「元武林書會蕭德祥編撰」，因他們的用詞鄙俚淺近，即如徐渭在《南詞敘錄》中所稱：「語多鄙下，不若北之有名人題詠。」當然不能引入重視。王驥德《曲律》卷三、雜論第三十九上就說：

> 古曲自琵琶、香囊、連環而外，如荆釵、白兔、破窰、金印、躍鯉、
> 牧羊、殺狗勸夫等記，其鄙俚淺近，若出一手。豈其時兵革孔棘，
> 人士流離，皆村儒野老，塗歌巷詠之作耶？

更以文雅的立場批評、蔑視這類戲文。再加上時局動亂，北雜劇流入南徼，更遮掩了南戲的微芒，葉子奇《草木子》說：

> 其後元朝，南戲尚盛行。及當亂，北院本特盛，南戲遂絕。

徐渭《南詞敘錄》也說：

> 元初，北方雜劇流入南徼，一時靡然向（風），宋辭遂絕，而南戲亦
> 衰。順帝朝，忽又親南而疏北，作者蝟興。

他們甚至誤以爲南戲已消聲匿跡。不過此處提供兩種訊息，是值得我們注意的，一是時局的亂離，一是雜劇的南移。這種變動，表面上是北雜劇鼎盛，實際上也是日中則昃、由盛轉衰的關鍵。

元朝統一中國後，建都大都，但江南的經濟發展，遠超過北方，如陶宗儀《南村輟耕錄》杭人遭難條所說：

> 日用飲膳，惟尚新出而價貴者，稍賤便鄙之，縱欲買亦恐貽笑鄰里。

反映出杭州市民的生活水準，比起大都的居民高出許多。因此北方各階層的人都紛紛向南遷移，連蒙古貴族也不例外，周密《癸辛雜識》說：

> 今回回皆以中原爲家，江南尤多。

鄭所南《心史》、大義略敘記：

> 江南如在天上。宜乎謀居江南之人，貿貿然來。

一些雜劇作家和演員，也從北方到了江南。據《錄鬼簿》的記載，關漢卿、馬致遠、白樸等原在北方的早期作家，在晚年也到了南方；大興人曾瑞卿，由於「喜江浙人才之名，景物之盛，因家焉」；北籍作家宮天挺、鄭光祖、曾瑞、喬吉、秦簡夫、鍾嗣成等人，都久居浙江。《青樓集》記載元末的女藝人，有很多

三調兩譜，元人戲文多至一百三十餘種。

都從北方到了南方，又可見雜劇的發展，不再以大都為中心，而隨著作家、藝人，甚至上層社會的支持者，向南遷移了。雜劇藝術一旦離開了哺育它的土壤（至順前後迄至元年間，新出的作家，大多為杭州人），就難回生機了。

再加上元末，北雜劇的策源地——兩河及大都周圍，大鬧災荒，經濟衰敝。葉子奇、《草木子》說：

> 庚申帝初年（按即元順帝元統初年，西元 1333 年）秦王伯顏為政，
> 變亂舊章，……紀綱於是乎大壞。

《元史》食貨志載：

> （大都）百司庶府之繁，衛士編民之眾，無不仰給於江南。

《草木子》又載：

> 元京軍國之資，久倚海運。及失蘇州，江浙運不通；失湖廣，江西
> 運不通。元京饑窮，人相食，遂不能師矣。

元末大亂，起義的軍隊，占領了江南重鎮，大都的補給中斷。許多地方因戰爭和租稅過重，農民逃亡一空；北方在元統治者及蒙漢地主的摧殘下，土地荒蕪，人口銳減。民變終於顛覆了蒙古人的統治。

明太祖統一中國後，就積極展開恢復社會經濟、鞏固新政權的措施。他有計畫的移民屯田墾荒，安定了農民生活，並注意興修水利、增產棉麻桑等，改善農民的生活、增加國家的稅收。又普遍丈量土地和調查登記人口，制定賦役黃冊和魚鱗圖冊，奠立了田賦制度的基石，同時有力的打擊部分強豪地主，鞏固政府的經濟基礎。此外，他更著力於工商業的扶植，提高手工業者的社會地位，使匠戶入匠籍，並子孫世襲，不許脫籍改業，除了定期輪流應役之外，可以自由生產出售，促進了手工業的發展；並且鼓勵種棉，使這項作為農村副業的家庭手工業，日漸發達。匠戶的技術與城市、農村的手工業相結合後，在明初就已經出現較大規模的手工業大作坊，如紡織工業的中心——杭州。據明徐一夔《始豐稿》卷一、織工對中說：

> 錢塘之相安里，有饒于財者，率居工以織。每夜至二鼓，……老屋
> 將壓，杼機四五具，南北向列，工十數人，手提足蹴，皆蒼然無神
> 色。……日傭為錢二百，（吾）衣食于主人，以日之所入，養父母妻
> 子。于凡織作，咸極精致，為時所尚，故主之聚易以售，而傭之值
> 亦易以入。傾見有業同吾者，傭于他家，受直略相似。久之，乃曰：
> 吾藝固過于人，而受直與眾工等，當求倍直者而為之傭。已而他家

果倍其值備之。

由此可以看出作坊主人與工人之間，是一種雇傭關係，經濟型態已逐漸改變。明太祖這一連串的辦法，使得社會安定、經濟復甦，給戲劇的發展建立一個孕育的溫床，尤其是南戲的發源地——浙江。

另一方面，在經濟高度發展之後，明太祖為穩定政權，對舊地主、士大夫的思想，加強控制，於是建立了高度君主專制的中央集權的封建制度。他嚴厲鎮壓胡惟庸及其同黨後，遂廢丞相，由皇帝兼行相權，並提高吏戶禮兵刑工六部的地位，使分任朝政，由各部尚書直接對皇帝負責，他們沒有總攬權，一切聽皇帝的命令。他殺戮功臣，提高皇權；胡惟庸、李善長、藍玉、宋思顏、茹太素、楊靖……等，都成了他「專殺立威」下的犧牲者。他設立國子監、行科舉，以選拔、培養新官吏。國子監學生的課業內容分御制大誥、大明律令、四書、五經……等書，若經史兼通、考試優良，即可派出任官；開科取士，則在洪武十五年以後成為定制，經鄉試、會試、殿試以拔取人才，而殿試的意義，主要是讓選拔之權，出于天子，及格的為天子門生，好替他效忠。而考試的內容，有四書義、五經義，都只能根據指定的注疏發揮，而且要用八股體裁書寫，稱為制義。他藉由這些制度束縛人民的思想，使他們成為尊孔忠君的儒生、成為朱氏皇權的擁護者。此外，在洪武六（西元 1373年）年編成大明律，三十年又頒布例律，有效地克服胥吏玩法的弊病，並有力地統治了百姓。尤有甚者，他設立了錦衣衛，負責監視、偵查、鎮壓各地的官吏、百姓；又在殿廷前設下「廷杖」的刑法，來責辱大臣，只要士大夫進諫觸怒，或有過失，就難逃此酷刑，在在都是為了懾服群臣、提高皇權。

同時，明太祖也分封諸子，出鎮邊境，付以軍事特權，屏藩王室。後來卻因他們擁有重兵，反成中央政府的一股離心力，洪武三十一年起到建文元（西元 1398 年～西元 1399 年）年，先後削廢了五個藩王，燕王朱棣就在建文元年七月舉兵靖難，經過三年內戰，終於奪得帝位。他為確保帝位的鞏固，一方面遷都北京（燕王府舊地），加強集權統治，設東廠、立內閣制度；一方面仍採削藩政策，盡釋諸王兵權，嚴禁藩王有政治野心，至於他們掠取民田、婦女，甚至隨意殺人，卻坐視不管。所以明初藩王，不是聲色之徒，荒淫無恥，就是韜光養晦、放情詞曲來消磨歲月。在這種集權統治的專制政體下，即使有了地位，也很難發揮一己的理想。

明初的政治，既如上述，那麼在這種統治下，雜劇的命運又是如何呢？

由於集權專制，知識分子的政治理想受到束縛；但因科舉取士，讀書人不再屈居「九儒、十丐」的卑賤地位，他們很少從事雜劇的寫作了。明太祖曾下令禁止雜劇等遊戲，明顧起元《客座贅語》載有明初榜文云：

> 洪武二十二年三月二十五日，奉聖旨：在京但有軍官軍人學唱的，割了舌頭。下棋打雙陸的，斷手。蹴圓的，卸腳。做買賣的，發邊遠充軍。府軍衛千戶虞讓，男虞端，故違吹簫唱曲，將上唇連鼻尖割了。又龍江衛指揮伏顯，與本衛小旗姚晏保蹴圓，卸了右腳，全家發赴雲南。

雖然只施行在京的軍官軍人，但唱曲受此嚴刑，也是令人咋舌的了。不過明太祖仍是深知戲劇的教化作用的。高明的《琵琶記》，就是冠上了「正是不關風化體、縱好也徒然」〔註19〕的幌子，使得明太祖大為推許：「五經四書如五穀，家家不可缺，高明琵琶記如珍羞百味，富貴家豈可缺耶！」〔註20〕這裡一抑、一揚，對戲劇創作的方向，有很大的影響。

成祖永樂初年，更禁演違礙之劇：

> 永樂九年七月初一日，該刑科署都給事中曹潤等奏：「乞勑下法司，今後人民倡優裝扮新劇，除依律神仙道扮，義夫節婦，孝子順孫，勸人為善及歡樂太平者不禁外。但有褻瀆帝王聖賢之詞曲，駕頭雜劇，非律所該載者，敢有收藏傳誦印賣，一時拿送法司究治。」奉旨：「但這等詞曲，出榜後限他五日都要乾淨，將赴官燒毀了，敢有收藏的全家殺了。」〔註21〕

傳奇（南戲）此時已興，並被太祖當作「教忠教孝」的工具；違反「提倡名教」的雜劇，卻一再被禁。再看看明初的雜劇作家，根據《太和正音譜》所載，如王子一、劉東生、谷子敬、湯舜民、楊景言、楊文奎等人，都是由元入明的；他們雖受成祖禮遇，如明無名氏《錄鬼簿續編》所載：

> 湯舜民：文皇帝在燕邸時寵遇甚厚，永樂間，恩賚常及。

> 楊景賢：永樂初，與湯舜民一般遇寵。

> 賈仲名：賞侍文皇帝於燕邸，甚寵之。每有宴會應制之作，無不稱賞。

〔註19〕《琵琶記》副末開場、水調歌頭中語。
〔註20〕明黃溥言：《閒中今古錄》。
〔註21〕明顧起元：《客座贅語》。

但這畢竟只是宴會應制的御用文人罷了。永樂以後，英宗對戲劇沒有好感，據明沈德符《萬曆野獲編》卷一所載，他在即位之初，釋放「教坊樂工三千八百餘人，又朝鮮國婦女，自宣德初年取來，上憫其有鄉土父母之思，命中官遣回。」對於「以男裝女，惑亂風俗」的吳優，竟「親逮問之」。「景帝初，幸教坊李惜兒，召其兄李安為錦衣，賞金帛、賜田宅。」英宗復辟後，「安僅謫戍，而鐘鼓司內官陳義，教坊司左司樂普榮，以進妓誅。錦衣百戶筊崇高以進淫藥誅。」〔註22〕以致除無名氏外，自宣德以至成化年間，撰雜劇者僅朱有燉一人。雜劇的落寞，可見一斑。

由此可見，明初的雜劇是操在統治者控制之中的，朝廷對親王之國賜予詞曲、樂戶，是轉移他們對政治的關心；一些藩王宗室，如朱權、朱有燉，雖然親自編了大量的劇本，也是為了向皇帝歌功頌德，表示忠慎，如《神後山秋獮得騶虞》、《衝漠子》等；士大夫製作詞曲，不是應制，就是配合統治者來弘宣教化；如《繼母大賢》、《梧桐葉》、《香囊怨》、《復落娼》等。雜劇走向了「應制奉承、騷雅自賞」的路，它不再屬於廣大的民眾。原是北雜劇天下的北方，也不得不暫時沈寂了。這對於南戲的發展，未嘗不是一個好的契機。

南方有了繁榮的經濟，也有南移的雜劇影響，又有明太祖提倡《琵琶記》，使得原本粗糙的南戲，有日益精進的條件。雖然在明代中葉以前，南戲的劇本也不多，據徐渭《南詞敘錄》所著錄的戲文共四十八本，多數作者生平也不能詳知。但就民國七十二年天一出版社出版的《全明傳奇》，現存的戲文劇本，可略見其發展痕跡。經過明人修改過的前代戲文有：

影鈔新刻原本王狀元荊釵記　二卷　柯丹邱撰　明嘉靖姑蘇葉氏刻本

屠赤水先生批評古本荊釵記　二卷　柯丹邱撰　明萬曆繼志齋刻本

新刊重訂出相附釋標註拜月亭記　二卷　施惠撰　明世德堂刊本

李卓吾批評幽閨記　二卷　施惠撰　明容與堂刊本

殺狗記　二卷　徐畛撰　明汲古閣刊本

新刊重訂出像附釋標註音釋趙氏孤兒記　二卷　闕名　明世德堂刊本

新刊出像音註岳飛破虜東窗記　二卷　闕名　明富春堂刊本

刻李九我批評破窰記　二卷　闕名　明書林陳含初詹林我刻本

重校金印記　四卷　蘇復之撰　明萬曆間刊本

黃孝子尋親記　二卷　闕名　鈔本

三元記定本　二卷　沈受先撰　明汲古閣刊本

牧羊紀總本　二卷　闕名　清寶善堂鈔本

新鐫圖像音註周羽教子尋親記　四卷　王錂重訂　明富春堂刊本

新刻全像臙脂記　二卷　童養中撰　明文林閣刊本

綵樓記　一卷　王鍍撰　清內府鈔本（明初）

重刊五色潮泉插科增入詩詞北曲勾欄荔鏡記戲文　二卷　闕名　明嘉靖新安余氏刻本

新刻元本蔡伯喈琵琶記　二卷　高明撰　明嘉靖二十七年刊本

白兔記　二卷　闕名　明汲古閣刊本

新刻出像音註增補劉智遠白兔記　二卷　闕名　明富春堂刊本

以下是徐渭《南詞敘錄》所列，今仍流傳的明代戲文劇本：

新刻出相音註商輅三元記　二卷　闕名　明富春堂刊本

新刊重訂出相附釋標註裴度香山還帶記　二卷　沈采撰　明富春堂刊本

新刻出像音註姜詩躍鯉記　四卷　陳羆齋撰　明萬曆間刊本

張巡許遠雙忠記　二卷　姚茂良撰　明富春堂刊本

新刊重訂附釋標註出相五倫全備忠孝記　四卷　邱濬撰　明世德堂刊本

重校五倫傳香囊記　二卷　邵燦撰　明繼志齋刊本

新刻出像音註釋義王商忠節癸靈廟玉玦記　四卷　鄭若庸撰　明富春堂刊本

屬於餘姚腔的劇本則有：

新刻出像音註劉漢卿白蛇記　二卷　鄭國軒撰　明富春堂刊本

新刻全像漢劉秀雲臺記　二卷　蒲俊卿撰　明文林閣刊本

新刻全像包龍圖公案袁文正還魂記　一卷　欣欣客撰　明文林閣刊本

新刻出像音註何文秀玉釵記　四卷　心一山人撰　明富春堂刊本

新刻出像音註韓湘子九度文公昇仙記　二卷　錦窩老人撰　明富春堂刊本

新刻全像高文舉珍珠記　二卷　闕名　明文林閣刊本

新刻出像音註范睢綈袍記　四卷　闕名　明富春堂刊本

新刊音註出像韓朋十義記　二卷　闕名　明富春堂刊本

新刻出像音註王昭君出塞和戎記　二卷　闕名　明富春堂刊本

新刻出像音註蘇英皇后鸚鵡記　二卷　闕名　明富春堂刊本

新刻全像古城記　二卷　闕名　明刊本

新刻薛平遼金貂傳奇　四卷　闕名　明富春堂刊本

新刻出像音註薛仁貴跨海征東白袍記　二卷　闕名　明富春堂刊本

新刊校正全相音釋青袍記　二卷　闕名　明文林閣刊本

新刻出像音註觀世音修行香山記　二卷　闕名　明富春堂刊本

新編目蓮救母勸善戲文　三卷　鄭之珍撰　明高石山房原刊本

明代士大夫對於戲文並不重視，因此對它視若無睹，以爲元朝只有北雜劇，元明間才有南曲戲文，而且是出於北曲雜劇。以此觀點，他們站在文雅、格律的立場，去衡量戲文，〔註23〕不是任其散失，不加保存，就是任情擅改，將俚俗不雅的地方，改成文雅合律，如《荊釵記》、《拜月亭》等。由於他們缺乏舞台經驗，只知賣弄才情，反而使細曲太多，觀之沈悶。但是這些修改過的前期戲文，在體製風格上，和早期南戲（如張協狀元等）是比較接近的，與後來的傳奇作品差別也不甚大，是南戲過渡到傳奇的中間環節。後人或稱之爲傳奇，或者稱作南戲，也有通稱院本的，正反映了這些劇本承上啓下的特點。

其次，南戲所以抬頭，是因裝上教忠教孝的幌子，如《琵琶記》受太祖大力提倡，成了提倡名教的工具。因而在明初的戲文，不免受此影響。如邱濬《五倫全備忠孝記》，在第一齣副末開場、鷓鴣天，說道：「書會誰將雜曲編，南腔北曲兩皆全。若於倫理無關緊，縱是新奇不足傳。風月好、物華鮮，萬方人樂太平年，今宵搬演新編記，要使人心忽惕然。」邵燦《五倫傳香囊記》第一齣鷓鴣天結尾說：「傳奇莫作尋常看，識義由來可立身。」而姚茂良感歎人生富貴貧賤無常，藉「搜尋傳記、考究忠良」來寄託幽懷，在《張巡許遠雙忠記》首齣、滿庭芳結語道：「雙忠傳、天長地久，節操凜冰霜。」凡此皆可看出一時風氣所趨。但總括地說，明代初期的戲文，有比較自由的藝術形式，也表現出各種不同的風貌；有說教氣味濃厚的《五倫全備忠孝記》（邱

〔註23〕王驥德：《曲律》卷三雜論第三十九上：「古曲自琵琶、香囊、連環而外，如荊釵、白兔、破窰、金印、躍鯉、牧羊、殺狗勸夫等記，其鄙俚淺近，若出一手。豈其時兵革孔棘，人士流離，皆村儒野老，塗歌巷詠之作耶？」

溶），也有以詩語時文作曲的《香囊記》（邵燦），有情節生動的《南西廂記》（李日華），更有思想境界較開闊的《寶劍記》（李開先）等等，都為崑腔傳奇的產生，奠好了基礎。

第三節　明代傳奇的發展

明清傳奇的發展，一般分為三期：

（一）前期，從元末到明嘉靖年間（十四世紀中期～十六世紀中期）

（二）中期，從明嘉靖之際到清康熙中期（十七世紀末），為崑曲鼎盛期

（三）後期，十八世紀以後，崑曲衰落。

前期是崑曲的醞釀期，到中期以後，才蓬勃發展，此時又分二個高峰，一是隆慶及萬曆初年，一是天啓至清康熙初年。自康熙中葉至乾隆末年，則為崑曲餘勢時代；自乾隆末以迄清末花部興起，崑曲就日漸衰頹了。

南戲經過許多劇作家、音樂家的改進，到魏良輔才完成了水磨調，[註24]號稱崑山腔，在嘉靖、隆慶間，盛行於吳中。魏良輔《曲律》第十條云：「北曲與南曲大相懸絕，有磨調、絃索調之分。」又第八條云：「清唱俗語謂之冷板凳，不比戲場藉鑼鼓之勢，全要閒雅整肅、清俊溫潤。」此時止行於吳中的水磨腔，「流麗悠遠出乎三腔之上，聽之最足蕩人」（徐渭《南詞敘錄》語），但仍只是清唱，只是一種音樂聲腔，不能搬上舞台。一直等到梁辰魚《浣紗記》出現以後，才產生了崑山劇，也稱崑曲，至此，明代傳奇才算正式成立。

在傳奇萌芽階段，「崑腔通過清唱的小天地，奔赴廣聚群眾的戲台」，[註25]以早期風格樸素的南戲作為崑劇劇目，用新腔唱舊調，而逐漸實踐於舞台上。此時止流行於吳中一帶，不能與聲勢較大的弋陽、海鹽等腔抗衡；本來用其他聲腔歌唱的劇作，經改良後也可用崑腔演唱。如邵燦的《香囊記》，以時文為南曲，「三吳俗子以為文雅，翕然以教其奴婢，遂至盛行。」[註26]又陸采的《明珠記》，「曲既成，集吳門老教師精音律者，逐腔改定，然後妙選梨園子弟登場教演，期盡善而後出。」[註27]梁辰魚也在嘉靖三十二年以前，加工過此記第

〔註24〕明、沈寵綏：《度曲須知》云：「我吳自魏良輔為崑腔之祖，而南詞之布調收音既經創闢，所謂水磨調、冷板曲，數十年來，遒遒遞為獨步。」

〔註25〕陸萼庭：《崑劇演出史稿》，一個新劇種的產生，第五節。

〔註26〕徐渭：《南詞敘錄》。

〔註27〕錢謙益：《列朝詩集》丁集上、陸秀才采傳。

二十折。〔註28〕而李開先的《寶劍記》，其中〈夜奔〉一則，今日仍演於崑劇舞台。這些都是曾經新腔唱作的劇本，可以看出崑腔進入舞台的實驗過程。而在傳奇邁入創作演出之前，定然累積了不少改編南戲舊本的劇本。在沈璟《博笑記》〈假婦人〉一齣短劇中，老宰相（淨）與小火囤（丑）、能盡情（小丑）去找串戲的小旦騙人搞錢，有一段對話：

> 淨、小丑：請問足下記得多少戲文？
>
> 小旦：（唱北仙呂寄生草）我記得殺狗和白兔。（眾）都好。
>
> 伯喈蘇武和金印。（眾）妙。
>
> 雙忠八義分邪正。（眾）是了。
>
> 尋爹尋母皆獨行。（眾）尋爹爹的是周瑞龍。（二丑）尋娘的是黃覺
>
> 經。
>
> 精忠岳氏孝休征。（眾）精忠記是岳傳。
>
> 小旦笑曰：休征是誰呢？
>
> ………
>
> 淨、小丑：這個想不起。
>
> 小旦：王樣，表字休征。
>
> 眾：是了，臥冰記。再呢？
>
> 小旦：還記得彩樓、躍鯉和孫臏。
>
> 眾：都是妙的。卻怎麼沒有新戲文呢？
>
> 小旦：新戲文好的雖多，都容易串，我只在戲房裡看一齣，就上一
>
> 齣，數不得許多。

　　一共列舉了十六本戲：《殺狗記》、《白兔記》、《荊釵記》、《拜月亭》、《琵琶記》、《牧羊記》、《金印記》、《雙忠記》、《八義記》、《周羽教子》、《尋親記》、《黃孝子尋親記》、《精忠記》、《臥冰記》、《綵樓記》和《馬陵道》。這些南戲在萬曆中翻用崑腔演唱，更可顯見南戲為傳奇所奠的根基。

　　此時崑腔產生了不少流派，大家都想標新立異，求青出於藍。在潘之恆《亙史》中論「曲派」，就指出當時吳音有三派：一是崑山（附太倉、上海）魏良輔一派，立崑腔之宗。一是吳郡（吳腔）鄧全拙一派，一稟於中和；下有朱子堅、何近泉、顧小泉、黃問琴、張懷宣、高敬亭、馮之峰、王渭台等人。一是無錫陳奉萱、潘少涇一派，他們艷新聲而競奏。

〔註28〕梁辰魚：《江東白苧》卷上。

在〈敘曲〉一文中，潘之恆也記載了崑腔流傳的情形：

> 長洲、崑山、太倉、中原音也，名曰崑腔，以長洲、太倉皆崑山所分而旁出者也。無錫媚而繁，吳江柔而清，上海勁而疏；三方者猶或鄙之。而毗陵以北達於江，嘉禾以南濱於浙，皆逾淮之橘、入谷之鶯也。遠而夷之，勿論矣。

更可看出崑腔逐步傳入江浙各主要城市後，結合各地聲腔，形成不同風貌的迅速發展和流變。〔註29〕張大復《梅花草堂筆談》卷十二，崑腔一條，約寫于萬曆四十四年丙辰前後，談到萬曆中葉的崑腔活動：

> 「魏良輔，別號尚泉，居太倉之南關，能諧聲律，轉音若絲，張小泉、季敬坡、戴梅川、包郎郎之屬，爭師事之。惟肖，而良輔自謂勿如戶侯過雲適，每有得必往咨焉。過稱善乃行，不、即反復數交勿厭。時吾鄉有陸九疇者，亦善轉音，顧與良輔角，既登壇，即願出良輔下。
>
> 梁伯龍聞，起而效之。考訂元劇，自翻新調，作〈江東白苧〉〈浣紗〉諸曲，又與鄭思笠精研音理，唐小虞、陳梅泉五七輩雜轉之，金石鏗然。譜傳藩邸戚畹、金紫熠燿之家，而取聲必宗伯龍氏，謂之崑腔。
>
> 張進士新勿善也，乃取良輔校本，出青于藍，偕趙瞻雲、雷敷民，與其叔小泉翁，踏月郵亭，往來唱和，號「南馬頭曲」。其實棄律于梁，而自以其意稍爲均節，崑腔之用，勿能易也。其後（顧）仁茂、靖甫兄弟皆能入室，間常爲門下客解說其意。仁茂有陳元瑜，靖甫有謝含之，爲一時登壇之彥。
>
> 李季膚則受之思笠，號稱嫡派。

由這段記載可知，魏良輔在改良新腔的同時，過雲適、陸九疇都是互相切磋、一較長短的同好。其後有梁辰魚、鄭思笠一派，活動於嘉靖中葉。以及張新、張小泉、趙瞻雲、雷敷民一派，活躍於嘉靖末。他們各標新異，以顯於眾。

崑山腔的流派雖多，但自梁辰魚將浣紗記搬上舞台後，開啓了一個嶄新的局面。傳奇的創作逐漸繁榮，作家作品蠭出並進。與梁辰魚同時，而奠定傳奇創作基礎的，包括張鳳翼，作品有《陽春六集》（紅拂記、祝髮記、竊符記、灌園記、虎符記、扊扅記）；王世貞，作《藝苑巵言》，論曲之部名爲曲藻，而《鳴鳳記》一劇的創作，與他關係密切；屠隆，作有《曇花記》、《修

〔註29〕葉長海：《中國戲劇學史稿》上，頁214。

文記》、《彩毫記》。他們都是精通曲律，甚至能創作、演出，具有文學修養的文士。他們作品的特色，多偏於文采駢雅綺麗一派，曲白華美，但結構較鬆弛，大抵是上承邵燦《香囊記》、鄭若庸《玉玦記》的駢麗作風。世稱崑山派。

隨後有湯顯祖和沈璟的對立爭辯，將明代傳奇的發展推向高峰。湯顯祖作有《紫簫記》和《玉茗堂四夢》（還魂記、紫釵記、南柯記、邯鄲記），意境含蓄深刻，曲折地表露了他對社會、人生的態度，在思想和藝術上都有極高的成就。沈璟編寫了《屬玉堂傳奇》十七種：《紅蕖記》、《埋劍記》、《十孝記》（曲文存群音類選），屬初期作品，字雕句琢，且禮教意味濃厚；《分錢記》（部分曲文存群音類選）、《雙魚記》、《合衫記》（佚）、《桃符記》、《義俠記》五劇，屬前期作品，已無初期的道學味，並尋求本色與當行。《鴛衾記》（佚）、《分柑記》（佚）、《四異記》（佚）、《鑿井記》（佚）、《珠串記》（佚）、《奇節記》（佚）、《結髮記》（佚）、《一種情》、《博笑記》等九劇，屬後期作品，主題多採自民間傳聞，頗多諷勸。〔註30〕他們二人對戲曲的提倡，都深具貢獻，當時論律者歸沈，尚才者歸湯，扭轉了綺麗堆砌的風尚，近人鄭振鐸稱他們是「這個時代的傳奇作家的雙璧」，〔註31〕至為確當。

沈璟著重聲律、本色，開吳江一派；湯顯祖則重意趣神色，啓臨川一派。王驥德《曲律》云：「臨川之於吳江，故自冰炭。吳江守法，斤斤三尺，不欲令一字乖律，而毫鋒殊拙。臨川尚趣，直是橫行，組織之工，與天孫爭巧，而屈曲聱牙，多使歌者齚舌」。當時最受沈璟影響的，有呂天成、卜世臣、顧大典、馮夢龍、沈自晉等；湯顯祖麾下則有孟稱舜、吳炳、阮大鋮等人。但正如呂天成所說：「臨川近狂。吳江近狷。倘能守詞隱先生之矩矱，而運以清遠道人之才情，豈非合之兩美者乎？」明末大家，多能秉用沈譜、追慕湯詞，因此二派雖各有其交游、弟子和私淑者，卻不曾形成壁壘分明、勢同冰炭的局面。

除了崑山、吳江、臨川三派外，還有許多作家及作品。祁彪佳在《遠山堂曲品》序中感嘆道：「詞至今日而極盛，至今日亦極衰。學究、屠沽、盡傳子墨；黃鐘瓦缶雜陳，而莫知其是非。」可見當時創作的盛況。此時的作家，據傅惜華《明代傳奇全目》卷二、卷三（崑曲繁盛期傳奇家作品上中）所列，幾乎達到一百人，傳奇劇目近達三百種，其盛況實令人敬嘆，其間成就和影

〔註30〕沈璟作品分期，採葉長海之說，詳《中國戲劇學史稿》，頁 194～196。
〔註31〕鄭振鐸（西諦）：《插圖本中國文學史》第五十八章。

響較大的創作，有葉憲祖的《鸞鎞記》、許自昌的《水滸記》、徐復祚的《紅梨記》、汪廷訥的《獅吼記》、高濂的《玉簪記》、王玉峰的《焚香記》、許鯨的《雙珠記》、周朝俊的《紅梅記》、月榭主人的《釵釧記》及無名氏的《金雀記》、《鸞釵記》、《百順記》等。

傳奇作家，由士大夫、文人擴及到布衣群眾，傳奇也展現了不同的風貌。一般說來，士大夫階層的家樂，大致演傳奇最為積極，他們著重歌唱和形式上的新；民間戲班則較常演保留劇目，講究情節和表演藝術。〔註 32〕通過廣大群眾考驗的傳奇，不斷加工豐富內容，形成保留劇目，由民間戲班演出推展，綻放劇曲的異彩。另一方面，士大夫、地主、富商等上層階級，則在唱法上多方講求，形成高雅脫俗的清曲一途。清曲、劇曲截然劃分了雅、俗、尊、卑。〔註 33〕

明末清初之後，時代巨變，又給傳奇創作，帶來新的衝擊。以李玉為首的吳縣派作家，擴大了創作題材，才子佳人的美夢，已被借古喻今、與現實抗爭的精神取代，他們在量與質的方面，承繼、加強了前期的創作成就，給崑劇舞台帶來了嶄新的光輝。洪昇、孔尚任則是這個時期傳奇創作的殿軍。

李玉的作品，現存十八種，以一、人、永、占（即一捧雪、人獸關、永團圓、占花魁）以及《清忠譜》、《千忠戮》最具代表。朱佐朝流傳作品有十三種，以《漁家樂》、《軒轅鏡》等為著。朱㿥所傳今存八種，其中《十五貫》盛演至今。此外葉時章、張大復、畢魏等作家，也有多種劇作流傳。他們的作品，多著重市民形象的刻劃，歌頌一般民眾的力量和智慧，而抨擊黑暗的政治、反映現實的生活。即使是敘述歷史故事，也多有所針對。因此他們大量的劇作，就在民間班社中廣為流傳。思想活躍、刻意求新，成了他們創作演出的特色，而且與民眾更為接近，在劇本結構和舞台效果上，更著力講求。由陸萼庭歸納的具體例證，可見一斑。〔註 34〕如：開場的革新、行當的定型、生旦格局的打破、精簡場子調整結構、注意刻劃人物、重視說白藝術、注重穿扮道具和舞台音樂等。在這樣全本傳奇的競演過程中，產生許多劇本創作、舞台經驗、表演藝術等理論，李漁的《閒情偶寄》就是此時經驗智慧的

〔註32〕陸萼庭：《崑劇演出史稿》，四方歌者皆宗吳門，第三節。
〔註33〕魏良輔：《南詞引正》第三條云：「清唱謂之冷唱，不比戲曲。戲曲借鑼鼓之勢，有躲閃省力，知者辨之。」龔自珍《定盦續集》卷四、書金伶云：「大凡江左歌者有二：一曰清曲，一曰劇曲。清曲為雅宴，劇曲為狎游，至嚴不相犯。」
〔註34〕陸萼庭：《崑劇演出史稿》，競演新戲的時代上，第二節。

結晶。

　　到了康熙年間，是「南洪北孔」的時代。洪昇的《長生殿》、與孔尚任的《桃花扇》，是崑劇中的巨製，孔尚任寫《桃花扇》，評價了南明弘光王朝覆亡的歷史，總結其教訓；誠如他在〈桃花扇小引〉中所說，要寫出明朝「三百年基業，隳於何人，敗於何事，消於何年，歇於何地。不獨令觀者感慨涕零，亦可懲創人心，爲末世之一救矣！」他寓深刻的亡國感慨於戲曲藝術中，撼動多數人的心。洪昇的《長生殿》，則是根據唐宋詩文筆記小說所載的唐明皇、楊貴妃故事，〔註 35〕薈萃潤色，再結合自己對時代現實的感受，重新體認這段歷史，創造改變了原有的題材。他歌頌生死不渝的愛情，讚美忠臣孝子的摯情，〔註 36〕對人民疾苦寄予同情，更抒興亡之感，一任深情，再加上精美的結構，鮮明的舞台演出，使此劇膾炙人口、傳唱廣遠。這二本劇作，「在劇情結構上，都有雙重情節，即主情節與副情節。以及包含了情節的發現與急轉。」〔註 37〕使崑劇的情節結構更上層樓，影響至鉅。

　　但由於清朝迭興文字獄，士大夫大量參與崑劇創作，作品日益趨向脫離群眾的案頭劇，因此崑劇由興而衰。此時作品如張堅的《玉燕堂四種曲》、唐英的《古柏堂傳奇》十三種、夏綸的《惺齋五種曲》、桂馥的《後四聲猿》雜劇四種、沈起鳳的《沈氏四種傳奇》等等，創作數量相當可觀，但極少流行於舞台，而窒息了戲劇的生命。只有蔣士銓的《冬青樹》、《四弦秋》，是較成功的作品，卻也只能成爲餘響了。

　　清康熙末葉，迄乾嘉之際的崑劇衰落，劇本創作和全本戲的演出盛況不再，但它以折子戲的演出方式，形成一時風氣，並開啓了「近代崑曲」的新頁，使崑曲的藝術生命，換一種方式和面貌流傳下來，至今我們仍能享用這份文化遺產、藝術精品，也是這個時代不可抹滅的貢獻。

〔註35〕如白居易〈長恨歌〉，陳鴻〈長恨歌傳〉，唐人筆記《開元天寶遺事》，宋代樂史編寫的《楊太眞外傳》等。又元、白樸寫過《唐明皇秋夜梧桐雨》，明、吳世美有《驚鴻記》傳奇，都是同一題材。焦循在《劇說》卷四中說：《長生殿》「薈萃唐人諸說部中事，及李、杜、元、白、溫、李數家詩句，又剌取古今劇部中繁麗色段以潤色之，遂爲近代曲家第一。」

〔註36〕《長生殿》第一齣，副末唱滿江紅云：「今古情場，問誰個眞心到底？但果有精誠不散、終成連理。萬里何愁南共北，兩心那論生與死。笑人間兒女悵緣慳，無情耳。　感金石、迴天地、照白日、垂青史。看臣忠子孝，總由情至。先聖不曾刪鄭衛，吾儕取義翻宮徵。借太眞外傳譜新詞，情而已。」

〔註37〕空大《戲劇欣賞》下，頁 158。

第四節　明代傳奇的特色

　　崑曲是中國自有戲劇以來，最能持久的一種劇種，由明至清，二、三百年間廣為流布，蔚為「國劇」。它雖然以因為創，卻在內容思想、體製結構、以及音樂演出各方面，有許多突破和創新，甚至影響至今日傳統戲劇的形製，因此崑曲的「創新」之處，值得在此一提。近人盧冀野認為傳奇開創之處有七：

一、雜劇雖啓源於蒙古，以南曲為雜劇，當時之所無。

二、傳奇雖肇端於南戲，至鴻篇鉅帙，家喻而戶曉，即以量計，有非元代所能及者。

三、律詳於後世，譜作而後作者有所準繩，補芝庵、挺齋之所不逮。

四、一折成劇，簡短精悍，如齊梁之小樂府，如唐詩之絕句；出岫無心，回甘有味。別開戲曲之一塗。

五、前賢百種，其中故實，說皆虞初；而後代傳奇，乃可媲美於正史，如桃花扇，如冬青樹，未可以爨弄小之。

六、以言體製，以曲為傳，如徐氏寫心；四句相聯，如臨川述夢。於曲中一新耳目，有足多者。

七、歌曲之法，入明已亡，幸有崑腔，使元賢之曲不隨樂譜以廢；魏、梁之功，誠不可沒。然曲之文章，從此闒茸，無復蒜酪之氣，自然人力，迥乎不侔。〔註38〕

　　此處混同雜劇與傳奇而言，但語多可採。茲就其所論，歸納為三類：一為內容思想方面，第五項屬之；二為體製結構方面，一、二、四、六項屬之；三為音樂格律方面，三、七項屬之。今謹就「傳奇」為論，加入演出藝術一類，分別述論於後，以說明「傳奇」創新的特色。

一、內容思想的突破

　　由前節傳奇的發展中可知，初期的傳奇多取材於舊有的南戲劇本，在內容思想上並無創新可言。但自明中葉以後，社會經濟繁榮，政治漸趨黑暗，土地兼併劇烈，使劇作的題材和思想，有了很大的突破。嘉靖、隆慶到萬曆前期，以梁辰魚、張鳳翼等人為代表的劇作家，創作了許多忠奸對立，反權奸的政治劇或歷史劇。而以湯顯祖為代表的劇作家，多以情、理為主題，反對封建禮教的束縛，創作許多反映現實的劇作。萬曆到清初，蘇州作家群，

_____

〔註38〕盧前：《明清戲曲史》，頁 1～2。

更著力於市民階層的描寫，對於他們的生活和精神世界，賦予深刻而生動的形象，而且也創作了大量的作品，宣揚民族意識。〔註39〕他們創作的不只是才子佳人的故事，而是現實生活歷鍊中的血淚事蹟。有的借劇本譜就一生的遭遇，如袁于令《西樓記》；有的借虛構的情節，追求世間不可得的理想，如湯顯祖《牡丹亭》等。他們的題材，不再限於歷史故事，而有更多的時事劇出現，可與正史相頡頏，如孔尚任《桃花扇》；即使借古喻今，也多能補正史之不足，如蔣士銓《冬青樹》。

二、體製結構的創新

明傳奇以因為創，它融合了南戲與北雜劇的體製，而以新的面貌呈現出來。呂天成《曲品》自序云：「雜劇折唯四，唱止一人；傳奇折數多，唱必勻派。雜劇但摭一事顛末，其境促；傳奇備述一人始終，其味長。」很扼要地說明了傳奇與雜劇的差別。傳奇源於南戲，但後出轉精。南戲本不分折，大概到成化、弘治時才分折，篇幅長，曲折詳盡。戲文中開場用詞任意，於詞中表述作者之意見與主張；傳奇則通例用詞二闋，第一首述創作動機，多吉祥、勉人語。第二首敘述關目概要。二詞結束，用四語總括，類似題目正名的作用。〔註40〕又齣目多用四字或二字〔註41〕，是雜劇及南戲所無。傳奇在說白方面，有定場獨白和劇中人口語對白二種，有時以詩詞代白，這與雜劇、南戲大同小異。南戲在下場時有下場詩，詞曲多文雅，說白也有近於文言的口語，大段獨白則喜用駢文，這都為傳奇所承繼，但曲白對偶，鏗鏘美聽，則有過之。

三、音樂格律的改革

雜劇只有一人可唱；南戲則各種角色都可唱，且有獨唱，齊唱、輪唱、和唱等方式，新劇中則更紛繁講究，重視唱法、調用水磨。「聲則平上去入之婉協，字則頭腹尾音之畢勻」。〔註42〕而在一齣戲中，南戲往往由數種宮調連綴而成，四聲兼備，換韻頻仍，除了按譜製詞外，在樂章中分引子、過曲、尾聲。新劇樂曲構造，皆無悖於此。〔註43〕新劇在創作之際，更有律譜可循。

〔註39〕參薛若鄰：《清代社會與崑山腔創作》，中國藝術研究院首屆研究生碩士學位論文集，頁317～318。

〔註40〕參陳萬鼐：《元明清劇曲史》，第十九章，南戲體例與傳奇之關係。

〔註41〕盧前：《明清戲曲史》，頁22～23，云：「齣目，明人或用四字，或用二字。惟《荷花蕩》用三字。《醉鄉記》用五字，《玉鏡臺》字數無定，非常例也。」

〔註42〕沈寵綏：《度曲須知》語。

〔註43〕同註40。

如沈璟的《南九宮十三調譜》。依曲的性質不同，而有不同的搭配。如細曲用於長套，表現纏綿文靜的氣質。粗曲用於過場、衝場，不和管絃，用乾唱表現鄙俚噍殺的氣氛。集曲以細曲爲多。〔註44〕在悲歡離合不同的情境下，各有不同的曲牌運用。在樂器使用方面，更能善用笛、笙、琵琶、三弦、洞簫、月琴等，表現清柔婉折的特色。〔註45〕在板眼形式的運用上，南戲初期在民間發展時，板式較自由，蔣孝的《南九宮譜》，原未點板，沈璟則將板數和下板地位標明，固定後不能隨意增減移動；與北曲可自由增減，襯字運用自如的情況，已大不相同了。〔註46〕雖然傳奇中主要是用海鹽腔、崑山腔而逐漸定型的曲牌音樂，但在南北合流的趨勢下，也採用了不少北曲的曲牌。如湯顯祖的《牡丹亭》中，〈牡賊〉、〈圍釋〉、〈硬拷〉等齣，爲南北合套，〈虜謀〉、〈冥判〉等齣，爲整套北曲。洪昇的《長生殿》裡，〈絮閣〉、〈驚變〉、〈罵賊〉、〈神訴〉等齣，爲南北合套，〈疑讖〉、〈合圍〉、〈迎像〉、〈刺逆〉、〈覓魂〉、〈偵報〉、〈彈詞〉等齣，爲整套北曲。此外也雜有其他聲腔，如〈昭君〉、〈思凡〉、〈下山〉、〈蘆林花鼓〉、〈借靴〉、〈哭監〉、〈寫狀〉、〈三拉〉、〈團圓〉等劇目，或稱時劇，或稱梆子戲、花部劇目等，某些劇目或與弋陽腔有關。〔註47〕凡此，都可看出傳奇在音樂格律上，呈現多方面的包容力。

四、演出藝術的特色

傳奇第一齣爲副末開場，述全劇大意。第二齣，必是正生上場，以生爲全劇之主，開場白謂之定場白，多用四六駢語。第三齣多是正旦上，但因劇情不同，不拘於旦。重要角色陸續在前數齣中登場。〔註48〕在傳奇競演的時代中，崑班的十行腳色：生、小生、外、末、淨、副、丑、旦、貼、老旦，已然定型，其角色的支分配置，隱然操握著中國戲劇的樞紐。〔註49〕而南戲中以團圓結束爲通例，重生旦戲，流於才子佳人戲的窠臼，但到明末清初

〔註44〕盧前：《明清戲曲史》，頁35。
〔註45〕明顧起元：《客座贅語》云：「萬曆以前，公侯與縉紳及富家，凡有宴會小集。……唱大套北曲，……後乃變而盡用南唱，歌者止用一小拍板，或以扇子代之，間有用鼓板者。今則吳人蓋以洞簫及月琴，益爲悽慘，聽者殆欲墮淚。大會則用南戲，其始止二腔，較海鹽更爲清柔而婉折也。」徐渭《南詞敍錄》云：「今崑山以笛、管、笙、琵琶，按節而唱南曲者……殊爲可聽，亦吳俗敏妙之事。」
〔註46〕楊蔭瀏：《中國古代音樂史稿》（四），頁122～123。
〔註47〕同註46，頁231～232。
〔註48〕盧前：《明清戲曲史》，頁22。
〔註49〕周貽白：《中國戲劇發展史》，頁457，並將明傳奇的角色蛻化情形繪表明列。

的傳奇，已有突破。如抄本《桃符記》裡，生（劉天儀）不是主要腳色，旦（賈誼妻鄾氏）更非正面人物，最後與生團圓的則是小旦（青鸞），而不是旦。李玉的《人獸關》，在腳色安排上，更是特殊。其生、旦完全不搭界，生扮施濟，在上半本戲中就已去世，下半本不上場；旦扮尤氏，又是反面人物，最後變犬。孔尚任《桃花扇》，使生（侯方域）與旦（李香君）入道，也是脫生旦團圓的俗套。傳奇的分場，有大場、正場、短場、過場、同場等名目，表現的形式，則有文場、武場、文武合場、鬧場等區別。〔註50〕此外精簡場子、調整結構、表演注意刻劃人物、重視說白藝術、穿扮、道具和舞台音響的講究、〔註51〕注重歌舞（如牡丹亭遊園以舞為主）等，都使傳奇演出更上層樓。

〔註50〕詳張敬：《明清傳奇導論》，頁101～104，傳奇的分場。
〔註51〕精簡場子以下各項，詳陸萼庭：《崑劇演出史稿》，競演新戲的時代上，第二節。

第二章　明代時事傳奇的產生

第一節　時事劇的定義

　　時事劇就是取材於現實人生，編寫而成的劇作。而現實人生的材料，直接來自作者的生活經驗，或間接來自作者所見、所聞及所傳聞。因此，時事劇必須是當代人所寫當代發生的事。推溯「時事」一詞的來源，多與「時政」有關。茲就史籍所載，將「時事」的意義，歸納如下：

一、指當時急事

　　周禮地官、遂師：「巡其稼穡，而移用其民，以救其時事。」

　　荀子、王制：「論百工、審時事。」

　　史記、六國表：「表六國時事。」

二、指四時之貢獻

　　左傳襄公二十六年：「晉士起將歸時事於宰旅。」

　　左傳襄公二十八年：「邾悼公來朝，時事也。」

三、及時而行討伐之事

　　禮記樂記：「賓牟賈侍坐於孔子，孔子與之言及樂；曰：『夫武之備戒之已久，何也？』對曰：『病未得其眾也。』『咏歎之，淫液之，何也？』對曰：『恐不逮事也。』發揚蹈厲之已蚤，何也？對曰：『及時事也』……」

以上所說的「時事」，都與「時政」有關。而言時政，可由二種不同的角度來看：

一、由上而下，指君王施政

左傳文公六年：「閏以正時，時以作事，事以厚生，生民之道，於是乎在矣；不告閏朔棄時政也，何以爲民。」

「時以作事」，即因時施政，是君王得民心與否的關鍵。

二、由下而上，指臣民論政

宋史高宗紀：「許中外臣民，直言時政。」

此「時政」即當時的政令。允許臣民直言時政，可稱是開明的政治了。

而今日用時事一詞，顧名思義，是指當時發生的一切事實。廣義地，應包括政府、民間，國內、國外，各階層、各領域在當時所發生的種種事件。但這些事件，往往囿於參與人數的眾寡、發生地點的遠近、與事者的身分地位，以及采錄者的取捨尺度等，而有不同的命運。有的流傳久遠，成爲膾炙人口的歷史故事；有的事顯於眾，成爲眾人行事的借鏡；有的像流星殞落，湮埋不彰，也有的像日出日落一樣平凡，過後無影無蹤，了無痕跡。因此，能夠載於史冊、爲多數人所知而影響重大的時事，必然是與當時施政有密切關連的；籍由臣民直言時事，爲政的人知道施政的良窳；同時爲政者也主導著時事，以納萬物於某種運作的軌道。以此角度來看，時事就是時政，是狹義的。除此之外，部分流傳於民間的街談巷說，也有直接反映社會情實的，或許與施政沒有直接關連，或可采風觀俗，窺知民情，也應納入時事的領域。

而戲劇，自古以來多被視爲小道，遭到卑視；但它反映人生，它側面記載人類的歷史；藉由劇中人的哭笑叫罵，宣導了人們的情感，也推展了忠孝節義等教化。它啓導智慧、標示方向，推動人類的生活向前進，自有它莊嚴的基礎。但是，中國的戲劇，往往寓莊於諧，或許受專制政治的影響，不敢直言「時政」，只有隱諱事實，借他題發揮。因此，一般人士對於中國的小說和戲曲，歷來有一種特殊的看法，那就是：「除完全依據歷史，不加增減地敷演成文外，其本事取材稍覺偏僻，便會引起許多捕風捉影的猜測。」〔註1〕這種「語必有徵」的觀念，使得一些變幻離奇、事涉帷薄的故事，變得更糾纏不清，真假難明。也使得「時事劇」的界定，產生不少困擾。爲了避免捕風捉影，歪曲作者本意，本文所收錄的時事劇標準如下：

一、明指時事，劇中人物即當事人，且有歷史事實可考的，列爲採錄的

〔註 1〕周貽白：《中國戲劇發展史》，頁 407。

第一優先對象，此種劇本之寫成，大抵與所寫時事發生時間接近。

二、有藉時事為背景，虛衍情節的，雖然不完全胳合史實，但稗官野史、街談巷議，也有可取的地方，或許可補正史之不足，或許更能反映民情，因列入採錄之列。

三、出於創作，明指為明代背景，可反映一代風氣者，亦列入參考。

四、出於當代小說故事者，擬專文探討，此暫從略。

五、憑空虛造或時空背景不明，或本事不明者暫略。

六、有些借歷史故事，影射時事，借歷史人物澆心中磊塊，雖可反映時代心聲，但因本事不明，真意難揣，所以一概不取。

綜合上述，明代時事劇，是指明代劇作家，譜寫明代時事的劇作。這劇作取於明代社會、政治、經濟等各方面的題材，或是作者耳聞目睹，或是作者親身體驗，有些具史實可考的，有些借時事虛衍情節，除了提供我們了解明代的社會、政治、經濟、文化等面貌外，並可藉以探求明代時事劇作的內涵及影響。

第二節　時事劇溯源

中國戲劇的起源，可溯自詩歌、音樂、舞蹈及巫覡俳優的產生，而早期社會的各項儀式，也藉此四項展現出來；其間或模倣、或演述故事、或加上幻想，都與時事密切關連。領導者藉著各項儀式，宣揚德威、推行教化；優人也竭盡長才、取悅君王、諷諫時政。在這些雛型當中，已決定了後世戲劇的本質，它有引自「經傳」的莊嚴基礎，也有來自「戲謔」的卑視心理；亦莊亦諧，寓教於樂。中國後世戲劇的發展，始終俳佪在這軌道中。

先就領導者的立場來看，他們藉著詩歌舞樂等形式，或鼓舞國人、移風易俗，或和睦君臣，與民同樂；或誇武功、發揚蹈厲；或頌開國、期傳久遠；既給予當代的生命，又表現出具有戲劇性的內容。因此王陽明《傳習錄》中說：

> 樂不作久矣！今之劇本，當與古樂意思相近。韶之九成，便是舜一本戲學；九變，便是武王一本戲學。所以都有德者聞之，知其盡善盡美。後世作樂，只是做個俏個，于風化絕無干涉，可以返朴也。

韶武與明代的劇本，蘊含著同樣的精義，也就是「盡善盡美」、「寓教於樂」的藝術理想。古樂不傳，藉劇以傳。因此在探析劇本之前，先溯其源。《尚書》

益稷敘述韶樂的情形說：

> 夔曰：戛擊鳴球，搏拊琴瑟，以詠。祖考來格，虞賓在位，群后德讓，下管鼗鼓，合止柷敔，笙鏞以閒，鳥獸蹌蹌，簫韶九成，鳳皇來儀。夔曰：於，予擊石拊石，百獸率舞，庶尹允諧。帝庸作歌曰：勅天之命，惟時惟幾。乃歌曰：股肱喜哉，元首起哉，百工熙哉。皋陶拜手稽首，颺言曰：念哉！率作興事，慎乃憲，欽哉！屢省乃成，欽哉！乃賡載歌曰：元首明哉，股肱良哉，庶事康哉。又歌曰：元首叢脞哉，股肱惰哉，萬事墮哉。帝拜曰：俞，往欽哉。

孔子在齊聞韶，稱它「盡善盡美」，我們由這段記載可知：樂不僅使君臣百姓和睦相處，且能感動百獸，再加上君臣之間的對答、對唱，相頌互勉。所以王陽明把它當作劇本看待。〔註2〕這種「以樂鼓舞國子」〔註3〕的作用，在有德之君身上，可以說運用得透徹淋漓。

再看「大武」的演出，更是與時事緊密配合。它歌頌周朝開國的盛容，表達周朝文化禮樂的成就。宣揚國威的作用，也表露無遺。《樂記》記載了孔子觀武演出的情形說：

> 賓牟賈侍坐於孔子，孔子與之言及樂；曰：「夫武之備戒之已久，何也？」對曰：「病未得其眾也。」「咏歎之，淫液之，何也？」對曰：「恐不逮事也。」「發揚蹈厲之已蚤，何也？」對曰：「及時事也。」「武坐致右憲左何也？」對曰：「非武坐也。」「聲淫及商，何也？」對曰：「非武音也。」子曰：「若非武音，則何音也？」對曰：「有司失其傳也。若非有司失其傳，則武王之志荒矣。」子曰：「唯，丘之聞諸萇弘，亦若吾子之言，是也。」賓牟賈起免席而請曰：「夫武之備戒之已久，則既聞命矣，敢問遲之，遲而又久，何也？」子曰：「居，吾語汝。夫樂者，象成者也。總干而山立，武王之事也。發揚蹈厲，太公之志也，武亂皆坐，周召之治也。且夫武始而北出；再成而滅商；三成而南；四成而南國是疆；五成而分，周公左、召公右；六成復綴以崇。天子夾振之，而駟伐盛威於中國也。分夾而進，事蚤濟也，久立於綴，以待諸侯之至也。」

根據王國維「大武樂章考」，將大武演出的情形列表於後：

〔註2〕空大《戲劇欣賞》下冊，頁10。
〔註3〕《周禮》春官、宗伯。

	時象之事	舞容	舞侍篇名	舞　　侍	萇弘與賓仲賈的說法
一成	出北	總干山立	武宿夜	昊天有成命 二后受之，成王不敢康，夙夜基命宥密，於緝熙，單厥心，肆其靖之。（註）	「夫武之備戒之已久，何也？」對曰：「病不得其眾也。」「咏歎之，淫液之，何也？」對曰：「恐不逮事也」。孔子認爲這二答皆是。
二成	滅商	發揚蹈厲（太公之志）（夾振之而駟伐盛威於中國也）	武	於皇武王，無競維烈，允文文王，克開厥後，嗣武受之，勝殷遏劉，耆定爾功。	「發揚蹈厲之已蚤何也？」答曰：「及時事也」，此答不對。
三成	而南	太公之志	酌	於鑠王師。遵養時晦，時純熙矣，是用大介，我龍受之，蹻蹻王之造，載用有嗣，實維爾公允師。	
四成	南國是疆		桓	綏葛邦、屢豐年、天命匪懈，桓桓武王，保有厥土，于以四方，克定厥家，於昭于天，皇以間之。	
五成	分周公左，召公右	分夾而進武亂皆坐	賚	文王既勤止，我應受之，敷時繹思，我徂維求定，時周之命，於繹思	
六成	復綴以崇		般	於皇時周，陟其高山，墮山喬嶽允猶翕河，敷天之下，裒時之對，時周之命。	「武坐致右，憲左何也？」答曰：「非武坐也。」「聲淫及音何也？」答曰：「非武音也。」此二答皆非，孔子於是做以上各解說。

註：另有「我將」，「振鷺」，「閔予小子」等三章皆有「夙夜」二字，可能此三章與「武宿夜」合在一起聯奏。〔註4〕

　　從大武舞表演的內容看來，簡直是一部周朝的開國史。舞者化妝成武王、大將、士卒、荆蠻、周公、召公……等人物，分六場，以歌頌、舞蹈的方式，

〔註4〕空大《戲劇欣賞》下冊，頁10～13。

將開國史篇展現出來，這是多麼偉大的史歌舞劇！同時又藉歌舞，表達周朝文化禮樂的成就，又是何等成熟的藝術表達形式！難怪王陽明稱「大武」是武王的一本戲學了。

到了漢代，高祖有一次招待「四夷之客」時，演出「巴俞」，或即所謂的巴渝舞。這種舞蹈是劉邦爲漢王時，攻戰三個秦朝降將，在攻打關中時，曾招募四川蘭中賨人當先鋒，勇敢善戰，且歡喜歌舞。高祖「樂其猛銳，數觀其舞」，他還說：「此武王伐紂之歌也。」後來教人學習。〔註5〕

其後，北齊人摹做演出當時他們國家英雄在戰場上、百戰百勝，那種指揮若定、衝鋒陷陣、廝殺拚命的情況。因而成爲戰爭戲。也可成爲單獨的歌曲，稱之爲「蘭陵王入陣曲」。此事詳見於《北齊書》蘭陵王孝瓘傳：

> 代面出於北齊。北齊蘭陵王長恭，才武而面美，常著假面而對敵。嘗擊周師金墉城下，勇冠三軍，齊人壯之。爲此舞以效其指揮擊刺之容，謂之蘭陵王入陣曲。

崔令欽《教坊記》也載：

> 大面出北齊蘭陵王長恭，性膽勇而貌婦人，自嫌不足以威敵，乃刻木爲假面，臨陣著之，因爲此戲，亦入歌曲。

段安節《樂府雜錄》鼓架部條：

> 有代面，始自北齊神武弟，善戰鬥，以其顏貌無威，每入陣，即著面具，後乃百戰百勝。戲者衣紫腰金執鞭也。

唐太宗在唐朝建國之初，東征西討，觀察敵勢強弱，設下戰略、戰術，並依此製成破陣樂，在軍隊演奏，以激勵士氣，因而奠立了大唐基業，以天可汗的威名，遠播印度。《舊唐書》音樂志載：

> 貞觀元年，宴群臣，始奏〈秦王破陣樂〉之曲。大宗謂侍臣曰：「朕昔在藩，屢有征討，世間遂有此樂。豈意今日登於雅樂。然其發揚蹈厲，雖異文容，功業由之，致有今日，所以被於樂章，示不忘於本也。」破陣樂，太宗所造也。太宗爲秦王之時，征伐四方，人間歌謠秦王破陣樂之曲。及即位，使呂才協音律，李百藥、虞世南、褚亮、魏徵等製歌辭。百二十人被甲執戟，甲以銀飾之，發揚蹈厲，聲韻慷慨，享宴奏之，天子避位，坐宴者皆興。

由於這樂舞出於實際戰鬥生活的體驗，所以演出時，也就感到無比的眞實。

〔註5〕詳《晉書·樂志》。

大宴群臣時演出，更有誇耀武功，發揚蹈厲的作用。

從周朝的大武舞、漢朝的巴渝舞、北齊的蘭陵王，以至唐代的秦王破陣樂，都是同一主題——以戰爭、開國譜成的開國舞劇。可見古代人君喜歡以舞蹈歌唱的形式，表現具有戲劇性的時事內容，歌功頌德、宣揚教化；奏於宗廟，藉國家的儀式傳諸永遠，成為一種傳統。這與後代的戲劇，本不相涉。就如子夏告訴魏文侯，古樂與今樂不同，他說：

> 今夫古樂，進旅而退旅，和正以廣，弦匏笙簧，合守拊鼓，始奏以文，止亂以武，訊疾以雅，君子以是語，以是道古，修身及家，平均天下，此古樂之發也。今夫新樂，進俯退俯，姦聲以淫，溺而不止，及優侏儒，獶雜子女，不知父子，樂終不可以語，不可以道古，此新樂之發也。〔註6〕

正因後世的戲劇，是由「（及）優侏儒、獶雜子女」所開的端，與古樂已有不同的精神和面貌。但古樂「補短移化、助流政教」的教育作用，已在戲劇方面繼承發揚了。清李笠翁在《閒情偶寄》中的〈戒諷刺〉篇內說：

> 竊怪傳奇一書，昔人以代木鐸，因愚夫愚婦，識字知書者少，勸使為善，誡使勿惡，其道無由。故設此種文詞，借優人說法，與大眾齊聽。謂善者如此收場，不善者如此結果，使人知所趨避，是藥人壽世之方，救苦弭災之具也。

也正說明了戲劇的在社會教育方面的功能。

另一方面，自古以來，俳優與時政，也有密不可分的關係。他們以時事為題材，敷衍成戲，反映現實生活，這可溯源於春秋戰國時代的「優孟衣冠」，到唐代的「參軍戲」、宋金的「雜劇」。優人在舞台上詼諧嘲弄、譏彈時政，甚至於諷刺在位的帝王將相，而形成一種談笑諷諫的傳統。《史記》〈滑稽列傳〉載優孟事蹟說：

> 優孟者，故楚之樂人也，長八尺，多辯，常以談笑諷諫。楚莊王時……楚相孫叔敖知其賢人也。善待之，病且死。屬其子曰：「我死，汝必貧困，若往見優孟，言我孫叔敖之子也。」居數年，其子窮困負薪，逢優孟與言曰：「我孫叔敖之子也。父且死時屬我貧困，往見優孟。」優孟曰：「若無遠有所之。」即為孫叔敖衣冠，抵掌談語，歲餘，像叔敖。楚王左右不能別也。莊王置酒，優孟前為壽。莊王大驚，以

〔註6〕徐慕雲：《中國戲劇史》，頁6。

為孫叔敖復生也，欲以為相。優孟曰：「請歸與婦計之，三日而為相。」
莊王許之。三日後優孟復來，王曰：「婦言謂何？」孟曰：「婦言慎
無為，楚相不足為也，如孫叔敖之為楚相，盡忠為廉以治楚，楚王
得以霸。今死，其子無立錐之地，貧困負薪，以自飲食，必如孫叔
敖，不如自殺。」因歌曰：「山居耕田，苦難以得食，起而為吏，身
貪鄙者餘財，不顧恥辱，身死家室富，又恐受賕枉法，為姦觸大罪，
身死而家滅，貪吏安可為也。念為廉吏，奉法守職，竟死不敢為非，
廉吏安可為也。楚相孫叔敖持廉至死，方今妻子窮困，負薪而食，
不足為也。」於是莊王謝優孟，乃召孫叔敖子，封之寢丘。四百戶，
以奉其祀，後十世不絕。

楚優孟模仿孫叔敖的行動舉止，表演得維妙維肖，在「談笑諷諫」中，達到
了「六藝於治一也」的功能。這種勸諫微旨，亦可見於《魏書》〈齊王紀〉，
其中裴注引司馬師「廢帝奏」說：

延小優郭懷、遠信等，於建始芙蓉殿前裸袒遊戲。……又於廣望觀
上，使懷、信等於觀下作「遼東妖婦」，嬉褻過度，道路行人皆掩目。

優人由男人扮女，對皇帝進行諷諫。但時代愈後，皇權愈高，已不能那麼容
忍優人隨時拿他作諷刺的對象，因此到三國時代的蜀，已有由皇帝諷刺臣下，
特意安排的優戲。《三國志‧蜀志》〈許慈傳〉：

（許）慈、（胡）潛並為博士，……典掌舊文。值庶事草創，動多疑
議，慈、潛更相克伐，謗讟忿爭，形於聲色，書籍有無，不相通借，
時尋楚撻，以相震撼。……先主愍其若斯，群僚大會，使倡家假二
子之容，效訟鬩之狀，酒酣樂作，以為嬉戲，初以辭義相難，終以
刀杖相屈，用感切之。

此事約在魏黃初二年至三年（西元221年～西元222年）間，亦即劉備初即帝
位，改元章武之時，劉備令演員表演二人互相爭訟、毆打，使他們自覺可笑，
而傳達了君上箴勸下屬的美意。更有甚者，君主利用俳優，諷刺臣下，甚至由
臣下親身參與演出，藉以警惕。如《太平御覽》卷五百六十九，引趙書：

石勒參軍周延，為館陶令，斷官絹數萬匹，下獄，以八議，宥之。
後每大會，使俳優著介幘、黃絹單衣，優問：「汝何官？在我輩中。」
曰：「我本為館陶令。」抖擻單衣曰：「政坐取是，故入汝輩中。」
以為笑。

石勒雖然赦免了周延貪污應有的罪，但命他親自演出犯罪的經過，給他這種自我羞辱的懲罰，尤甚於刑責。尉景貪財賄，高歡也令優人諷誡他。《北齊書》尉景傳載：

> （高歡）令優者石董桶戲之，董桶剝景衣，曰：「公剝百姓，董桶何
> 爲不剝公？」

這裡的優人，已直接對「犯官」嘲弄，比起扮作犯官，加以嘲弄，形式上更直接了。〔註7〕此時優已把目標從皇帝擴大到官僚，這種轉變，使得優戲的形式也起了變化，並且漸漸形成一種格式，就是其中一個扮官的是被戲弄的對象，叫做「參軍」，而那執行對他戲弄職務的演員，就叫蒼鶻。這是由於周延原來是參軍官，所以得名，而這類優戲，到唐代就稱參軍戲。

參軍戲在唐開元年間已經盛行，足以代表當時的戲劇。段安節《樂府雜錄》俳優條云：

> 開元中，黃幡綽、張野狐弄參軍——始自後漢館陶令石耽。耽有贓
> 犯，和帝惜其才，免罪。每宴樂，即令衣白夾衫，令優伶戲弄辱之，
> 經年乃放。後爲參軍，誤也。開元中有李仙鶴善此戲，明皇特授韶
> 州同正參軍，以食其祿，是以陸鴻漸撰詞云「韶州參軍」，蓋由此也。
> 武宗朝有曹叔度、劉泉水（鹹淡最妙），咸通以來，即有范傳康、上
> 官唐卿、呂敬遷等三人，弄假婦人；大中以來有孫乾、劉璃餅，近
> 有郭外春、孫有熊。僖宗幸蜀時，戲中有劉眞者，尤能，後乃隨駕
> 入京，籍于教坊。弄婆羅門。大中初有康迺、李百魁、石寶山。

這段所列舉的「鹹淡」，「弄假婦人」，「弄婆羅門」可能都是參軍戲中的一種或一部份。

參軍戲演出的實況，可藉唐開元時的記載窺知。如《資治通鑑》唐紀二十八，玄宗開元八年：

> 侍中宋璟慶負罪而妄訴不已者，悉付御史台治之。謂中丞李謹度曰：
> 「服不更訴者出之，尚訴未已者且繫。」由是人多怨者。會天旱，
> 有優人作魃狀戲於上前。上問魃：「何爲出？」對曰：「奉相公處分。」
> 又問：「何故？」曰：「負冤者三百餘人，相公悉以繫獄抑之，故魃
> 不得不出。」明皇心以爲然。〔註8〕

〔註7〕張庚等：《中國戲曲通史》（一），頁24。
〔註8〕王國維：《優語錄》，頁1。

這裡扮魃的是參軍，發問的是蒼鶻。魃有固定形象。胡三省注，引《神異經》說：「南方有人長二、三尺，袒身，目在項上，走行如風，其名曰魃。」……由於它用正史的筆墨記述，所以把調笑的氣氛儘量沖淡，只留下了鑒戒的內容。

此時參軍的形式已趨複雜，且接近戲劇形式，但演員在宮廷中仍擔任優的職能。在官場間，也不乏優人的諷諫，他們看不慣某些官吏的作風，不惜積極諷刺，甚至為了反映實情，直斥時政，也無所畏憚。他們的才情膽識，的確有不凡的地方。如《碧雞漫志》卷五、引文酒清話說：

> 唐封舜臣，性輕佻。德宗時，使湖南，道經金州，守張樂燕之。執盃索《麥秀兩歧曲》，樂工不能。封謂樂工曰：「汝山民，亦合聞大朝音律！」……樂工前：「乞侍郎舉一遍。」封為唱徹，眾已盡記，於是終席動此曲。封既行，守密寫曲譜，言封燕席事，郵筒中送與潭州牧。封至潭，牧亦張樂燕之。倡優作襤褸數婦人，抱男女筐筥，歌《麥秀兩歧》之曲，敘其拾麥勤苦之由。封面如死灰。歸過金州，不復言矣。〔註9〕

這群倡優的表演，反映民間疾苦，更以其人之道還制其人之身，送作威作福的封舜臣一記悶雷，實在大快人心。但並不是每個優人的諷刺都能被接納，如《舊唐書》李實傳：

> （貞元）二十年，春夏旱，關中大歉。實為政猛暴，方務聚斂進奉，以固恩顧。百姓所訴，一不介意。因入對，德宗問人疾苦，實奏曰：「今年雖旱，穀田甚好。」由是租稅皆不免。人窮無告，乃撤屋瓦木，賣麥苗以供賦斂。優人成輔端因戲作語，為秦民難苦之狀云：「秦地城池二百年，何期如此賤田園！一頃麥苗五碩米，三間堂屋二千錢。」
>
> 凡如此語，有數十篇，實聞之，怒，言輔端誹謗國政，德宗遽令決殺。

優人明知李實兇暴，還攖其逆鱗，當面斥責；他傾訴人民苦痛的諍言，多至數十篇，不怕犧牲生命，何等勇敢！只可惜君王不察啊！諷諫無效，逼得他們不得不將實際民情以及心中的不滿，直接表露，表現寫實的作風，以及一股反抗不屈的精神，這種寫實、反抗的精神，挾著諷諫的傳統，反復出現在往後的時事劇作中。〔註10〕

〔註 9〕 亦見於王國維：《優語錄》頁11，引周密《齊東野語》。《太平廣記》卷二五七引《王氏見聞錄》，作朱梁封舜卿，文辭也頗有出入。
〔註10〕 參錢南揚：《戲文概論》，頁14。

宋代教坊十三部中，雜劇居於演出的主導地位，〔註11〕它繼承了參軍戲的傳統，並加以發展革新，成爲新的一種表演形式。耐得翁《都城紀勝》瓦舍眾伎條載：

> 雜劇中，末泥爲長，每四人或五人爲一場。先做尋常熟事一段，名曰艷段；次做正雜劇，通名爲兩段。末泥色主張，引戲色分付，副淨色發喬；副末色打諢。又或添一人裝孤。先吹曲破斷送者，謂之把色。大抵全以故事世務爲滑稽。此本是鑒戒，或隱爲諫諍，故從便跣露，謂之無過蟲耳。

南宋吳自牧《夢粱錄》又載：

> 雜扮或曰雜班，又名紐元子，又謂之拔和。即雜劇之後散段也。頃在汴京時，村落野夫，罕得入城，遂撰此端，多是借裝爲山東河北村叟，以資笑端。

由這些記載，說明了宋雜劇的形式，包括艷段、正雜劇、散段三個部份。也點出了它的主旨在於諷諫現實的政治。

王國維的《優語錄》，載錄很多這些雜劇諷諫的部份，例如在皇帝的面前，諷諫皇伯貪污，壓搾百姓：

> 壽皇賜宰執宴，御前雜劇，裝秀才三人。首問曰：第一秀才，仙鄉何處？曰：「上黨人」。次問：第二秀才，仙鄉何處？曰：「澤州人」。又問：第三秀才，仙鄉何處？曰：「湖州人」。又問：上黨秀才，汝鄉出何生藥？曰：「某鄉出人參。」次問：澤州秀才，汝鄉出甚生藥？曰：「某鄉出甘草。」次問：湖州出甚生藥？曰：「出黃藥」。「如何湖州出黃藥？」「最是黃藥苦人！」當時，皇伯秀王在湖州，故有此語。壽皇即日召入，賜第奉朝請。（貴耳集）

因爲這次諷諫不僅不爲過，更召回了皇伯。又如：

> 何自然中丞，上疏乞朝廷併庫，壽皇從之，方且講究未定，御前有燕雜劇：伶人妝一賣故衣者，持褲一腰，只有一只褲口。買者得之，問：「如何著？」賣者曰：「兩腳併做一褲口」。買者曰：「褲卻併了，只恐行不得。」壽皇即寢此議。（貴耳集）

伶人透過語言的弔詭，藉著滑稽的演出，影響朝政，這當然是最寫實的時事劇。

〔註11〕《夢粱錄》妓樂條云：「散樂傳學教坊十三部，唯以雜劇爲正色。」

宋崇寧以後，特別是南渡前後的數十年間，雜劇中的諷刺是相當尖銳而廣泛的。宋・洪邁《夷堅志》優伶箴戲：

> 又嘗設三輩爲儒、道、釋，各稱誦其數。儒曰：「吾之所學，仁義禮智信，曰五常。」遂演暢其旨，皆採引經書，不雜媟語。次至道士，曰：「吾之所學，金木水火土，曰五行。」亦說大意。至僧，僧抵掌曰：「二子腐生常談，不足聽。吾之所學，生老病死苦，曰五化。藏經淵奧，非汝等所得聞，當以現世佛菩薩法理之妙、爲汝陳之。蓋以次問我。」曰：「敢問生？」曰：「內自大學辟雍，外至下州偏縣，凡秀才讀書者，盡爲三舍生。華屋美饌。月書季考，三歲大比，脫白掛綠，上可以爲卿相。國家之於生也如此。」曰：「敢問老？」曰：「孤獨貧困，必淪溝壑。今所在立孤老院，養之終身。國家之於老也如此。」曰：「敢問病？」曰：「不幸而有病，家貧不能診療，於是有安濟坊使之存處，差醫付藥，責以十全之效。其於病也如此。」曰：「敢問死？」曰：「死者人所不免，唯窮民無所歸，歸則擇孔隙地爲漏澤園，無以斂，則與之棺，使得葬埋。春秋享祀，恩及泉壤。其於死也如此。」曰：「敢問苦？」其人瞑目不應，陽若惻悚然。促之再三，乃蹙額對曰：「只是百姓一般受無量苦。」

借說佛法諷刺時政百弊叢生，而人民苦不堪言，指陳尖銳。又《獨醒雜志》卷九引：

> 崇寧二年，鑄大錢，蔡元長建議，俾爲折十，民間不便。優人因內宴，爲賣漿者。或投一大錢，飲一杯，而索償其餘。賣漿者對以：「方出市，未有錢，可更飲漿。」乃連飲至五六，其人鼓腹曰：「使相公改作折百錢，奈何！」上爲之動，法由是改。

此諷諫收效，影響法令的推行。周密《齊東野語》卷十：

> 宣和中，童貫用兵燕薊，敗而竄。一日內宴，教坊進伎。爲三四婢，首飾皆不同，其一當額爲髻，曰：「蔡太師家人也。」其二髻偏墜，曰：「鄭太宰家人也。」又一人滿頭爲髻如小兒，曰：「童大王家人也。」問其故。蔡氏者曰：「太師覲清光，此名朝天髻。」鄭氏者曰：「吾太宰奉祠就第，此懶梳髻。」至童氏者曰：「大王方用兵，此三十六髻也。」

諷刺童貫逃跑，諧以「三十六計，走爲上計」之音。對童貫抵禦外侮不力的

諷刺，極爲大膽。當時童貫以太師封廣陽郡王，聲勢赫赫，除了不畏彊權的藝人，恐怕再沒有人敢當面譏諷他了。再如宋岳珂《桯史》：

> 秦檜以紹興十五年四月丙子朔，賜第望仙橋。丁丑，賜銀絹萬匹兩，錢千萬，綵千縑。有詔就第賜燕，假以教坊優伶。宰執咸與。中席，優長誦致語退。有參軍者前，褒檜功德，一伶以荷葉交椅從之，諢語雜至。賓歡既洽，參軍方拱揖謝，將就椅，忽墜其幞頭。乃總髮爲髻，如行伍之巾，後有大巾鐶，爲雙疊勝。伶指而問曰：「此何鐶？」曰：「二聖鐶。」遽以撲擊其首曰：「爾但坐太師交椅，請取銀絹例物，此鐶掉腦後何也？」一坐失色。檜怒。明日下伶於獄，有死者，於是語禁始益繁。

對於當時秦檜求和苟安，諷刺尤其尖銳，以致連演員的性命都送掉了。這個事件，秦檜雖藉著權勢加以掩蓋，但欲蓋彌彰，還是傳於後世。這些伶人的愛國情操與勇氣，史所少見，令人敬佩。無怪乎，當時諺語說：「有臺官不如伶官」了。王國維《優語錄》引岳珂《桯史》云：

> （淳熙間），胡給事元質既新貢院，嗣歲庚子，適大比，乃侈其事，命供張考校者，悉倍前規，鵠袍入試茗卒饋漿，公庖繼肉，坐案寬潔。執事恪敬，闃闃于于，以餤於文，士論大愜。會初場，賦題出孟子，舜聞善若決江河，而以「聞善而行，沛然莫禦」爲韻。士既就案矣。蜀俗敬長而尚先達，每在廣場，不廢請益焉。晡後，忽一老儒摘禮部韻示諸生，謂沛字唯十四泰有之，一爲顛沛，一爲沛邑。注無沛決之義。惟它有霈字，乃從雨爲可疑。眾曰：「是」。闃然叩簾請。出題者方假寐，有少年出酬之，漫不經意，亶云：禮部韻注義既非，增一雨頭無害也。揖而退，如言以登于卷。坐遠于簾者，或不聞知，乃仍用前字。於是試者用霈、沛各半。明日將試論語籍籍傳，凡用沛字者皆窘。復叩簾。出題者初不知昨夕之對；應曰如字，廷中大喧，浸不可制，譟而入曰：試官誤我三年，利害不細。簾前闃木，如拱皆折。或入于房，執考校者一人毆之。考校者惶遽，急：「有雨頭也得，無雨頭也得！」或又咎其誤，曰：「第二場更不敢也。」蓋一時祈脫之詞。移時稍定，試司申鼓譟場屋，胡以不稱于禮遇也，怒，物色爲首者，盡繫獄。章布益不平。

這是一場因出錯考題而引起的考場風波。等試務完畢之後，照例要宴謝主考

官。在宴上，伶人藉機諷刺這些考官自己出錯題，還作威作福，抓人下獄。他們將這考試風波的情節，分為兩段演出，其第一段：

> 既拆號，例宴，主司以勞還，畢三爵，優伶序進。有儒服立于前者，一人旁揖之，相與詫博洽，辨古今，岸然不相下，因各挑試所誦憶。其一問：漢名宰相凡幾？儒服以蕭曹以下，枚數之無遺。群優咸贊其能。乃曰：漢相吾言之矣。敢問唐三百載，名將帥何人也？旁揖者亦詘指英衛以及季葉，曰：張巡許遠田萬春。儒服奮起，爭曰：巡遠之姓是也，萬春之姓雷，歷史考牒，未有以雷為田者。揖者不服，撐柱騰口。

接著演出第二段：

> 俄一綠衣參軍，自稱教授，前據几，二人敬質疑，曰：是故雷姓。揖者大詬，袒裼奮拳，教授遽作恐懼狀，曰：「有雨頭也得，無雨頭亦得！」坐中方失色，知其諷己也。忽優有黃衣者，持令旗躍出稠人中，曰：「制置大學給事臺旨，試官在座，爾輩安得無禮！」群優亟斂下喏，曰：「第二場更不敢也。」俠伲皆笑，席客大慚，明日遁去。遂釋繫者。胡意其為郡士所使，錄優而詰之。杖而出諸境。

這種劇本，可能是當時考場的考生編給這些藝人演的，藉表不平，也可以出自己的氣。

這些演員，多是帝王在教坊中培養的藝人，是專供一己享樂的。但藝人們一般出身於平民，他們的思想感情和統治者不同，他們的地位卑下，不能像士大夫那樣議論時政；他們的工作是調笑娛樂，於是每每秉承著古時俳優的「滑稽譎諫」，來吐露被壓迫的怨氣。從古優、參軍戲，一直到宋金雜劇，雖然只是說白表演，大多不歌不舞，但這股精神是一直傳承下來了。

等到戲劇的型態具備以後，宋元戲文、元雜劇、明初戲文、雜劇等，有的劇作由民間產生，直寫時事；有的由統治者控制，用以宣揚德威、推行教化。他們仍秉承了反抗、寫實、諷諫、施教等精神，繼續補給戲劇新的養料與活血，展現戲劇巨大的威力。

先以宋、元戲文為例，它直接由民間產生，雖然劇本流傳不多，但本事大半可考，其間出於時事的，如《黃孝子尋親記》、《蘭蕙聯芳樓》、《教子尋親》、《祖傑戲文》……等，今略述於后：

　　《黃孝子尋親記》，作者不知名，《南詞敘錄》、宋元舊編著錄。今傳有古本戲曲叢刊初集本。全記二十六齣，敘宋末元兵攻建昌，黃普集義兵拒元，兵敗陣亡，普妻陳氏被擄。子名覺經，祗五歲，賴老僕陳容夫婦撫養成人。於是立誓尋母，歷遍天涯二十八年，終於在汝州相逢。後人有《節孝記》傳奇，即本此。

　　《蘭蕙聯芳樓》，於宋元戲文輯佚本，存殘曲四支，元闕名作。本事見《剪燈新話》聯芳樓記：吳郡薛姓，糶米爲業，二女蘭英、蕙英，聰明能詩賦，遂於宅後建樓處之，曰「蘭蕙聯芳之樓」。有鄭生者，父與薛素厚，興販於郡，至則泊舟樓下。二女愛之，以絨索垂竹兜，引鄭登樓。一日，薛登樓，得鄭所爲詩，大駭，然事已如此，乃以書抵鄭父喻其意，贅鄭爲婿。

　　《教子尋親》，《南詞敘錄》宋元舊篇著錄。明富春堂刊本題《周羽教子尋親記》，收入古本戲曲叢刊初集。雖已經後人多次改訂，但「眞情苦境，亦甚可觀。」（呂天成曲品語）此劇敘周瑞隆事。周羽，瑞隆父，因同里張敏覘羽妻郭氏，誣羽以殺人罪，被配廣南。郭氏毀容教子，瑞隆成進士，授平江路吳縣尹，棄官蹤跡其父。時羽飄泊二十餘年。幾經波折，終於逆旅聚首。《曲海總目提要》云：「聞蘇州平江路井欄，尚有知縣周瑞隆之名。」〔註12〕

　　而最駭人聽聞的，莫過於祖傑了。據周密《癸辛雜識》別集、卷上、祖傑云：

　　　溫州樂清縣僧祖傑，自號斗崖，楊髮之黨也。無義之財極豐，遂結托北人，住永嘉之江心寺。……有寓民俞生，充里正，不堪科役，投之爲僧，名如思。有三子，其二亦爲僧於雁蕩。本州總管者，與之至密，遂托其訪美妾。既得之，傑以其有色，遂留而在蓄之。未幾有孕，衆口籍籍，遂令如思之長子在家者，娶之焉，然亦時往尋盟。俞生者，不堪鄰人嘲誚，遂挈其妻往玉環以避之。傑聞知，大怒，俾人伐其墳木以尋釁。俞訟於官，反受杖；遂訴之廉司，傑又遣人以弓刀寘其家，而首其藏軍器，俞又受杖；遂訴之行省，傑復行賂，押下本縣，遂得甘心焉，復受杖。意將往北求直，傑知之，遣悍僕數十，擒其一家以來，二子爲僧者亦不免，用舟載之僻處，盡溺之；至剖婦人之孕，以觀男女；於是其家無遺焉。雁蕩主者眞藏叟者不平……遂發其事於官，州縣皆受

其賂，莫敢誰何。有印僧錄者……遂挺身出告，官司則以不干己，
卻之。既而遺印鈔二十錠，令寢其事，而印遂以賂首，於是官始
疑焉……姑移文巡檢司，追捕一行人。……不待捶楚，皆一招即
伏辜。始設計招傑，凡兩月餘始到官，悍然不伏供對。蓋其中有
僧普通及陳轎番者未出官（普已齎重貨入燕求援），以此未能成
獄。凡數月……解囚上州之際，陳轎番出覘，於是成擒，問之，
即承。及引出對，則尚悍拒；及呼陳證之，傑面色如土……於是
始伏。……其事雖得其情，已行申省，而受其賂者，尚玩視不忍
行。旁觀不平，惟恐其漏網也，乃撰為戲文，以廣其事，後眾言
難掩，遂斃之於獄。越五日而赦至。

這是元初發生在溫州的一個驚心動魄的故事。居於「三僧四道」的上層地位
的一個僧侶，竟然專橫跋扈至此；他無惡不作，至刳婦人孕，簡直喪盡天良。
而元朝吏治的貪污穢濁，南方漢人社會地位的卑下，都在這個戲文中明明白
白地揭發出來。其演出的結果，又能造成一種輿論的壓力，使這惡僧不至漏
網，大快人心。可見這本戲文寫實的精神，產生極大的影響，可惜這樣一本
成功的劇本，沒有流傳下來。

到了明初，以時事為題材的戲文，有姚茂良所作《合璧記》，演解縉事；闕
名作《王陽明平逆記》，演王陽明平宸濠事；闕名作《芙蓉屏記》，敘崔英、王
氏夫婦重合事，乃盛傳於吳中的元、明間時事；丁鳴春所作《鄒知縣湘湖記》，
其本事見《劇說》，引何孝子傳，謂蕭山有湘湖，浸湮已久，弘治間，里人何舜
賓倡議疏濬，又揭發豪家侵佔湖地。知縣鄒魯得賄賂，竟置舜賓於死。後賓子
競為父報仇，傷魯並置於法。《遠山堂曲品》著錄云：「何競力報父仇，矐鄒令
之目，張宗子收之義烈傳中，有以也。此記事詳而覈，末段則不無駢枝可刪。」
是揭發貪官的醜惡面目。也可惜這些劇本，至今都未見流傳。

至於元代的雜劇，由於文人的地位卑賤，他們因政府廢科舉、輕儒流，
而失其所業，落魄不偶，他們對現實的人生，有深刻的體會，藉著雜劇，他
們寫出了社會百態、寄託胸臆。這當中自然不乏時事的劇本。今略舉其要。
如關漢卿所作《魔合羅》、孫仲章作《勘頭巾》，二劇中的良吏張鼎，為民平
冤，他斷獄無私，為人稱道；雜劇中將《元史》世祖本紀所言：「世祖中統十
四年，鄂州總管府達魯花赤張鼎參知政事。十五年，近侍劉鐵木兒言，阿里
海牙屬吏張鼎，今參知政事，詔即罷去。」這樣的一個人物活現了。而由金

入元的作家王仲文，寫了《救孝子賢母不認屍》一劇，其中的王脩然是「金朝士大夫以政事著名者」〔註13〕人們都稱他遠超過包拯，又說：「儉爽軍清官大斷案」，更寫出了那個時代人民的企盼；他們歌頌清官，更祈求善政啊！

在社會方面，元雜劇也反映了些民情風俗。如武漢臣寫《散家財天賜老生兒》一劇，敘述劉從善無子，妻李氏又偏愛女婿張郎，而虐待秉性溫良的姪兒引孫。劉有妾小梅將產，張夫婦又設計欲害之，置於別屋，謂其潛逃。後來李氏感悟，小梅歸家，兒子已三歲。劇中將老年盼子的心情，刻劃生動。又如闕名作《焚兒救母》一劇，演汴梁張屠，事母至孝，母病嚴重，遂與妻禱東嶽神，並以子焚於醮盆，以乞母命，後為鬼卒所救，兒得不死。這不但寫出了匹夫匹婦的愚孝，也可察知元代社會的陋習。〔註14〕又元以來妓女頗多，文士們既多失意，在煙花場中多所聞見，於是寫妓女從良的戀愛故事，表出勾欄中的炎涼及妓女堅貞可佩的一面，也寄託一己煩悶不平之氣。此類劇本頗多，今但以夏庭芝所編《青樓集》中、記樊事真事為例：

> 樊事真，京師名妓也，周仲宏參議嬖之。周歸江南，樊飲餞齊化門外，周曰：「別後善自保持，毋貽他人之誚。」樊以酒酹地而誓曰：「妾若負君，當刳一目以謝君子。」亡何，有權豪子來，其母既迫於勢，又利其財；樊則始毅然，終不獲已。後周來京師，樊相語曰：「別後非不欲保持，卒為豪勢所逼，昔之誓，豈徒設哉！」乃抽金篦刺左目，血流滿地，周為之駭然，因歡好如初。好事者編為雜劇，曰《樊事真金篦刺目》，行於世。

凡此，不論是反映時政，或描寫社會情實，都給人很大的震撼。

明初的雜劇，在開國君王「提倡名教」的控制下，改變了本質。洪武、永樂都有禁演雜劇的榜文，唯獨教忠教孝，合乎節義的戲劇不禁。〔註15〕有關時事的雜劇劇本，也多出於政治目的。如朱有燉作《神后山秋獮得騶虞》，明宣德間原刊本題目作「三百士鐵甲金槍手，七奏樂龍箋大家書」；正名作「鈞州城夜雨留鶴駕，神后山秋獮得騶虞」。敘永樂間，中州神后山出現騶虞，捕

〔註13〕劉祁：《歸潛志》，卷八語。

〔註14〕《元典章》卷五十七刑部雜禁條載：「山東京西道廉訪司中：本道封內有泰山東嶽，已有朝廷頒降祀典，歲時致祭，殊非細民諂瀆之事，……近為劉信酬願，將伊三歲癡兒，拋投醮紙火盆，以致傷殘骨肉，滅絕天理。」蓋即焚兒救母劇取材之所本。

〔註15〕已見第一章第二節。

獲獻於朝廷，是歌頌太平的劇本。〔註16〕闕名作《奉天命三保下西洋》，存本題目作「遵聖道一統大明朝」，簡名《下西洋》。俗傳三保太監下西洋，爲明初盛事。三保，鄭和小字，明史宦官有傳。此劇舖張鄭和功績，多怪異荒誕之說。又《英國公平定安南》一劇，演張輔四下安南事，爲明代永樂間故事，詳明史本傳，而《保國公安邊破虜》一劇，則爲天順間事。按保國公即朱永，撫寧伯謙之子，字景昌。天順中前後八佩將軍印，巡邊七年。劇演安邊破虜，當此時事。見明史附朱謙傳。後二劇雖不傳，也可見其宣揚安邊功業的用心。不過，這一類的劇本，與前述開國劇、戰爭劇，宣揚德威的作用，似乎也是異曲同工的了。再如：來集之作《秋風三疊》，其中《鐵氏女花院全貞》，演明布政鐵鉉死節，妻楊氏並二女發教坊司，楊氏病死，二女終身不受辱。久之，鉉同官以聞，乃赦出，皆適人。〔註17〕則是有助於風教的。

明初雜劇沈寂了六十多年，這少數的時事劇作，多少可反映出時局的太平，以及君王的教化，未嘗沒有貢獻啊！

明代中葉以後，雜劇雖然發展到後期，日漸衰微，但其中反映時事的作品，反而不少於明初，而且多出於士大夫自寫懷抱的立場，不再蘊涵明顯的政治目的了。他們寫時人時事，卻往往借以自況，如：董玄的《文長問天》，《劇品》謂北（曲）一折，並云：「牢騷怒罵，不減漁陽三弄，此是天孫一腔碗礴，借文長舒寫耳。」朱京藩作《玉珍娘》，《劇品》謂北（曲）一折，並云：「朱君於劇中直自敍其姓名，而寫其一段淋漓感慨之致。玉珍娘直寄情耳，非繫情也。」沈自徵作《楊升庵詩酒簪花髻》，升庵因兩上議大禮疏，謫戍雲南三十餘年，永遠不宥，竟死戍所。此劇借升庵簪花跌宕以自況，第於歌笑中見哭泣耳。

他們有時也抨擊時事，如闕名所作《朱大周屏逐奸臣》，訐楊一清陰事。近人葉德均《曲目鉤沈錄》、引孫繼芳《磯園稗史》，有此雜劇正名，係譏太宰楊應寧奸貪，「著回原籍披氈衫，養癩象去。」應寧爲楊一清字，明史有傳，實有其事。史槃作《清涼扇餘》，劇演逆璫魏忠賢事，《遠山堂劇品》謂此劇南北（曲）四折，並云：「此於王雲來清涼扇之外，別構四折。內錢嘉徵面斥陸萬齡一折，絕有生色。」嘉徵字孚千，嘉興人，嘗劾魏閹十大罪，其疏爲世所傳。這些作品，或多或少受傳奇影響，因此，真正能反映這個時代的時

〔註16〕另有奢摩他室曲叢本。
〔註17〕本事見錢謙益：《列朝詩集》，及《明史紀事本末》。

事劇作，不得不歸於傳奇了。

第三節　明代時事傳奇的劇作背景

　　有人說：「經濟是歷史的骨骼，政治是歷史的血肉，文化藝術是歷史的靈魂。」〔註18〕在戲劇發展的歷史中，經濟、政治、思想文化，三者是息息相關的。朱明一朝，在經濟方面，商品經濟市場開始破壞自給自足的自然經濟；在政治方面，市民階層開始和官衙貴族發生衝突；在文化生活方面，適應城市居民需要的章回小說、長篇戲劇、以及民俗文學特別盛行。〔註19〕這可由政治核心、士、農、工、商等各階層的演變看出。

　　明初中央極權政治高度發展，已如第一章第二節所述。太祖下令相權由皇帝兼攝（洪武二十八年下令）：「我朝罷相，設五府六部、都察院、通政司、大理寺等衙門，分理天下庶務，彼此頡頏，不敢相壓，事皆朝廷總之，所以穩當。以後嗣君并不許立丞相，臣下敢有奏請設立者，文武群臣，即時劾奏，處以重刑。」〔註20〕另設立大學士以襄助侍從。到了成祖即位，命侍讀解縉、胡廣，編修黃淮、楊士奇，修撰楊榮等入直文淵閣，參預機務，稱爲「內閣」，內閣之名自此始，預機務也自此始。〔註21〕閣臣的職權並不重。到了仁宗時，擢閣臣楊士奇爲兵部尚書、楊榮爲工部尚書。宣宗時，又召楊溥入閣，後遷禮部尚書，閣臣兼尚書職，權勢漸重。英宗以三楊主天下建言奏章，閣臣間不分輕重。後楊士奇、楊榮死，楊溥老，始命陳循預議。後宦官當權，閣臣亦爲所制。

　　明太祖禁止內閣識字讀書、不許干預政事。但由於成祖在奪皇位的過程中，曾得宦官的內應相助，因而即位後信任宦官，委任宦官以出使、鎮守、監軍、專征等職務，於是宦官干預軍政大事，開了有明一代閣宦畸形發展的政治。而錦衣衛、東廠等特務機構的行使權，也都操於宦官之手。《明史》刑法志云：「東廠之設，始于成祖，錦衛之獄，太祖嘗用之，後已禁止，其復用亦自永樂時，廠與衛相倚，故言者并稱廠衛。初成祖起北平，刺探宮中事，多以建文帝左右爲耳目，故即位後，專倚宦官，立東廠于東安門北，令嬖昵

〔註18〕翦伯贊：〈對處理若干歷史問題的初步意見〉，引自鄭春憲：《中國文化與中國戲劇》，湖南師大社會科學學報，1987年，第五期。
〔註19〕中國文學史研究委員會：《新編中國文學史》（三），頁149。
〔註20〕《明太祖實錄》，卷二三九。
〔註21〕李光璧：《明朝史略》，頁39。

者提督之。緝訪謀逆、妖言、大奸惡等，與錦衣衛均權勢。」宣宗在位時，由於他的叔父朱高煦想奪取帝位，他怕朝臣私通高煦，便靠宦官作耳目，並在宮內設立「內書堂」，特派大學士陳山任教習，教年幼的宦官讀書，遂成定制。〔註22〕以後宦官逐漸干預政事，英宗正統時太監王振專權，甚至破壞制度，於是皇權旁落於宦官手中，而政治機構也日趨腐敗。憲宗成化間，又設立「西廠」，加強特務統治，用太監汪直為爪牙，提都官校刺事，他動不動就施加重法，民間不寧。〔註23〕武宗又設「內行廠」，由劉瑾直接指揮，並伺察東西廠的特務活動。劉瑾斥逐正派內閣大臣，如李東陽、謝遷等，引進黨羽焦芳、劉宇等入閣，一手專擅任用大權。劉瑾的權勢薰灼，他行酷法、廣收賄賂，任用大批貪污官吏，使得社會危機日趨嚴重。〔註24〕世宗有鑒於正德時宦侍之禍，即位後雖仍任用宦官，卻御近侍甚嚴，所以宦官們不敢太放肆。他又「盡撤天下鎮守內臣及典京營倉場者，終四十餘年不復設，故內臣之勢，惟嘉靖朝稍殺云。」〔註25〕

世宗以藩王入嗣帝位，多得力於以楊廷和為首的內閣組織；此時的內閣分首輔、次輔，權勢迥異，與明初不太分輕重不同。因此嘉靖時期的內閣權勢，超越了明代前期，內閣的首輔地位，也就成了爭奪政權炙手可熱的目標。嘉靖時內閣的紛爭，從大禮議開始。楊廷和為首的集團，主張世宗應以孝宗為皇考，生父興獻王為皇叔父；張璁等則請改孝宗為皇伯考、興獻王為皇考。在名號上多次爭議改異，且於祔廟問題大勢爭論，最後張璁以議禮迎合聖意，為內閣首輔。嘉靖十二年（西元1533年）大同兵變，張璁力主鎮壓，並推薦劉源清為總督，但師久無功，被閣臣夏言所劾，張璁罷官，〔註26〕由夏言繼為首輔。當初議大禮時，嚴嵩極力奉迎世宗意旨，又極力奉侍世宗玄修，頗

〔註22〕《明史》，卷三○四，宦官列傳。

〔註23〕詳《明史》，卷三○四，汪直傳。

〔註24〕《明史》，卷三○四，劉瑾傳：「公侯勛戚以下莫敢鈞禮，每私謁，相率跪拜，章奏先具紅揭投瑾，號紅本，然後上通政司，號白本。」

《明史紀事本末》，卷四十三，劉瑾用事條：「諸司官朝觀至京，畏瑾虐焰，恐罹禍，各斂銀賂之，每省至二萬兩，往往貸于京師富豪，復任之日，取官庫貯倍償之，名曰京債。」又：「用酷法繩人，內外貨賂不資。」

又有一次修理莊田，就侵官地五十餘頃，毀官民房三千九百餘間，發民間墳二千七百餘家。僅以他被籍沒時所藏金銀而論，計有「金二十四萬錠，又五萬七千八百兩，元寶五十萬錠，又一百五十八萬三千六百兩。」

〔註25〕同註22。

〔註26〕《明史》，卷一六九，張璁傳。

得世宗歡心，此時又在內閣排擠夏言。嘉靖二十五年，俺答大舉入犯，大學士夏言和總督曾銑，力主收復被侵占的河套失地，備戰守邊。但嚴嵩讒言曾銑輕開邊釁，誤國家大計，而夏言附和，敗壞國事，於是世宗殺曾銑、夏言，嚴嵩取得首輔地位，「後竟無一人議復河套者」。〔註 27〕嘉靖末，徐階攻倒嚴嵩，代為首輔。隆慶時，徐階與閣臣高拱互相傾軋，後來高拱與宦官相勾結，傾倒徐階，取得首輔地位。穆宗死後，高拱和張居正同受顧命，張居正暗中勾結太監馮保，排軋高拱，得任首輔。張居正為首輔十年，又是神宗的老師，掌握大權，為明代第一權相，成就萬曆初政之強盛。但因專權，不恤與言路為仇，他在萬曆十年死後，次年就追奪官階，再明年籍其家，子孫慘死狼籍。

　　張居正死後，言官爭相抨擊當道，樹黨立門，排斥異己。夏燮《明通鑑》卷六十八云：「初，言路為居正所抑，至是爭礪鋒銳，搏擊當路，羊可立、李植、江東之並荷上寵，三人更相結，亦頗引吳中行、趙用賢、沈思孝為重，執政惡之，未幾……許國尤不勝憤，專疏求去，言『昔之專恣在權貴，今乃在下僚；昔顛倒是非在小人，今乃在君子，意氣感激，偶成一二事，遂自負不世之節，號召浮薄喜事之人，黨同伐異，罔上行私，其風漸不可長。』意蓋指中行、用賢等也。自是言官與政府日相水火矣。」神宗則荒怠淫亂，在位四十八年，從萬曆十七年以後，就不上朝，而在宮中吸食鴉片，縱情聲色，直到萬曆四十三年才因「擊梃」一案，召見群臣一次，以後仍不上朝。所以萬曆中葉以來，政治廢弛，官缺多不補。而神宗又是貪好財貨有名的，「以金錢珠玉為命脈」，〔註28〕他派出許多礦監、稅監，以掠奪財物。皇室腐朽，官僚機構也癱瘓了，以致各樹黨羽，勾結閹宦，互為抨擊。夏允彝《幸存錄》門戶大略云：「國朝自萬曆以前，未有黨名，及四明沈一貫為相，以才自許，不為人下，而一時賢者如顧憲成、孫丕揚、鄒元標、趙南星之流，蹇諤自負，與政府每相持，一貫言路亦有人，而憲成講學於東林，名流咸樂趨之，此東林、浙黨之所起也。」由清議而黨爭，先是建儲問題，後有李三才上疏陳述礦稅弊害之爭，再則擊梃、紅丸、移宮三案，黨爭愈演愈烈。到熹宗即位（西元 1621 年）以後，魏忠賢「掌握政權，秉筆批紅，干預朝政，從宰輔到百僚，都由他任意升遷削奪。而且還掌握著軍權，隨意任免督撫大臣。」〔註 29〕一

〔註27〕《明史紀事本末》，卷五八，議復河套。
〔註28〕《明史》，卷二三七，田大益傳。
〔註29〕李光璧：《明朝史略》，頁 154。

切反東林派的士大夫，都歸魏閹門下，結成閹黨。魏忠賢專政，顛倒黑白、摧殘文化，嚴重威脅明皇權的存在。崇禎即位，雖剷除魏門閹黨，但他仍信用宦官，終明一代，閹黨和東林餘黨一直對立潛伏。皇室腐敗崩潰的局面既已形成，則只有苟延殘喘了。

在明代社會裡，革去了元代四種、十等的階級，除了萬人之上的帝王家之外，仍循傳統的士、農、工、商界分業。士大夫在八股經義取士的科舉制度下，思想被牢籠箝制了；而廷杖和錦衣衛的設立，更折辱、懾服了士大夫的氣節。由於明太祖出身貧農，以樸素勤勉著稱；而生性猜忌，對士大夫刻薄猜疑。他給予官吏的俸祿，可算是空前低微：最高者月薪八十石，最低者月給五石。當時公價米最高二石值銀一兩，米賤時八十石只值銀十兩，五石只值銅錢五百文。比起宋代，何啻天壤；宋代官俸最高者每月錢三百貫（三十萬文），銀三百兩以上，另外還有米、絲、絹、綿等補給，以及各項津貼、補助、賞賜。〔註30〕官員們只能在極度節儉的原則下生活。但成祖起後，在南北兩京大建園囿樓閣，生活豪華，民風也傾向侈靡。〔註31〕到了十六世紀初，大部分的高級官員和宦官都已過著十分奢侈的生活。明、范濂《雲間據目抄》紀風俗條有謂：「嘉靖、隆慶以來，豪門貴室日趨奢淫，士人多著博帶、儒冠、道袍、陽明衣、十八學士衣，時尚新奇，帽、鞋、襪等，貴時髦流行。甚至官私奴婢亦漸多用細麗器物。」風尚所趨，士大夫追求物質生活及外在衣著的新奇，他們用心所在，是如何增加自己的財源。以微薄的俸祿，根本無法滿足他們的慾望，「他們的收入主要依靠地方官的饋贈，各省的總督巡撫所送的禮金或禮品，往往一次即可相當於十倍的年俸」。〔註32〕而地方官的貪污，更可以想見了。他們多不留意政事，只用心於逢迎朝廷大員，所以有明一代官僚，上自宰輔，下至驛遞，皆以虛文相應酬。以致胥吏專橫，如顧炎武《日知錄》卷八、吏胥條所說：「今（明代）奪百官之權，而一切歸之胥吏，是所謂百官者虛名，而柄國者吏胥而已。」這些科舉出身的州縣知事，只會咬文嚼字，思想囿於八股，不了解民間實情，加上明代做宋制，南人北官、北人南官以「迴避本鄉」，〔註33〕使得胥吏把持地方政事、魚肉鄉民。地方官

〔註30〕謝澄平：《中國文化史新編》（四），頁256。
〔註31〕《明史》，卷七十八，食貨志。
〔註32〕黃仁宇：《萬曆十五年》，頁3。
〔註33〕孟森：《明代史》，頁55。

飽食終日，也不深究。他們更縱容鄉紳害民取利，清趙翼《廿二史劄記》卷卅四、「明鄉官虐民之害」云：「前明一代風氣，不特地方有司私派橫征，民不堪命；而縉紳居鄉者亦多倚勢恃強，視細民爲弱肉。上下相護，民無所控訴也。」並引了《明史》列傳中許多劣紳害民的故事爲例，如首相楊士奇之子楊稷、梁儲之子梁次攄、董國光之子董二，仗父勢爲非；烏程鄉人仗溫體仁、唐世濟之勢作歹，多逍遙法外。顧炎武《日知錄卷》十三、南北學者之病條就說：「飽食終日，無所用心，難矣哉！今日北方學者是也。群居終日，言不及義，好行小慧，難矣哉！今日南方之學者是也。」士大夫任官，尸位素餐至此！他們甚至賭博取樂，蔚爲風氣。《日知錄》卷二十八、賭博條云：「萬曆之末太平無事，士大夫無所用心，間有相從賭博者。至天啓中始行馬弔之戲（按即「馬掉腳」紙牌四十張）。而今之朝士，若江南、山東幾於無人不爲此。」他們視明律「禁文武官吏賭博，違者革職查辦」的規定爲具文，難怪顧炎武痛切感嘆：「士大夫之無恥，是謂國恥！」〔註34〕在這怠惰玩世的風氣下，多的是尸位素餐、但求明哲保身的庸官，奉承宦官親貴的佞臣，依富商玩世的風流之士，……只有少數剛直之士，不畏權貴，爭抗惡政，成爲人們歌頌的清忠典範。

明初太祖重農，移民開渠墾荒，經農民辛勤墾種的結果，全國荒地大多墾成熟田了；洪武元年，全國已墾田面積不過一百八十多萬頃，到了洪武二十四年，全國官民田總數爲三百八十七萬四千七百四十六頃。〔註35〕洪武二十六年，全國耕地面積達到八百五十萬七千六百二十三頃。〔註36〕太祖強迫移民，有的人樂得新居耕地，也有苦於遠離鄉井，而受壓制的，但大體說來，農民生活由苦而安定，大多能安居樂業。但明中期，權豪兼併：「自洪武迄弘治百四十年，天下額田（徵收錢糧有定額者）已減強半，而湖廣、河南、廣東失額尤多。非撥給於王府，則欺隱於猾民。廣東無藩（王）府，非欺隱、即委棄於寇賊矣。」〔註37〕洪武二十六年稅田總額八百五十萬七千六百二十三頃，到弘治十五年已降到四百二十二萬八千五十八頃，失額達到一半。但是稅糧總額仍維持原數。〔註38〕在貪官污吏勾結豪猾權貴之下，他們肆行兼

〔註34〕顧炎武：〈廉恥〉一文。
〔註35〕《明太祖實錄》，卷一四〇。
〔註36〕《明史》，卷七七，食貨志、田制。
〔註37〕《明史》，卷七七，食貨志、土田條。
〔註38〕《明會典》，卷二四，稅糧：洪武二十六年，夏稅四百七十一萬二千九百石，

併、隱漏稅糧，貪婪舞弊，將這些田賦都轉嫁到貧苦的農民身上。此外役法比賦法更混亂，弊端更多。本是按黃冊編定，輪流應役的，經里甲與豪強勢家串通，挪前移後，擅改戶籍，使貧者負擔愈重，大戶負擔愈輕，結果貧戶只有舉家逃亡，以避徭役，里甲制度因而逐漸破壞。在田賦、徭役交逼下，許多農民失去去地，甚至相率流亡，農村凋蔽。宣德間，個別地區出現流民，到了正統以后，流民幾遍全國，成為社會上嚴重的問題。《正統實錄》多見記載。很多流民集結在荊襄地帶，成化間，南陽、荊襄一帶，屯聚流民數達一百五十萬。〔註39〕這是以鄖陽為中心，包括陝西、四川、湖北、河南四省邊界的廣大山地；據高岱《鴻猷錄》所載，此地在元末是「流逋作亂」之所，明初就封禁，稱為禁山。《大明律》上特載：「令荊、襄、南陽等處深山窮谷，係舊禁山場，若不附籍流民潛往團聚為非者，許軍衛有司巡捕官兵里老人等，拘送各該官司問刑衙門，問發邊遠充軍，窩藏之家罪同。」此地雖是深山，但地多可耕，又不必納稅，統治者嚴禁的結果，激起農民起義，以劉千斤（通）、李胡子（原）為首的數十萬農民，在鄖陽山區與明朝官兵堅持七、八年（天順八年至成化七年、西元1464年～西元1471年），後雖為項忠所平，流民仍屯結山區，時時與官兵抵抗，並推動了川、陝、鄂、豫各地的經濟發展。正德年間，又有四川、江西各地的農民起事，而規模最大的全國性農民起義，則是起於京師附近的文安，劉六、劉七等農民，不堪皇莊、莊田的壓迫，於正德五年（西元1510年）十月起兵，次年得到群眾響應，正德七年七月，義軍被官軍所敗，八月，劉七中流矢赴水自殺，亂事乃平。嘉靖初年，世宗取消皇店、勘查皇莊、莊田，退還農民部分土地，稍作收斂改善，到萬曆六年（西元1578年）宰相張居正嚴行丈量，行一條鞭法，暫時緩和社會危機，卻未能釜底抽薪。因此在萬曆間三次加征遼餉以援韓抗日，崇禎間又征剿寇餉和練兵餉，使農村破敗，連產米特多的蘇松地帶，也苦於賦稅困累，〔註40〕終於暴發了明末的農民大反抗。李自成起兵，以「迎闖王，不納糧」為號召，原因在此。

　　至於工匠，雖然地位提高，且為世襲，又有一部分自己支配生產的自由。

秋糧二千四百七十二萬九千四百五十石。弘治十五年，夏稅四百六十二萬五千五百九十四石，秋糧二千二百十六萬六千六百六十五石。
〔註39〕《罪惟錄》，卷十一上，項忠傳。
〔註40〕《五雜組》，卷四：「吳（江蘇）、越（浙江）之田苦賦稅之困累。」

在農業繁榮的基礎上，手工業生產也不斷發展和提高；而引進西域技術，銀礦、棉織、毛織尤為發達。但明中期以後，宦官分駐各地，監督工商業，貪污欺壓，匠戶苦於輪班制的無償強制工作，有的怠工反抗，甚至逃亡。正統以來，奴役增加，匠戶逃亡就更加顯著；如正統十三年「工役繁興，匠多逃者，先已逮至六千餘人，十一月又逮四千二百餘人，後又逮萬人，皆令桎梏赴工。」〔註41〕同時在浙江、福建、江西一帶，更激起了民變。如浙江葉宗留，本是一個礦工手工業者，他率領一些礦徒逃亡到禁山仙霞嶺山區，私開銀礦，所採白銀不能糊口，官軍又屢次剿捕，就在正統九年（西元 1444 年）率眾起事，直到正統十三年（西元 1448 年）十二月，葉宗留在鉛山中官軍流矢犧牲了，〔註42〕這民亂仍一直蔓延。後來，於景泰五年（西元 1445 年），明廷把輪班工匠一律改為四年一班，也不能扭轉大勢。成化二十年（西元 1484 年）令「輪班工匠有願出銀價者，每名每月南匠出銀九錢，免赴京，所司類齎勘合，赴部批工，北匠出銀六錢，到部隨即批放，不願者，仍舊當班。」〔註43〕這樣一來，手工業匠戶得到更多的自由，但負擔仍然沈重。到了嘉靖八年（西元 1529 年）明廷完全廢除輪班制，一律徵銀，由官工徭役制過渡到代役租制；這時匠戶的匠籍仍舊保留，但行動上和一般農民沒有分別。如此一來，工匠技術和產品投入市場，與城市及農村的手工業技術互相結合，推動了商品經濟的發展。但自明神宗萬曆中期以後，政治腐朽，「以明皇室為中心的上層統治集團，瘋狂的追求財貨，過著荒淫無恥的生活。」原本明廷就常借「採辦」和「製造」來掠奪工商業，〔註44〕從萬曆二十四年起，明皇室更派出許多「礦監」、「稅監」，掠奪財物，他們「只知財利之多寡，不問黎元之死生」〔註45〕礦監到處編富民為礦頭，招貧民為礦夫，而宦官為礦使監督，強迫搜刮，弄得「礦買以賠累死，平民以逼買死，礦夫以傾壓死」。〔註46〕稅監則到處私設關卡，重疊征稅，如「儀真與京口一江之隔，不過一、二里地，豈有可以兩稅之理。」〔註47〕他們橫征暴斂，甚至可以隨便捕殺、任意處置地方官吏（因他們有專摺奏事、隨時密告的特權，又有節

〔註41〕《明史》，卷一三，英宗本紀。
〔註42〕《英宗實錄》，卷一七三。
〔註43〕《明會典》，卷一八九。
〔註44〕李光璧：《明朝史略》，頁 146～148。
〔註45〕《明神宗實錄》，卷三四九。
〔註46〕《明史》，卷八一，食貨志。
〔註47〕《明神宗實錄》，卷三三〇。

制有司、舉刺將吏的特權），〔註48〕致使貧富盡傾、工商交困，激起各地市民普遍反抗，從萬曆末到天啓初，二十多年間，規模較大、反抗礦稅監的民變，就有二十多起。〔註49〕如萬曆二十九年（西元 1601 年），蘇州紡織工人罷工、殺傷稅吏，包圍織造衙門，要變罷稅，他們「不挾寸刃，不掠一物，預告鄉里，防其延燒。毆死竊取之人，拋棄買免之財。」〔註50〕迫使太監孫隆逃往杭州。事後蘇州知府出面調停，群眾首領葛賢（本名葛成）挺身自首，「願即常刑，不以累眾」，事變始息。類似這種反抗的事件，在明末延續蔓衍，參加的階層，包括有手工業工人、小商品生產者、工場主、商人、以至士大夫官僚，明統治者大失民心，昭然可見。

明代工商較元更發達，陶瓷、棉布、絲綢，成爲國際貨品，鹽、茶、礦砂也都流通各大都市。明初，爲了扶植商業發展，商稅征收較輕，洪武二十三年，令「各處稅課司局商稅，俱三十稅一，不得多收。」〔註51〕並命于城外瀕水築「榻房」，以貯貨物，便利商人。《明史》卷八一〈食貨志〉載：「初京師軍民居室，……比舍無隙地，商貨至，或止于舟，或貯城外。」另外鹽商代朝廷專賣，特設「開中」的辦法，令商人運糧到邊境，領鹽引回到內地取鹽，依路遠近及軍糧多少，計算得鹽數量，商人有利可圖，也使政府能鞏固邊防。後來統治者爲了增加國庫收入，就改變制度，如《明史》卷一八五〈葉淇傳〉（弘治四年爲戶部尚書）：「變開中之制，令淮商以銀代粟，鹽課驟增至百萬。」鹽商從此可以用銀買鹽。鹽課雖然增加，但商屯一空、邊餉立絀。《明史》卷七七《食貨志》就說：「弘治中葉，淇變法而開中始壞，諸淮商悉撤業歸，西北商亦多徙家于淮，邊地爲墟，米石值銀五兩，而邊儲枵然矣。」隨著手工業作坊、紡織業工場的發達，城市更加繁榮。有些小商品生產者，也躍身爲資本家，如張瀚在他所著的《松窗夢語》卷七〈異聞記〉所敘，他祖上經營絲織業而發家。《醒世恆言》卷十八〈施潤澤灘闕遇友〉也敘述了施復夫婦由家庭手工業發跡的經過。如此一來，商業資本侵入生產，絲織業中已有包買商出現，進一步商人控制了生產。當時南京、北京不只是政治中心，也是經濟中心。另外，現代大商業都市還有三十餘處，大部分集中

〔註48〕 李光璧：《明朝史略》，頁 149。
〔註49〕 同註48，頁 159。
〔註50〕 《明神宗實錄》，卷三六一。
〔註51〕 《明會典》，卷卅五，商稅。

在東南沿海，其中江、浙兩省，約占全數三分之一，整個北方只占全數四分之一。在商品經濟的沖擊下，明初以來使用的錢、鈔、銀三種貨幣，鈔法先壞，錢用不廣，只有銀成了最重要的貨幣。〔註52〕到世宗嘉靖時，國家收付已大部分用銀，皇室、大官僚地主、典庫錢莊，都瘋狂地搜刮、貯藏金銀、金融市場大為活躍，而以新安商人和山西票號商為最。新安商人出入淮河、長江，以揚州為交易總匯，原為淮鹽業大商，自開中法變後，他們進一步買賣蘇松紡織及景德鎮瓷器，加入國際市場。山西陝西商人則借貸於貧苦役工，又為朝廷運軍糧於九邊鎮，享用開中法特權，逐漸成為巨富。〔註53〕他們設立票號，與新安商人在明中期平分金融市場。〔註54〕可是一般商人，卻苦於各地普設的「稅監」，生活困苦。這樣的社會，工商繁榮，金融活躍，有權、有能者逐利享樂，困乏者卻受盡剝削；貧富懸殊，社會危機重重，不平憤激之情四起，繁榮也奈何不了動亂了。

　　此外，值得一提的，是明代的官私奴婢。明代朝廷屢令，禁止將遭到俘虜、拘略、投靠或抵賣的良民，變為奴婢。〔註55〕《明律集解》卷四〈戶役〉條更說：「若庶民之家存養奴婢者，杖一百，即放從良。」但事實上，明代官府、權貴，都用官奴。自宮中到地方官的雜役走卒；軍隊中下級的兵卒、輜重、差役、傳令走卒等；以及各大官辦廠場的工匠，如織染、磁窯、皮革、氈帳、五金等工役；都用官奴。而各級官府及軍營也多有官妓和婢女，招待官兵。〔註56〕此外，從諸藩王、公主、功臣，甚至各地富豪，也大蓄奴婢，尤以江南為最。這些私家奴婢身分雖微賤，但仗勢欺人，氣燄倒也不小。顧炎武《日知錄》卷十三〈奴僕〉條記載：「太祖數藍玉之罪曰：『家奴數百。』今日江南士大夫多有此風。一登仕籍，此輩競來門下，謂之投靠，多者千餘人。而其用事之人，則主人之起居、食息，以至於出處、語默，無一不受其節制。有甘於毀名傷節而不顧者。奴者主之，主者奴之，……人奴之多，吳中為甚，其專恣暴橫，亦吳中為甚。有王者起，當悉免為良民而徙之，以實遠方空虛之地。士大夫之家，所用僕役，並令出貲雇募，如江北之例，則豪橫一清，而四鄉之民可以安枕。」

〔註52〕李光璧：《明朝史略》，頁102～113。
〔註53〕謝澄平：《中國文化史新編》（四），頁260～261。
〔註54〕商務印書館，《辭海》、票號條：「以匯款及放債為業者，其始多山西人為之，分號遍於各省。鉅資存放號中，給息甚薄，甚有無息者，故獲利頗豐。……」
〔註55〕《續文獻通考》，卷十四〈戶口考〉。
〔註56〕謝澄平：《中國文化史新編》（四），頁274。

何以造成這甘爲人奴的風氣，實在耐人尋思。

上述的社會現象，可以視爲明代時事劇發展的骨骼和血肉。但造成這些現象，以及這些狀況影響下的精神活動，則是明時事劇發展的靈魂。

明代思想，統治者竭力宣揚繼承儒家傳統的程、朱理學，在永樂十三年（西元 1415 年），胡廣等奉詔輯錄《性理大全》。這部巨製，含有程朱學派的主要著作，以及宋元新儒家的語錄。「主要並非爲新儒家學說之發揚，只是將欽定之外衣套於新儒學上。程朱思想，早已成爲國家意識型態以及學問與眞理之嚴謹配方。其目的非爲新知之發現，但求在許多特殊項目上，與新儒學之教一致。更劣者，其目標非爲社會進步與個人修養，而只是仕祿之途之成功。」〔註57〕於是具有創意性及自尊的儒者，就棄舉子業，在德養方面尋求獨立與自由。直到王陽明出現以後，他長期思索朱子「格物致知」的理論，對此以讀書爲重點，對士大夫階層所立的教法，深表不滿，而拈出「致良知」，以「簡易直接」爲特色，並以「四民」爲立教的對象。〔註58〕它一方面滿足了士階層談「本體」、說「工夫」的學問上的要求，另一方面又適合了社會大眾的精神需要，因此風靡天下。王陽明死後，浙中和江右兩派，代表朝士階層的理論發展；泰州學派則由社會大眾一面立說，創始人王艮，本身就是經商，他指「百姓日用，以發明良知之學」，門下有樵夫、陶匠、田夫，可見這新儒家的倫理已深入民間，王陽明的教法已通俗化、社會化了。從王龍溪、羅近溪，到何心隱、李卓吾，弄到儒禪不分，以致通俗文化中出現三教合一的運動。〔註59〕

在上述思想背景下，文化藝術的展現，也由復古而後變古、解放；由拘箝而後狂怪、卓異。以書畫而言，明初畫壇沈寂。宣德時，戴進等恢復了宋畫院的整嚴作風。成化、弘治以來，畫壇極盛，沈周、文徵明、唐寅、仇英，四大家一出，各樹風格，大抵承宋元筆法，而走向工致精細，或更健勁。到晚明，以董其昌爲中心，開展了「文人畫」的風氣，著重個性表現，如陳洪綬寫人物

〔註57〕陳榮捷：《早期明代之程朱學派》，收入《朱學論集》，頁 340～344，學生書局六九年版。

〔註58〕《傳習錄》三百十三條：「你們拏一個聖人去與人講學，人見聖人來，都怕走了，如何講得行？須做得箇愚夫愚婦，方可與人講學。」又三百十九條云：「我這裡言格物，自童子以至聖人，皆是此等工夫。但聖人格物，便更熟得些了，不消費力。如此格物，雖賣柴人亦是做得。雖公卿大夫，以至天子，皆是如此做。」

〔註59〕詳余英時：〈儒家倫理的新發展〉，《知識分子》1986 年冬季號，頁 23～26。

花卉能以孤傲倔強的筆調，突破拘束，獨闢新徑，就是一例。又如花鳥畫家徐渭，筆調豪縱，所畫花鳥，形似之外又能捉住活潑的生命。〔註60〕在書法方面，元末明初的「三宋二沈」（宋克、宋璲、宋廣、沈度、沈粲），沿襲趙孟頫遺風，輕險、妍美，缺乏渾厚之氣。後來沈周、吳寬繼起，取法宋人，而格調漸高。李東陽、祝允明、文徵明等人，則直追晉唐，建立高古遒勁的面貌。到了明末，邢侗、張瑞圖、米萬鍾、董其昌號稱四大家，則多能融貫古人，而成一己面貌。董其昌反對精熟，而強調筆墨形跡之外的情趣，即使臨摹，也表現著個人的面貌與筆法。張瑞圖、王鐸、傅山等，則傾向變形；他們能寫規矩的字，卻以古怪的筆法和面貌示人，表現創意和個性。〔註61〕

　　文學發展方面，一代讀書人都在八股文上死用功夫，以求升官發財，以致正統文學——古文詩詞衰落。吳喬〈答萬季埜詩〉問：「事之關係功名富貴者，人肯用心，唐世功名富貴在詩，故唐世人用心而有變，一不自做，蹈襲前人，便為士林中滯貨也。明代功名富貴在時文，全段精神，俱在時文用盡，詩其暮氣為之耳。」焦循《易餘籥錄》也感嘆說：「有明二百七十年，鏤心刻骨於八股。如胡思源、歸熙甫、金正希、章大力數十家，洵可繼楚騷漢賦唐詩宋詞元曲以立一門戶。而李何王李之流，乃沾沾於詩，自命復古，殊可不必者矣。」明代文學，主要思潮就在復古、擬古。明初高啓的詩文，多工於摹古，喪失了自己的個性。〔註62〕宋濂的文章雍容典雅，開啟永樂到成化間的臺閣體作風，他們的作品，毫無生氣，只是歌功頌德、溫厚和平的應酬詩文罷了。一些文士不滿這種文風，於是提出擬古主義相號召，他們文崇秦漢，詩必盛唐，欲藉亦步亦趨的摹擬，得古人神髓，自成名家，於是前七子（李夢陽、何景明、徐禎卿、邊貢、王廷相、康海、王九思）聲勢喧赫，推動了當日的文壇。接著後七子（李攀龍、王世貞、謝榛、宗臣、梁有譽、徐中行、吳國倫）起而倡和，壓制了王慎中、唐順之的宋文運動。到了晚明，浪漫思潮隨著擬古詩文的腐化、陽明心學的盛行而興起。公安、竟陵的新文學運動，就主張著重獨抒性靈、不拘格套、創作有思想感情的作品，他們承接了唐順

〔註60〕李光璧：《明朝史略》，頁251～252。
〔註61〕周鳳五：《書法》，頁95～96。
〔註62〕《四庫提要》：「其於詩擬漢魏似漢魏，擬六朝似六朝，擬唐似唐，擬宋似宋，凡古人之所長，無不兼之，振元末纖穠縟麗之習，而返之於古，啟實為有力。然行世太早，殞折太速，未能鎔鑄變化，自為一家，故備有古人之格，而反不能名啟為何格。特其摹啟古調之中，自有精神意象存乎其間。」

之文學本色論的主張，並且重視小說、戲曲的文學價值。〔註63〕在晚明的小品文、民歌、小說、戲曲等文學作品中，充分表現出市民的生活和情感，也反映出人生的需要的轉變，產生這個時代特有的文學。

在戲劇本身的發展方面，由於經濟的成長，產生了不同於傳統的市民階層，他們以戲劇為主要娛樂方式，於是架構出傳奇——擺脫貴族化的雜劇——的形式。而社會、政治的矛盾、不平，成了譜入戲劇的絕佳題材，為時事劇灌注了新血。文藝的風尚，由摹仿而創作，由謹飭而浪漫，也是時事劇去古而開新的原動力，其蔚為風氣，也是結合了政治、經濟、思想文化的綜合展現。

第四節　明代時事傳奇的劇目

時事劇在明代中葉以後，大量出現，蔚為風氣。嘉靖、隆慶與萬曆、天啓間，更是二個高峰。前者筆鋒所向，是權臣嚴嵩及其黨羽；後者則是魏忠賢及其閹黨。在此政治環境下的社會傳奇，也是劇作家創作的素材。這些資源，可由各家著錄查尋。有關明代傳奇著錄的簿籍很多，主要的有：

《曲品》二卷　明、呂天成　萬曆三十八年（西元 1610 年）自序

《遠山堂曲品》　明、祁彪佳　收明傳奇四百三十五種，雅品殘稿三十一種

《寶文堂書目》　明、晁瑮

《新傳奇品》一卷　清、高奕

《古人傳奇總目》一卷　清、高奕

《曲海目》　清、黃文暘（揚州畫舫錄卷五）

《曲考》　清焦循（揚州畫舫錄補黃撰曲海目）

《今樂考證》　清、姚燮

《曲目表》一卷　清、支豐宜

《曲海總目提要》（原稱樂府考略）　清、董康等校訂

《傳奇彙考》　清、闕名、石印本（祇八卷）

《傳奇彙考標目》　清、闕名、寶敦樓舊藏（別本）傳奇彙考標目

〔註63〕參劉大杰：《中國文學發達史》，頁 845～868。

《曲錄》　王國維

《西諦善本戲曲書目》　鄭振鐸

《曲海總目提要拾遺》　杜穎陶

《明清傳奇鉤沈》　趙景深

《明代傳奇全目》六卷　傅惜華　錄九百五十種

《中國戲曲總目彙編》　羅錦堂　香港萬有圖書公司

《古典戲曲存目彙考》　莊一拂　收傳奇二千五百九十餘種。

　　其中以明人呂天成《曲品》為最早，書中記載明劇作家九十人，劇作一百九十二種，並附有作家略傳和評論。其後，祁彪佳從呂著得到啟發，多有增益改進，而成《遠山堂曲品》一書。彪佳是名藏書家祁承㸁的兒子，又非常喜歡戲劇，據他的日記，他常幾天，甚至十幾天不斷地看戲。〔註64〕他廣收南北曲，並加以整理、編校、撰作，而寫就這一部搜羅明代雜劇、傳奇殆盡的巨製。彪佳生長在明末，當時政治黑暗、社會動盪。他在天啟二年（西元1622年）中了進士以後，四次出仕，頗有政績，而且直言敢諫、不畏權豪，卻也因此受到排斥，致仕家居達八年之久。崇禎末才再起官，任蘇松總督時，清兵入關渡江，彪佳知事不可為，投水自殺殉國。死時才四十五歲。由於他是一個忠烈義士，深切感受到官場的黑暗，對於諷時刺事的作品，尤其不任其漏失，甚至給予適切的評價。在現存《遠山堂曲品》的殘稿中，共列明代傳奇劇目四百六十六種，可以確定明指時事的，約有四十多種，相當於全數的十分之一，可說是研究明時事劇的第一手資料。雖然現存劇本不多，但可由此書窺見當時的盛況。

　　後人所錄，則以莊一拂所編《古典戲目存目彙考》搜羅最富，此書將崑山腔以前的「舊傳奇」編入戲文，與本論文的觀點一致，因此就以此書作為著錄的主要依據，再參以《曲海總目提要》，確認劇本內容，並核錄各家著錄，進而考查其存佚狀況，並略加說明。體例分政治、社會兩部分，其下再依流傳、失傳者，分別列目簡述之。至於選目標準，除本章第一節所列時事劇的範疇之外，並將作者時代列入考慮。所言明代時事，一概以崇禎十七年、莊烈帝殉國為斷限。至於明清之際的作家，對此前之事及於聞見，而譜寫的劇本，列入採錄；所傳聞者則暫不取。以崑山腔譜成的劇本取錄，雜調戲文不

〔註64〕葉長海：《中國戲劇學史稿》，頁310。

錄。至於遺珠之憾，在所難免，容日後補充。

一、關於政治者

（一）流傳者

1. 《虎符記》　今樂考證、傳奇品、曲考、曲海目並見著錄。曲海總目提
   要並錄。現在流傳的本子有：
   明萬曆間富春堂刊本
   清延陵嘉興鈔本（程硯秋舊藏）
   朱格鈔本（梅蘭芳舊藏）
   北平圖書館藏舊鈔本
   古本戲曲叢刊初集本據富春堂刊本影印

全劇凡四十齣，敘明初花雲戰太平事。清楊潮觀《吟風閣雜劇》有〈荷花蕩〉，專演侍兒孫氏救送雲子煒事。京劇〈戰太平〉中，有妾攜子逃避情節。《納書楹曲譜》補遺、訂有勸降一齣，但無演者。秦腔有〈梵王宮〉。〔註65〕

　　此劇作者張鳳翼，字伯起，號靈墟，別署靈虛先生、冷然居士。江蘇長洲人。生於嘉靖六年，卒於萬曆四十一年，年八十七。與弟獻翼、燕翼並有才名，吳人語曰：「前有四王，後有三張。」明嘉靖四十三年舉於鄉，四上春官，會試不第，晚年鬻書自給。文學品格，獨邁時流，而以詩文字翰交結貴人爲恥。著有《處實堂前集》及《後集》、《談輅》、《文選纂註》、《夢占類考》。善度曲，自朝至夕，口嗚嗚不已。吳中舊曲師有太倉魏良輔，鳳翼出而一變之，群起宗焉。嘗與次子演琵琶記，父搬蔡邕，子搬趙氏，觀者塡門，夷然不屑意也。所作傳奇，有紅拂、祝髮、竊符、虎符、灌園、扊扅六種，總題爲陽春六集；又僅存目者有《平播記》一種，存疑待考有《蘆衣記》、《玉燕記》兩種。散曲有《敲月軒詞稿》，亦久散佚。

2. 《西洋記》　遠山堂曲品著錄。今有鈔本流傳。吳曉鈴云：「余曾見前中央研究院歷史語言研究所入藏鈔本，正衍鄭和事，今不知歸何所。」此劇敘永樂間鄭和歷使西洋諸國事。

3. 《鳴鳳記》　今樂考證、呂天成曲品、傳奇品、曲考、曲海目、曲錄並見著錄。今流傳版本有：

明萬曆間湯海若評本

明李卓吾評本

明末汲古閣原刊本

古本戲曲叢刊初集本據汲古閣原刊本影印

全劇四十一齣，演嚴嵩父子弄權橫暴事。焦循《劇說》謂此劇初成時命優人演之，邀縣令同觀，令變色起謝，欲亟去。世貞徐出邸抄示之，曰：「嵩父子已敗矣。」乃終宴。《綴白裘》收入寫本、辭閣、嚴壽、河套、醉易、放易、喫茶七齣。今尚演者有辭閣、嵩壽、喫茶、夏驛、寫本、斬楊、醉易、放易等齣。《讀曲類稿》云：「時伶高慶奎曾排演皮黃戲楊椒山」。

　　《鳴鳳記》作者，說法不一，大抵有三種說法：一認爲是王世貞作。毛晉六十種曲、清無名氏傳奇彙考、姚燮今樂考證、王國維曲錄等均採此說。二認爲是無名氏作。明呂天成曲品、王驥德曲律中均未言王世貞有此作品，所以後來學者或以爲是無名氏作。三認爲是王世貞和門客所作。焦循劇說、曲海總目提要採此說。近期對此問題的探討，有蘇寰中〈關于鳴鳳記的作者問題〉，而葉永芳碩士論文《鳴鳳記研究》中，也有詳盡考證。不論採何種說法，王世貞與鳴鳳記必然關係密切。據傳說，王世貞的父親王忬，因灤河失事，竟被嚴嵩構陷，繫獄論死。於是世貞解官，與弟每日匍匐嵩門求貸，並囚服跽道，遮擋諸貴人乞救，但人都畏憚嚴嵩威勢，不敢置言，世貞眼睜睜看著父親棄於西市。世貞恨嚴嵩，於是作鳴鳳記以寫嚴嵩及趙文華奸狀。

　　王世貞，字元美，號鳳洲，別署弇州山人。江蘇太倉人。生於嘉靖八年，卒於萬曆二十一年（西元 1529 年～西元 1592 年），年六十五。十九歲成進士，官刑部主事，遷青州兵備副使。以父忬爲嚴嵩所殺，棄官歸。隆慶初，伏闕訟父冤。後累官刑部尚書，移疾歸。始與李攀龍共主文盟，攀龍沒，獨主壇坫二十年，爲明代詩家「嘉靖七子」之一。著述極富，所著《藝苑卮言》，爲後世讀曲家所推重。王驥德《曲律》謂：「弇州曲多不見，特四部稿中有一塞鴻秋、兩畫眉序，用韻既雜，亦詞家語，非當行曲。」清人焦循《劇說》稱：「弇州史料中，楊忠愍公傳略與傳奇不合。相傳鳴鳳傳奇，弇州門人作，惟法場一折，是弇州自填詞。」

　4.《飛丸記》　今樂考證、呂天成曲品、遠山堂曲品、曲考、曲海目、曲錄並見著錄。現存刊本有：

　　明末汲古閣原刊本

汲古閣六十種曲本

繡刻飛丸記定本

全劇三十二齣。敘易弘器與嚴世蕃女玉英事。易幾死於世蕃，《鳴鳳記》言爲解免者爲陸姑，此以出之世蕃女，而卒與諧婚。蓋借諷刺嚴家父子爲背景，而以才子佳人爲表面，但求快意之作。其提綱作：「嚴世蕃挾仇坑士，易弘器報德諧姻；嚴玉英守貞霜烈，叩郡實結義蘭馨。」今無演者。

此劇作者有云：一，秋郊子，遠山堂曲品著錄題此。二，無名氏，今樂考證、曲考、曲海目、曲錄並作此。三，張景，繡刻定本作此，據傳奇彙考標目：別本作張景，按，張景，一作景岩，號秋郊子，字里未詳，生平不可考。

5. 《一捧雪》　今樂考證、新傳奇品、曲考、曲海目、曲錄並見著錄。今流傳刊本有：

崇禎間刊本

古本戲曲叢刊三集本

凡二卷三十齣。敘述明嘉靖末嚴世蕃不法事。今演者尚有賣畫、豪宴、送杯、換監、株逮、審頭、刺湯、祭姬等齣。清無名氏據此編作《一捧雪彈詞》。

作者李玉，字玄玉，號蘇門嘯侶，所居曰「一笠庵」。江蘇吳縣人。崇禎末舉人，與吳偉業友善。明亡後，絕意仕進，以作曲自娛。卒於康熙時。所作傳奇多至三十三種，又有《北詞廣正譜》十八帙，梅村爲之序。

6. 《喜逢春》　曲錄著錄。傳本有：

明崇禎間刊本

清初玉夏齋刊本

長樂鄭氏彙印傳奇影印本

古本戲曲叢刊二集本據崇禎刊本影印

此劇凡二卷三十四齣。演毛士龍忤魏閹事。題目作「竊朝權的魏忠賢兒如豺豹，媚閹宦的崔呈秀甘作犬鷹；上彈章的楊都憲朝陽鳴鳳，抗讒邪的毛給事聖世祥麟。」於乾隆時遭禁，幸仍傳留人間。

作者清嘯生，一作清笑生，江蘇江寧人（今南京），姓字未詳。曲錄附錄，載此劇名目，題無名氏撰。

7. 《磨忠記》　遠山堂曲品著錄。現存版本有：

　　　明崇禎刊本

　　　民國上海傳眞社影印崇禎刊本

　　　古本戲曲叢刊二集本據崇禎本影印

全劇三十八齣，演崔、魏之禍，傾害忠良。題目作「魏忠賢擅權肆毒，楊侍御觸犯兇鋒，錢貢士連章激奏，明天子袪惡除凶。」

　　　作者范世彥，字君澂，號檇李闇父，浙江秀水（今嘉興）人。生平事蹟未詳。約明崇禎元年前後在世。

8.《清忠譜》　今樂考證、新傳奇品、曲考、曲海目、曲錄並見著錄。今
　　流傳刊本有：

　　　順治間刊本

　　　古本戲曲叢刊三集本

劇凡二卷三十四齣。敘述周順昌事，以顏佩韋等五人仗義就戮爲關節。首有吳偉業序，略云：同郡周忠介公，以忤魏削逐，復被籍事羅織，斃於獄中。及魏敗，公長嗣茂蘭，刺身血書疏，伏闕鳴父冤。事後，譜公事塡傳奇者凡數家，李玉作最後出，獨以文文肅公事與公相映發，而事俱案實。

　　　作者李玉，但非創筆。題曰：「蘇門嘯侶李玉玄玉甫著。同里葉時章雉斐、畢魏萬後、朱𦒎素臣同編。」以其皆爲吳人，故獨以吳事爲題材。

　　　《納書楹曲譜》訂有罵祠一齣。《綴白裘》收有書鬧、拉眾、鞭差、打尉，誤刻爲《精忠譜》，應予辨正。京劇有〈五人義〉一名〈倒精忠〉，本此。

9.《回春記》　未見著錄。現存刊本有：

　　　明崇禎刊本

　　　古戲曲叢刊三集本據明刊本影印。

凡十四齣，一題作「一念呼秋六合回春」。借明末背景，敘湯去三勘亂建勛，盡誅貪污，功成歸隱。其開場題目作「具經濟諸文止貢院談文，包忠義湯去三轅門除奸；笑卑諂的笑得眼睛無縫，罵貪污的罵得舌底生煙。」

　　　作者朱葵心，字號生平皆未詳，江蘇吳縣人。約明崇禎元年前後在世。

10.《合劍記》　此戲未見著錄。

　　　清初刊本，中國社會科學院文學研究所舊藏

此劇記彭士弘殉節事。士弘，杏山人，官眞定南宮縣。崇禎末，劉方亮攻城，被執不屈，以身殉難。時劉氏目擊其事，爲作此記。言彭有雌雄兩劍，因以

扭作關目，殆非實事。

　　曲海總目提要有此本，云：眞定劉鍵邦撰。劉氏字號未詳，河北眞定人，諸生，生平事蹟無考。約清順治元年前後在世。〔註66〕

（二）失傳者：（包括存有殘曲者）

1. 《合璧記》　今樂考證、呂天成曲品、遠山堂曲品、傳奇品、曲考、曲海目、曲錄，並見著錄。萬曆刊《樂府名詞》中選有此曲。

　　劇演解緒事。明史本傳，緒言建儲及討交阯事，因此得禍下詔獄，埋積雪中死，並籍其家，徙妻子遼東。曲海總目提要云：「此記則云赦出，仍爲學士，乃傳奇之體，必欲團圓，故結成婚合璧。」

　　作者王恆，字伯貞，號少谷，浙江奉化人。約萬曆十年前後在世。

2. 《玉鈎記》　遠山堂曲品著錄。謂演明初王公偉死節雲南事。作者闕名。

3. 《平妖記》　遠山堂曲品著錄。記永兒、王則之亂。作者不可考。

4. 《金盃記》　遠山堂曲品著錄。演于謙事，全據杭人《萃忠錄》小說。葉泰華、吳懷綠合作。其字里、生平均不詳。按：《西湖佳話》：「寶極觀星宿閣有妖魅。謙與眾友爭氣，獨宿閣中。夜半，見從人簇一官府將入，謙厲聲喝之，即驚散。謙推窗見一銀盃於地，袖而藏之。天明，眾友至，謙出盃爲驗」。劇名金盃，或本此。

5. 《金盃記》　未見著錄。「傳奇彙考標目別本」著錄之。並謂于謙事。作者汪薇，字藥房，安徽歙縣人。

6. 《雙龍珮》　今樂考證、新傳奇品、曲考、曲海目、曲錄，曲海總目提要並見著錄。曲海總目提要云：「明時人作，不知姓字。演袁彬事。」英宗土木之變，袁彬從駕，備歷勞悴，帝解所繫雙龍珮賜之。後石亨陷彬，彬自訴前功，出珮爲證。全劇始終以珮爲關目，中間所引姓名俱實，其事蹟亦眞僞參半。莊一拂列入清代傳奇。今寧載勿漏，仍以明作品列之。

7. 《神劍記》　今樂考證、遠山堂曲品著錄，傳王陽明道德事功。作者呂天成，原名文，字勤之，號棘津，別署鬱藍生，浙江餘姚人。約生於萬曆五年（西元 1577 年）左右，卒於萬曆四十二年（西元 1614 年）左右。童年嗜聲律，善詞曲。其祖母孫氏，好儲書，收藏古今戲曲甚富，天成得縱覽之。後師事沈璟、與王驥德爲莫逆交。著有曲品二卷，可備明代

〔註66〕《西洋記》、《合劍記》二本，未能親見，暫列目備考。

戲曲大概，王驥德與參訂並為作序。所著傳奇共有十六種，其中十三種未見流傳，玉符、碎琴、金谷三種存疑待考。

8. 《回天記》　遠山堂曲品著錄。記楊中丞死諫事。水雲逸史作，其字里、生平、不詳。

9. 《金環記》　遠山堂曲品著錄。群音類選中殘存。佚曲。演海瑞忠剛事蹟。作者木石山人，江蘇吳縣人，餘皆不詳。

10. 《忠孝記》　遠山堂曲品著錄。演沈青霞劾嚴嵩父子，浩氣丹衷之表現。作者史槃，字叔考，會稽人。約生於嘉靖十年（西元 1531 年），卒於崇禎初。工於詞曲，與王驥德同為徐渭門人。

11. 《壁香記》　未見著錄。遠山堂曲品史槃忠孝條下有云：「傳沈公青霞者，叔考難兄有壁香記。」

12. 《忠孝記》　遠山堂曲品著錄。傳吳百朋一生宦譜。作者趙藺如，生平、里居字號皆不詳。

13. 《去思記》　遠山堂曲品著錄。演王鐵保境禦倭事。作者沈應召，生平、里居字號皆不詳。

14. 《大刀記》　遠山堂曲品著錄。寫劉綎平番征倭事。作者夏口口，未詳其餘。

15. 《龍劍記》　今樂考證、呂天成曲品、遠山堂曲品、傳奇品、曲考、曲海目、曲錄、並見著錄。記平寧夏哱賊事。此記作於萬曆三十三年，而平拜在萬曆二十年，相去未久，聞見俱確。〔註 67〕作著吳大震，字東宇，號長儒，自稱市隱生。安徽休寧人。約明萬曆中前後在世。傳奇另有《蓮囊記》，其序有沈季彣、蔡天植、呂圭三人。大意言徐嘉、文聘婚姻，以蓮囊為始終關鍵，故名。以萬曆間日本平秀吉攻朝鮮，朝鮮國王請救，神宗發兵征討為背景。劇中沈惟敬欲破壞徐嘉婚姻，以文聘真容，獻於關白一事，或以沈議封貢時，曾有以女子獻媚之說，作者以此實之。作者陳顯祖，別署環溪漁父，浙江四明（今寧波）人，生平、無可考。

16. 《三綱記》　遠山堂曲品著錄。記田嘉谷事。作者孫一化，字里、生平未詳。

17. 《灌城記》　遠山堂曲品著錄。記寧夏哱拜事，作者隱求，姓字、里居皆

不詳。

18. 《賜劍記》　遠山堂曲品著錄。演哮承恩事。另有龍劍記、灌城記皆同題材，只是主角各異。作者陳德中，字號里居、生平未詳。

19. 《萬民安》　今樂考證、新傳奇品、曲考、曲海目、曲錄並見著錄，曲海總目云：「明季蘇州人作，不知誰筆。演葛誠擊殺黃建節事。謂因此而蘇民得安，故曰萬民安也。」虎丘有萬賢祠，志乘亦皆載入。萬曆辛丑，蘇州民變，葛誠挺身爲民請命，萬民得免株連。作者李玉，江蘇吳縣人，崇禎末中鄉試副榜，苟非親身目睹，亦必耳聞身受，故列於明代時事劇之列。

20. 《冰山記》　遠山堂曲品、今樂考證著錄。記崔、魏閹黨事。此記明刻《玄雪譜》中尚存佚曲。作者陳開泰，字治徵，生平、里居未詳。後張岱曾加刪改，其《陶庵夢憶》卷七，冰山記條云：「魏璫敗，好事者作傳奇十數本，多失實。余爲刪改之，仍名冰山。」當改本演出時，情況極爲熱烈，同條又云：「觀者數萬，臺址鱗比，擠至大門外。」

21. 《鳴冤記》　遠山堂曲品著錄。亦傳魏璫事。作者盛於斯，字號、里居、生平皆不詳。

22. 《中流柱》　遠山堂曲品著錄。以耿樸公不下拜逆璫生祠被逮，點綴崔、魏諸事。作者王元壽，字伯彭，陝西部陽人，无功兒。事跡無考。

23. 《冤符記》　遠山堂曲品著錄。記魏璫，而以傳劉侗初事。作者陽明子，姓字、里居、生平皆未詳。

24. 《過眼浮雲》　遠山堂曲品著錄。記魏璫事。作者鵬鸚居士，姓字、里居、生平皆未詳。

25. 《雙眞記》　未見著錄。雲間曹家駒「說夢」云：朱雲萊藉魏閹延引，升北太常。閹敗，家居，聲伎自娛。有張次璧者，作一傳奇名〈雙眞記〉，其生名京兆，字敝卿，蓋以自寓也；且名惠玄霜；其淨佟遺萬，佟者以朱爲鄉人也，遺萬謂其遺臭萬年也，詆斥無所不至。雲萊大恨，訟於官。陳眉公爲之解紛，致札當事，請追書板，當堂銷毀，置其事不問。按作者張積潤，字次璧，上海人。父所望，官至山東布政，善音律，次璧亦以家學自負。約明天啓元年前後在世。

26. 《請劍記》　遠山堂曲品著錄。記魏璫事。作者穆成章，字號、里居、生

平皆未詳。

27. 《清涼扇》　遠山堂曲品著錄。亦記客、魏亂政事。作者王應遴，字董父，號雲來，別署雲來居士。浙江山陰人。明崇禎時，官禮部員外郎。精通曆象醫術，曾參與天啓修曆事。生卒年不可考。明亡時，殉節死。

28. 《鹹隼記》　遠山堂曲品著錄。記耿楳公事，與中流柱同題材。作者王玄曠，生平、里居、字號未詳。

29. 《廣爰書》　曲錄、遠山堂曲品著錄。傳崔、魏時事。乾隆間列入禁煅書目。作者三吳居士，生平、字里不詳。

30. 《秦宮鏡》　遠山堂曲品著錄。記崔、魏事。作者白鳳詞人，姓字、里居皆未詳。

31. 《犀軸記》　遠山堂曲品著錄。記沈青霞不屈於逆瑾事。作者不可考。

32. 《孤忠記》　遠山堂曲品著錄。述魏瑾時事。作者無考。

33. 《不丈夫》　遠山堂曲品、今樂考證著錄。演楊漣劾閹黨事。作者高汝拭，號藻香子，生平、字里未詳。

34. 《瑞玉記》　未見著錄。《傳奇品》有此本，注云：「周忠介事。」《魚磯漫鈔》云：瑞玉記描寫逆瑾魏忠賢黨人巡撫毛一鷺及織局太監李實，構陷周忠介公事甚悉。甫脫稿，即授優伶唱演。一鷺聞之，持厚幣倩人求改易，袁乃易一鷺爲春鋤。作者袁于令，見下文《西樓記》條下。

35. 《三節記》　遠山堂曲品著錄。記天啓初遼陽之役，高衷白死難事。作者許以忠，生平、字里不詳。

36. 《錢神記》　遠山堂曲品著錄。本事未詳，但知爲直刺時事。作者闕名不可考。

37. 《平湖記》　遠山堂曲品著錄。記聶、戴二公平鄉民之難。作者不可考。

38. 《兩詩記》　遠山堂曲品著錄。記徐君官醫巫爲當事所扼事，並斥時官。作者徐應乾，字孔坪，里居未詳。官廣寧醫巫閭（今遼寧北鎮縣），以強項爲當事所扼。約明崇禎九年前後在世。其作傳奇尚有德政編、籌虜記、屢廖記、三遷記、汨羅記，均不見流傳。

39. 《讀書種》　曲錄據傳奇彙考著錄。曲海總目提要有此本，云近時人撰。演方孝孺事。作者陳曉江，字號里居生平未詳，爲孝孺發憤，故姚廣孝、蹇義等，皆受詆毀。且直指斥崇禎殉國事，以爲成祖誅戮太多之報應。

40. 《籌虜記》 遠山堂曲品著錄。曲品云：「邊臣啓釁促疆，卒貽遼左十餘年不結之局。非君一片熱腸，安能寫得明透如許。」作者徐應乾，里居未詳，見前《兩詩記》下。

41. 《金凫記》 遠山堂曲品著錄，云：「譜楊恆陷虜事。事在天順間，大類蘇子卿。」作者王韶，字號、里居、生平皆未詳。

二、關於社會者

（一）流傳者

1. 《玉丸記》 今樂考證、呂天成曲品、遠山堂曲品、傳奇品、曲考、曲海目、曲錄，並見著錄。流傳本子有：

明萬曆間武林刊本

古本戲曲業刊初集本，據萬曆刊本影印。

全劇二卷三十八齣。演朱三山與雲玉丸伉儷事。以玉丸為前後關目，至丸合相逢結束。中間並插入汪直通倭擾浙，胡宗憲收寇事。

作者朱期，字萬山，浙江上虞人。約明萬曆中前後在世。呂天成曲品稱其「乃世家令子，終困志於卑官。」

2. 《三社記》 未見著錄。但流傳刊本有：

明崇禎間必自堂刊本

古本戲曲叢刊三集本據明崇禎刊本影印，標李笠翁評定。凡三十三齣，敘孫湛結社遨遊，並娶妓周文娟。以富春情社、西泠藝社、秣陵俠社，故名三社。作者其滄，未著其姓，里居、生平未詳。

3. 《雙雄記》 今樂考證、呂天成曲品、遠山堂曲品、傳奇品、曲考、曲海目、曲錄，並見著錄。現存版本有：

明墨憨齋刊本

乾隆間鐵瓶書屋印本

古本戲曲叢刊二集本據墨憨齋刊本影印

全記二卷三十六齣，記前總評云：「世俗骨肉參商，多因財起。丹三木之事，萬曆庚子辛丑間實有之。是記感憤而作，雖云傷時，亦足警俗。」

作者馮夢龍，字猶龍，一字耳猶，別署龍子猶、顧曲散人、墨憨齋主人等。江蘇長洲人。萬曆二年生，順治三年卒，年七十二。才情跌宕，詩文藻

麗，尤工經學。曾任壽寧知縣。清兵渡江，參與抗清，殉國死於故鄉。居所曰墨憨齋，嘗取古今傳奇刪改之，往往易其名目，共十五種，題曰：墨憨齋定本，其中僅《雙雄記》一種，純粹為其創作。選輯散曲，曰《太霞新奏》。又好編刊小說話本，有《喻世明言》、《警世通言》、《醒世恆言》，世稱「三言」。還編有民歌集《掛枝兒》等。

4. 《鴛鴦縧》　曲錄據傳奇彙考著錄。今傳有：

　　明崇禎間刊本

　　武進陶氏涉園影印傳奇石印本

　　古本戲曲叢刊二集本據崇禎刊本影印

全劇三十八齣。眷首有崇禎八年序，此時清兵正侵遼東，作者感慨時事而發之。劇中虜蠢諸齣，有敘滿洲攻明事，乾隆間列為禁書。《醒世恆言》有「張淑兒巧智脫楊生」，即指其事。

　　作者路迪，字惠期，號海來道人。江蘇宜興人。生平、事蹟無考。

5. 《二奇緣》　今樂考證、曲錄著錄。今流傳刊本有：

　　明崇禎刊本

　　古典戲曲叢刊三集本，據明刊本影印

凡二卷三十八齣。演正德間楊維聰、費懋中事。標目作「張淑女智仁兼備，楊維聰文武皆能；編醒世墨憨龍子，撰傳奇筆未歌生」。劇以楊會碩女於艱危，費獲神女於井底，與難同時，雙諧佳偶，因名《二奇緣》。與路迪《鴛鴦縧》情節類似，有改其作易名《千里駒》者。

　　作者許恆，字南言，江蘇吳縣人。生平、事蹟未詳。曲錄據傳奇彙考著錄，列入無名氏。

6. 《千里駒》　今樂考證、曲考、曲海目、曲錄並見著錄。今有鈔本傳世。

　　今樂考證註：即《二奇緣》改本。關目頗新，言劉廷鶴家有千里驪驪馬，故名。作者張瀾，字號、里居、生平具不詳。

7. 《西樓記》　今樂考證，遠山堂曲品、傳奇品、新傳奇、曲考、曲海目、曲錄並見著錄。現存刊本有：

　　明劍嘯閣刊本

　　汲古閣刊本

　　古本戲曲叢刊二集本

劇凡四十齣。劍閣本題《西樓夢》。題目作「于叔夜死與素徽期，胥長公生把輕鴻棄；種愁根幾句楚江情，載癡緣一部西樓記。」傳此劇乃作者之自傳。後世常演者有樓會、拆書、玩箋、錯夢、俠試、贈馬諸齣。

作者袁于令，原名韞玉，又名晉，字令昭，號籜庵，吳縣人。明末諸生。清兵南下，鄉里挽其作降表進呈，以功敘荊州知府，然十年不見陞進。終日以圍棋度曲自娛。晚年寓居會稽，忽染異疾卒。工作曲，師葉憲祖。

8. 《風流院》　今樂考證、遠山堂曲品、曲考、曲海目、曲錄並見著錄。
存本題《小青娘風流院》。流傳有：
　　明崇禎間德聚堂刊本
　　古本戲曲叢刊二集本據德聚堂刊本影印
凡三十四齣。劇中以小青為主，以湯顯祖為風流院主，以柳夢梅、杜麗娘為院仙。朱氏自序：「余之於小青也，未知誰氏之室，一讀其詩，如形貫影，相契之妙，不在言表。故為之設木主，置之齋几，名香好茶，朝朝暮暮。小青為讀牡丹亭一病而夭，乃湯若士害之，今特記中有所勞若士以報之。」按小青傳記，今日流行者三，一見馮夢龍即詹詹外史之《情史》，二見張山來《虞初新志》，三則為支如增《小白本》。

作者朱京藩，字价人。字里、生平未詳。另有雜劇《玉珍娘》，未見流傳。

9. 《療妒羹》　今樂考證、曲考、曲海目、曲錄並見著錄。今流傳刊本有：
　　明崇禎間金陵兩衡堂刊本
　　暖紅室重刊兩衡堂本
　　奢摩他室曲叢據兩衡堂本排印本
　　古本戲曲叢刊三集本據兩衡堂刊本影印
此劇據〈馮小青傳〉增飾而成。題目作「催娶妾顏夫人的賢德可風，看還魂喬小青的傷心可哭，攜活畫韓泰斗的俠氣可交，掘空墳楊不器的癡狀可掬。」吳梅跋云：「石渠以朱京藩風流院記微傷冗雜，因作此掩之。結構謹嚴，較朱作為佳，第朱本亦有不可沒者。吳作佳處，以梨夢、題曲、絮影、畫真、哭束為最。其中題曲一折，逼真牡丹亭，今猶盛行於歌場。

作者吳炳，字可先，號石渠，別署粲花主人。江蘇宜興人。生於萬曆二十三年，卒於順治五年，享年五十四。萬曆己未進士，永曆時官至東閣大學士。永明王奔靖州時，令炳扈從太子而行，被清兵執送衡州，不食十餘日，

卒於衡州湘山寺。少時即喜作戲曲，所作傳奇，總名《粲花齋五種曲》，乃綠牡丹、療妒羹、畫中人、西園記、情郵記，並傳於世。

10. 《雙和合》　今樂考證著錄。新傳奇品、曲考、曲海目、曲錄並見著錄。有鈔本流傳。

　　劇演鳳翔枝與唐和兒、宗和兒二女姻緣撮合事。鈔本凡十九齣，似未完稿。中有明武宗大索民間美女入宮演天魔舞事。作者李玉，已見前文。

11. 《望湖亭》　今樂考證、傳奇品、曲考、曲海目、曲錄並見著錄。今傳有：

　　　　玉夏齋刊本

　　　　古本戲曲叢刊二集本

此劇係萬曆間作者故鄉吳中奇事，同時《情史》中吳江錢生條與《醒世恆言》中錢秀才錯占鳳凰儔，皆記其事。劇因迎親之船未至，顏秀佇立望湖亭以俟，故名。劇中照鏡一齣，今猶有演者。

　　作者沈自晉，字伯明，晚字長康，號鞠通生。江蘇吳江人。沈璟族姪。隱吳山，深沈好古，旁及稗官野乘，無不窮蒐。其詞曲謹守家法而兼妙神情，湯顯祖亦擊賞無閒言，一時詞曲家如范文若、卜世臣、馮夢龍、袁于令並推服之。著有《廣輯詞隱先生南詞譜》、《鞠通樂府》散曲。

12. 《釵釧記》　今樂考證、呂天成曲品、遠山堂曲品、傳奇品、曲考、曲海目、曲錄，並見著錄。今傳本有：

　　　　清康熙間鈔本，大興傅氏藏

　　　　清乾隆間鈔本，中國戲曲研究院藏

　　　　古本戲曲叢刊二集本據康熙鈔本影印

全劇共三十一齣，演皇甫吟、史碧桃為韓時忠誆取釵釧，致生無限波瀾。「其事蹟則有數條相近者，或見正書，或見稗史，作者將數事串合，翻換成編。」（曲海總目提要）今尚演者，有相約、落園、討釵、會審、觀風、賺釵等齣。清人小說《義夫節婦皇甫吟釵釧記》、彈詞《釵釧記》，皆本此而作。

　　作者月榭主人，姓字里居、不詳。或謂即松江王玉峰。

　　（二）失傳者

1. 《合釵記》　今樂考證、呂天成曲品、曲考、曲海目、曲錄並見著錄。曲海總目提要云：「合釵記一名清風亭，編次者天台秦鳴雷。」呂天成《曲品》清風亭條云：「事必有據，俗有申湘藏珠亦如此，而調不稱。明李宗

泰亦有清風亭傳奇。京劇本此改作，爲《天雷報》。

劇演薛榮妻妒悍，妾洪氏，千磨百折不改賢貞，既延後嗣，復敦薄夫。以洪氏棄子時，匣內置釵，釵乃復合，故名合釵記。又以薛子不認其育養生長之義父母，爲天雷殛死亭中，一名清風亭。

作者秦鳴雷，字子豫，號華峰，浙江臨海人。（曲考、曲海目、考證俱誤題李鳴雷）生於正德十三年，卒於萬曆二十一年，年七十六。嘉靖甲辰進士，授修撰，嘗總校永樂大典。晚年乞休家居二十九年，凡吳越名勝，無不探討。有《倚雲樓集》。

2. 《飛魚記》 遠山堂曲品著錄。演漁隱子事。作者汪廷訥，字昌朝，一字無如，號坐隱。別署無無居士、全一眞人、清癡叟、坐隱先生。安徽休寧人，官至鹽運使。爲吳江沈璟弟子。好詩賦詞曲、結環翠亭。約明神宗萬曆中前後在世。作有環翠堂樂府十八種。

3. 《白練裙》 今樂考證、呂天成曲品、遠山堂曲品、曲考、曲海目、曲錄並見著錄。《顧曲雜言》謂：屠長卿奉詔復冠帶，慕寇四兒名文華者，先以纏頭往，至日，具袍服、頭踏。呵殿而至，踞廳事，南面，呼嫗出拜，令寇姬傍侍行酒，更作才語相向。次日六院喧傳，以爲談柄。有江右孝廉鄭豹先者，作傳奇名白練裙，摹寫屠憨狀曲盡。時吳下王百穀亦在留都，其少時曾眷名妓馬湘蘭名守眞者，馬年已將耳順，王則望七矣，兩人尙講衾綢之好，鄭亦串入其中，備列醜態，一時爲之紙貴云。據《拭瓢》引繆荃孫云：「錢塘羅矩字千秋者，曾在江西睹此曲本，後未得再見。」
作者鄭之文，字應尼，一字豹先，江西南城人。萬曆進士，官南部郎，出爲知府。按《列朝詩集》云：「應尼公車下第，薄遊長干曲巷。馬湘蘭、王百穀諸公爲文字飮，頗不禮應尼。應尼與吳飛熊輩作白練裙雜劇。」則此本當鄭、吳同作。吳飛熊，名兆，休甯人。以布衣稱詩，有名萬曆、天啓、崇禎間。

4. 《鳳簪記》 遠山堂曲品著錄。與玉釵同記何文秀事。群音類選、月露音，俱有此劇佚曲。作者李陽春，生平、字里不詳。

5. 《完貞記》 遠山堂曲品著錄。記王順卿事。與玉鐲記同題材。作者無考。

6. 《玉鐲記》 今樂考證、呂天成曲品、遠山堂曲品、傳奇品、曲考、曲海目、曲錄並見著錄。祁彪佳云：「不謂鄭元和之後，復有王三舍。而此妓才智，較勝李娃，即所遇苦境，亦遠過之，惜傳之未盡耳。」此乃玉

堂春落難尋夫故事。作者李玉田，福建汀洲人，佚其名。呂天成稱其「閩人能南詞，亦空谷之音也。」

7. 《蓮囊記》　遠山堂曲品著錄。曲海總目提要有此本，謂明天啟時人所作，自署曰四明山環溪漁父編，未著姓氏。劇述徐嘉、文聘婚姻，以蓮囊為始終關鍵，故名蓮囊記。明萬曆間，日本平秀吉攻朝鮮，神宗發兵征討。關白之役，徐嘉為一名偏裨，沈惟敬以通款誤石星。此劇以此為背景，時有虛衍，多不核實。

8. 《立命記》　今樂考證著錄。曲海總目提要亦見。此劇記袁黃事，黃號了凡，嘉善人，萬曆進士。曲海總目提要云：「記中所載，乃據其所作立命篇，始末皆實事也。」作者自稱萬春園主人，明時人，真姓名、里居不詳。

9. 《天函記》　遠山堂曲品著錄，傳奇彙考標目別本、曲海總目提要俱有此目。曲品謂：「為汪昌朝作譜。」莊一拂按：汪廷訥好神仙，董其昌有廷訥傳，稱其翩翩于天函之洞，友仙證道。詔起，莫知何之。此劇或本此而作。作者文九玄，號澹然，別署赤城山人，浙江天台人，世居吳中，與汪廷訥善。

10. 《玉釵記》　今樂考證、呂天成曲品、遠山堂曲品、傳奇品、曲考、曲海目、曲錄，並見著錄。敘李元璧忠節事。蕳剛謀佔紫芝園，並插入安內擒吳曦事。作者陸江樓，名從龍，浙江錢塘人。約明萬曆十年前後在世。

11. 《桃花塋》　未見著錄。曲海總目提要云明時人作。演衛石、霍靉雲事。中間引入王越威寧海子賜侍兒事，則是明成化間故實，劇中借以生色。作者不可考。

12. 《完扇記》　遠山堂曲品著錄。群音類選、月露音，皆存有佚曲。演賀君狎妓秦小鳳始末，祁彪佳曰：「此似近時事，所云寄鳴道人，或賀自謂乎？」作者寄鳴道人，姓字、里居未詳。

13. 《香裘記》　今樂考證、呂天成曲品、遠山堂曲品、傳奇品、曲考、曲海目、曲錄並見著錄。《遠山堂曲品》作香毬，並云：「記中備江秩之狀，堪為敗家子下一針砭。」作者金懷玉，字爾音，浙江會稽人。棄舉子業，陶情詩酒，工作曲，曲辭諧俗，所作妙相記傳奇，曾轟動當時鄉社。其生卒年不詳。

14. 《擲杯記》　未見著錄。《骨董瑣記》云：萬曆時，松江朱文石冢宰，寶

宋宣和玉杯名「教子昇天」者，內戚平湖陸氏篡取之，竟成兩姓之禍，卒還於朱而碎之。《韻石齋筆談》與《說夢》、《雲間雜識》，記其始末最詳，而詞微異。時有諸生許令則名經眉者為作擲杯記。作者許經眉，字令則，華亭（今上海市松江）人。約明崇元年前後在世。能文章、通音律，為陳繼儒弟子。

15. 《玉佩記》　遠山堂曲品、曲考、曲海目、今樂考證，曲錄並見著錄。曲品載：「彭將軍序云：『萬曆三年，有仙人自稱徐庶，乞封號，上封為散誕神仙。』故此記以飛昇終元直。然其事多屬妄傳。」作者無名氏。

16. 《畫鶯記》　曲錄、呂天成曲品、遠山堂曲品、傳奇品並見著錄。此《鍾情麗集》辜輅事，乃邱濬自述少年遇合。明刻《八能奏錦》選入，別題《題鶯記》，《萬曲長春》選入，作《黃鶯記》。作者趙於禮，字心雲，一作心武。浙江上虞人，約明萬曆中前後在世。

17. 《五福記》　曲錄、呂天成曲品、傳奇品、曲考、曲海目、今樂考證著錄。演徐勉之事。劇中求溺還金、拒色行義等事，皆據徐傳。作者自序云：勉之衹以作善，享天厚賚，始終事可為世人龜鑑。今歲改〈孫郎埋犬傳〉，筆研精良，因成此編，題曰五福，從天之所賚，與勉之所享。作者據傳奇彙考為徐時敏，字學文，里居未詳。

18. 《忠烈記》　遠山堂曲品著錄，並云：「傳蘇道春者凡三，以此為最下。然盡去風情，獨著忠烈，猶不失作者維風之思。」作者謝天瑞，一作天祐，字起龍，號思山。浙江杭州人，或謂河南人。約明萬曆中前後在世。工聲律，嘗訂〈玉屑韻語〉諸篇。

19. 《懷春記》　遠山堂曲品著錄，云：「此亦傳蘇道春者，位置亦自楚楚。但用韻頗雜，而鍊字琢句之工不及忠節多矣。」作者王五完，字號、里居、生平、均未詳。

20. 《羅天醮》　今樂考證、新傳奇品、曲考、曲海目、曲錄並見著錄。曲海總目提要有此本。敘龍履祥、門秀鴛婚姻挫折事。後以設醮會合，故名。劇中插入王守仁擒宸濠及孫燧、許逵死節，以點綴關目。作者李玉，見前。

第三章　政治時事傳奇

　　明代自太祖開國，到思宗殉國，共計二百七十七年。其間政治影響一切，比歷代更爲顯著。〔註1〕明代戲劇的發展，深受政治影響，於第一章已曾述及。而政治傳奇的產生，更是與明代政治，息息相關。今由其劇目，觀其內容，並繫以重大政治事件，可見其題材之所重。依明史分期，歸類如下：

一、太祖開國

　　《虎符記》（張鳳翼）

　　《合璧記》（王恆）

　　《玉鉤記》（闕名）

二、成祖揚國威

　　《西洋記》（闕名）

三、土木之變

　　《金盃記》（汪薇）

　　《金盃記》（葉泰華、吳懷綠）

　　《金梟記》（王韶）

四、武宗失道

　　《神劍記》（呂天成）

五、世宗誤政

　　《鳴鳳記》（王世貞）

〔註 1〕勞榦：〈評孟森《明代史》〉一文，見《學術季刊》第六卷、第四期。

《回天記》（水雲逸史）

《忠孝記》（趙蘭如）

《忠孝記》（史槃）

《壁香記》（史口口）

《犀軸記》（闕名）

《金環記》（木石山人）

《大刀記》（夏口口）

《去思記》（沈應召）

《飛丸記》（張景）

《一捧雪》（李玉）

六、神宗荒怠

《龍劍記》（吳大震）

《灌城記》（隱求）

《賜劍記》（陳德中）

《三綱記》（孫一化）

《喜逢春》（清嘯生）

《磨忠記》（范世彥）

《冰山記》（陳開泰）

《鳴冤記》（盛於斯）

《中流柱》（王元壽）

《冤符記》（陽明子）

《過眼浮雲》（鵬鶒居士）

《雙眞記》（張積潤）

《請劍記》（穆成章）

《清涼扇》（王應遴）

《鹹隼記》（王玄曠）

《廣爰書》（三吳居士）

《秦宮鏡》（白鳳詞人）

《孤忠記》（闕名）

《不丈夫》（高汝栻）

《瑞玉記》（袁于令）

《萬民安》（李玉）

七、啟禎亂亡

《三節記》（許以忠）

《合劍記》（劉鍵邦）

八、未詳

《錢神記》（闕名）

《平湖記》（闕名）

《兩詩記》（徐應乾）

《籌虜記》（徐應乾）

　　朱明一朝，世宗、神宗享國最久，為禍最烈。政治傳奇的題材，也集中於此時出現，分別圍繞著嚴嵩父子、及魏閹亂政二大主軸。而世宗以前，因太祖設下的政治體制未壞，傳奇取材多寫功臣名將，表彰忠義，如《神劍記》寫王陽明、《金盃記》寫于謙、《西洋記》寫鄭和、《玉鉤記》寫王公偉，《合璧記》寫解大紳、《虎符記》寫花雲，後二者甚至將他們犧牲的結局改為團圓，凡此大抵可歸於「忠臣勇將」一類。世宗好道誤政，嚴嵩父子專權跋扈，忠諫臣子殘害殆盡，斲喪士人氣節至極，寫此時政治的劇本，多刻畫諫臣的忠肝義膽，痛斥嚴氏父子的罪行及諂佞群小的醜態，如楊繼盛、沈青霞、海瑞等，都是膾炙人口的忠貞典範。此時倭寇為患，《大刀》、《去思》即寫征倭名將王鐵與劉綎，與嚴氏父子不無關連，因此一併列於「嚴嵩父子」一節。至神宗荒怠尤甚，外有寧夏哱承恩為患，內有魏璫、客氏弄權，貪污風氣如毒瘤蔓延，魏忠賢勢如中天，百姓怨積如蓄洪待發，一旦魏敗，所有的怨氣，盡情傾洩，產生前所未有的政治劇潮流，可說是明代政治傳奇的創作高峰，今專設一節探論。至啟禎亂亡，其勢不可挽回，劇作也如強弩之末，或指陳時弊，或寄寓理想，可視為魏璫亂政後的餘波，附於魏璫一節敘述。此後一批清初的蘇州作家羣，受亡國之痛，多藉前朝事蹟，寫心中壘塊，尤其對成祖靖難時犧牲的人物，如方孝孺、鐵鉉、程濟等，極盡所能，傳寫氣節，這不列於本論文探討範圍，不過他們對明末的政治，多感同身受，至少也耳熟能詳，所述明末政治的劇本，並具探討價值，如李玉的《一捧雪》、《清忠譜》

等，也分別併入前列各節中。

　　此章就依政治事件，歸納劇本的題材，略分爲忠臣勇將報國的風範、權臣嚴氏父子的威勢，及閹官魏璫群醜的罪行三節，分別就流傳的劇本，加以分析。劇本取擇，以天一出版社印行的全明傳奇爲主，其他版本謹就所見列於第二章第四節。一時未見的抄、影本，只好暫抱遺珠之憾，以期異日得全。本章分析的劇本，計有：《虎符記》、《鳴鳳記》、《一捧雪》、《飛丸記》、《喜逢春》、《磨忠記》、《清忠譜》，及《回春記》等，雖然爲數有限，且未必都是深具代表的作品，但在劇本大量亡佚的限制下，或許對明代政治新劇的輪廓，可得其一、二。今將各劇的分析重點，設在人物性格上，擬先由形式討論，進到理論探究，也就是由結構、人物、動作的分析，到主題的呈現、意義的引申，而後評論角色與主題照應的關係。其綱要設計大致如下：

1. 首先界定戲劇發展出的世界，亦即時代背景、基本事件等。
2. 解釋主要角色，及其重要性。
3. 探討主要角色所表現的動作的意義。
4. 敘述動作交織的方式，顯示情節的安排。
5. 由動作交織的過程，看劇作如何呈現主題。
6. 指出主題及其意義的引申。
7. 綜論各角色的性格與主題照應的關係。〔註2〕

本章謹就各事件中主要人物，分析探論，略見明代政治在劇中展現的風貌。

第一節　忠臣勇將報國的風範

　　太祖以匹夫起事，驅元得國，準古酌今，制定一套漢以後所無的官制，君權極大，前史未有，奠定二百七十多年的國基。太祖、成祖之後，多昏君奸臣當道，制度漸漸廢弛，而國祚漸衰，「至萬曆之末而紀綱盡壞，國事亦遂不可爲」。〔註3〕在綱紀未壞之前，戲劇在帝王的主導下發展，走著忠孝節義的教化路線，傳奇成立於嘉靖年間，追溯此前的當代傳奇人物，當也不離此主題。惜因劇本多失傳，不易得其全貌。今先引祁彪佳《遠山堂曲品》所提及的劇本及評論，試窺其一豹。

〔註2〕C. R. Roaske 著，林國源譯：《戲劇的分析》。
〔註3〕孟森：《明代史》，頁9。

1. 《玉鉤》　王公偉於明初，與劉、宋諸公首先歸附，以文學重一時，死節雲南，名與天壤同敝。作者亦知此，殊勝淫詞，奈文理全荒何！

2. 《合璧》王恆撰。　寫事必暢其本末，詞亦朗朗如日月之入人懷，但覺才情少減。解大紳之脫獄，作者飾之以為結局耳。

3. 《西洋》　鄭和歷使西洋諸國，凡十數年而後報命，此在永樂間，可謂中璫之表表者。作手似與《三遂記》同，總是鋪敘為詞，不知本色當行之道者。

4. 《金盃》葉泰華、吳懷綠合撰。　于忠肅公昭代偉人，事功方勒鐘鼎，而傳之者乃掇拾一二鄙褻之事，敷以俚詞，令人肌栗。

5. 《金梟》王韶撰。譜楊恆陷虜事。事在天順間，大類蘇子卿。

6. 《神劍》　以王文成公道德事功，譜之聲歌，令瞋笑皆若識公之面，可佐傳史所不及。曲白工麗，情境宛轉。

其中鄭和、于謙、王守仁是事功彪炳的一代偉人，《明史》皆有傳。解縉、王公偉、楊恆，是忠義之士；後二者不詳，解縉則《明史》亦有傳。作者或闕名、或生平不詳，唯知王恆，字伯貞，號少谷，浙江奉化人，萬曆十年前後在世。汪蕲，字藥房，安徽歙縣人。其作品由「文理全荒」、「才情少減」、「不知本色當行之道」、「敷以俚詞」等推測，應是民間文人的創作。只有《神劍記》，據莊一拂「古典戲曲存目彙考」，列為呂天成作，呂天成師事沈璟，又與王驥德為莫逆，其詞工麗婉轉，自是不俗。至於敘述事功、表彰忠義的主題，亦可從這些片段資料推知。值得注意的是王恆的《合璧記》，據《明史》本傳，解縉，字大紳，江西吉水人，洪武二十一年成進士。「少登朝，才高，任事直前，表裡洞達，引拔士類，有一善稱之不容口。然好臧否，無顧忌，廷臣多害其寵。」永樂二年，縉主張立嫡長為太子，漢王高煦深恨之。後因帝寵漢王，禮秩踰嫡，解縉力諫成祖不可，因此啟爭端，成祖怒其離間骨肉，高煦也進言譖之，於是解縉一連貶官，謫交阯，永樂八年，當縉入京奏事，值帝北征，於是見太子而還，漢王告他私覲太子，無人臣禮，帝震怒。當縉與王偁上疏請鑿贛江南北，成祖就逮縉下詔獄，拷掠備至。永樂十三年，錦衣衛帥紀綱將解縉灌醉，埋積雪中，立死，年四十七。詔籍其家，妻子宗族徙遼東。胡廣之女，初由成祖定婚約於縉子禎亮，及縉家籍沒，廣欲離婚，女割耳自誓，後卒歸禎亮。後仁宗即位，出縉所疏示楊士奇曰：『人言縉狂，觀所論列，皆有定見，不狂也。』詔歸縉妻子宗族。……至正統元年八月，

詔還所籍家產，成化元年復緒官，贈朝議大夫。〔註4〕

據《曲海總目提要》卷十云：「合璧記，舶載書目載日本藏有刊本。」並歸納劇情與史實不同的地方，如「解禎亮為輔參軍，是空中結撰」、「解禎亮遞劍高煦，亦無此事，宣宗嘗命于謙數高煦之罪，蓋借此以點綴也」、「楊士奇救解縉，不見正史，亦是點綴。吾學編云：士奇本名遇，以字行，記云楊羽，亦微不合。」而最大的不同是：「縉死獄中，而此記則云救出，仍為學士。」推究其原因，《曲海總目提要》云：「乃傳奇之體，必欲團圓，故結成婚合璧云。」這固然是當時傳奇的定例，但推究作者的用意，是在表彰忠義之餘，藉此告訴世人，善有善報，忠義之士是不會枉死的。現實政治無情殘酷，枉殺忠良，但忠良不死，終究是活在大眾心中，劇作家代人們圓了這個願望，這或許也是明中葉以後劇作家的思想取向。張鳳翼的《虎符記》，至今流傳，應可作為一大佐證。今試析此劇於後，並略作評論。

一、《花將軍虎符記》

此劇分上、下兩卷，上卷二十一折，下卷十九折，共四十折。未題齣目，但各折之間，或有插圖交待劇情：許瑗王鼎花雲議國政、花雲同妻妾計議、雨師救取孫氏、賊勢圍太平府、郜氏投水遇兄、郜氏姊（兄）妹見常府、孫氏寄兒與漁船、常國公殺敗陳友諒、張定邊說花雲、孫氏採蓮實飼兒、郜氏請人圓夢、雷公指引孫氏、郜氏母子相會、友諒送眼藥與花雲、誠意伯訓誨花煒、陳理興兵報父仇、郜氏孫氏盼花煒、花煒陳理交兵、張元帥報信與花榮（雲）、花雲父子受封，共二十圖。

敘明初花雲戰太平事。提綱四句詩作：「天生個不怕死的花將軍、又配了不改節的郜郎君，若沒有不爽信的孫夫人，誰成就不遺親的花虎賁。」引出忠、節、信、孝四位主要人物。在朱元璋、陳友諒爭霸的戰爭背景下，花雲守太平，被陳友諒所執，勸降不屈；郜君夫人守節殉夫，孫氏仗義存孤，在史實記載，花雲與王鼎、許瑗同時殉節，此劇則敘花雲未死，直到花煒長成，出師救父，闔家團圓慶功。作者寫此劇的用意，是為標榜臣子妻妾的美德，以教化世人；不使忠臣枉死，而得善終，就可顯見。主題雖佳，但違史實，不無可議。劇情安排，以虎符作憑信，搭起父子相認、君臣相識的媒介，孫

〔註 4〕《明史》卷一百四十七、列傳第三十五，解縉。

氏存孤，功不可沒。作者又安排風伯、雨師、雷神暗中相助，或許意在為善必報，卻減低了戲劇衝突，反而顯得人力不可憑，一切努力都須有天助。這對人物性格的塑造，有害無益。全劇多處大作文章，例如郜氏請人詳夢，詳夢之士一口氣連說二十六種典故，以明夢兆、夢徵，〔註5〕博學逞才，卻流於劇情枯燥。且多過場短齣，倉促粗糙，對白少、儷辭多，也使劇情不連貫。這應是作者受到時代環境的限制使然，初期傳奇的風貌，或可由此窺見一斑。

　　清楊潮觀《吟風閣雜劇》，有《荷花蕩》，專演侍兒孫氏救送雲子煒事。平劇《戰太平》中，有妾攜子逃避情節。《納書楹曲譜補遺》訂有〈勸降〉一齣。均可見其流傳。

　　花雲，懷遠人，少孤、才勇，在朱元璋麾下，破懷遠、拔全椒、滁州護駕、采石先登……，創下許多功績。又奉命守太平孤城，攜妻郜氏、妾孫氏、子花煒，同往任所。因太平兵食兩缺，水陸俱困，於是與太守許瑗、王鼎共議大事，寫本請求救援。陳友諒自與徐受暉起兵於徐州後，聲勢坐大，恐花雲全備之後，為心腹大患，於是乘花雲到任不久，民心未定，欲趁夜以舟師偷襲，使他迅雷不及掩耳，制敵機先。花雲守太平三月，自知處境危困，與妻妾計議，希望二位夫人，先攜煒出城歸家，以保存宗祧。自己決定共城存亡，郜氏則志在殉夫，於是由孫氏負起保孤之責。議定之後，正逢江漲，水勢壞牆，陳友諒的兵勢又如潮湧，花雲乃將虎符纏在煒背上，令孫氏抱子逃命，令花程在夫人殉節後，負責為夫人安葬。一場激戰，太平城破，花雲與許瑗、王鼎都被陳友諒縛綁。陳友諒勸降花雲，連殺許、王二人，花雲不屈，仍綑綁囚禁。

〔註5〕《虎符記》第二十二折，淨云：「為何無驗？巫陽有掌夢之對，明堂有占夢之所。黃帝夢葉胥，我知他有鼎湖之仙。高宗夢良弼，我詳他得傅巖之相。光武乘龍之夢，我決他必定中興。和熹捫天之夢，我許他定生怪嗣。巫山之夢，我詳那楚王有薦枕之歡。鈞天之夢，我詳那秦主有定霸之應。南柯之夢，曾斷淳于。西堂之夢，曾知靈運。夢推上天，我便說文帝有黃頭之寵。夢灶上樹，我便知霍顯有赤族之危。太姒之夢，我就知周王受命。長庚之夢，我就知李白將生。宋元夢豫且，我勸他殺龜以卜。漢武夢昆明，我勸他放魚得珠。夢九鶴集庭，我就知九齡當降。九齡夢玉燕入懷，我就知張說封燕。竇禹鈞夢名掛天曹，我道他陰德之報。馬裔孫夢神授二筆，我許他入相之機。三刀之夢，我說有得州之榮。半臂之夢，我說有平章之拜，夢看碑文，我斷那杜鴻漸為宰相。夢燈塔，我斷那孫展得探花。夢松生腹上，我知丁固位至三公，夢菜與殿齊，我知蔡齊必當及第。又知羅浮山之夢，香雪侵肌。芙蓉城之夢，錦雲滿眼。皆能先明吉凶，預報災祥。」

玉帝香案前玉女，秉著「忠義天知」的公正態度，奉命遣神救難，於是派風伯、雨師、雷公往救郜氏、孫氏。郜氏知城陷，欲自縊，花程勸止，於是乘船想投水江心，因風伯送其兄郜士良及時趕至，救了郜氏，返回京都，見了常遇春，備訴經歷，奏朝廷知曉。孫氏在城陷之後，抱子逃生，被陳友諒軍士追捕，歸在女人隊中押解。沿途有孩兒哭鬧，被士兵丟入江心，孫氏恐花煒遭不測，暗中逃到江邊，寄兒與漁家夫婦，後來常遇春殺敗陳友諒，孫氏趁局勢混亂，逃離隊伍，回到漁船，抱回花煒，叫船夫載他們到金陵，卻遇到亂兵奪船，被推入江中，幸得雨師幫助，扶住一塊大木，才保住母子性命，於是沿途採蓮實飼兒，又遇雷公指引，到金陵，見御駕，驗虎符，受賜命婦章服，入殿旌節。郜氏在京，終日思念花雲父子安危，請人圓夢，得吉兆。不久，就見孫氏攜子榮歸，喜得相逢。

花雲自被囚俘，陳友諒派張定邊等人勸降不屈，又受百般凌辱，以致雙目失明。陳友諒派人送眼藥，希望他棄暗投明，花雲嚴詞拒收。花煒長成了，十六歲入侍東宮，又與誠意伯劉基習兵法，正逢陳友諒被常遇春射死，陳理興兵，為父報仇，於是花煒為先鋒，對陣破虜，父子憑虎符相認，榮歸鄉里，父子受封，並與郜氏、孫氏闔家團圓，一門歡慶。

在四位典範人物中，對孫氏的刻劃較深刻，從他對郜氏執禮甚恭，到抱子逃亡、設法救子，終於保孤有成，其性格始終一貫。郜氏志在殉夫，但投水之際遇兄搭救，然後朝夕懸念花雲父子，除了憂傷、尋人圓夢之外，未能感受她的堅毅節操。作者寫郜氏殉節，聽花程一段話說：「夫人，你今死於此處，賊知是將軍之妻，必然辱你尸首，不若與我破牆外出，尋一僻靜所在自縊，我也好扠尸埋葬，不負將軍之托。」就暫時打消自盡的念頭。待要投水，花程說：「夫人，你死在江裡，那裡去尋你尸首？還尋個靜僻所在死也罷！」遇到其兄，花程又說：「夫人尊重！論人生，當趨吉避凶，倘將軍在死裡求生，要尋伊那得重逢？」一句句都說進郜氏心裡，也改變了她的志節。這樣塑造的人物，又要賦予「不改節」的教訓主題，是不太能予人震撼的。至於花雲的忠，願與城共存亡，情志感人，但城陷之前，時時以身家為念，強調存孤不絕嗣的孝，又似褊狹。在第七折中，花雲掙脫綁縛，奪刀連殺軍士，刻劃了他的神勇；第二十折裡，花雲駁張定邊勸降之說，義正辭嚴，唱工頗重，但詞多駢偶典故，氣勢不足；第二十七折拒絕陳友讓贈送眼藥，說「我丹心不泯如明鏡，心不盲時任目盲。」很能表現出花雲的忠志不移。大體說來，

與主題思想頗能一致。花煒一心爲父報仇，終能如願，也多少補償了人們「忠臣有後」的期盼！

全劇最後一折詩總云：「妻貞子孝立綱常、君義臣忠有耿光，萬古垂衣姓名重，千年陰府骨頭香。聖朝綿遠乾坤大，洪運輝煌日月長，記纂虎符眞罕異，令名史冊求傳揚。」可見作者主題思想在於表彰忠義，同時也在歌頌天子聖明，頌讚國運昌隆，更有媲美史冊之意。但事實上，虎符纂記，違返史實，若說他以史爲劇，則不夠客觀公正。〔註6〕全劇中，對白偏少，典故連篇，若說他以文爲劇，又不夠生動。各角色的刻畫，雖頗能配合主題，但忠孝節義的履踐，多靠天助，才有善報，無形中減弱了人物個性，這也許是作者始料未及的吧！

作者張鳳翼，生於嘉靖六年（西元 1527 年），卒於萬曆四十一年（西元 1613 年）。嘉靖四十三年舉於鄉，老於公車，以賣書過活，文學品格，獨邁時流，不屑以詩文結交貴人。其生平已詳第二章第四節。他善良度曲，與梁辰魚是朋友，他的作品「在崑腔音樂上的成就和影響，遠遠超過於在文學創作上的意義。」〔註7〕「虎符記」除了這點影響外，筆者以爲，它在明代時事傳奇的創作上，將正史上聲名不太響亮的人物——花雲，〔註8〕點染生色。花將軍的忠義，藉劇以傳，人們的遺憾，藉劇塡補，若說他代表此時人們對英雄勇將的觀感，傳播忠孝節義的教化，奠下明代時事傳奇開創的根基，應是不爲過的了！

第二節 權臣嚴氏父子的威勢

武宗荒惑，以致無後，孝宗又無其他皇子，於是從大臣所議，迎立憲宗子，興獻王之長子，是爲世宗。世宗以外藩入嗣，必要追尊其親生父母，廷臣反對，而有「議禮」之舉，充分表示了士大夫的氣節。最後議定，稱孝宗爲皇伯考，昭聖皇太后爲皇伯母，本生父母獻皇帝爲皇考，章聖皇太后爲聖

〔註6〕《曲海總目提要》卷十七，歸納其不合史實者，主要有：「花雲守太平，本與王鼎、許瑗同時殉節，作者爲後來團圓，故云被擒囚禁。增出勸降、失明、送藥及花煒立功、張定邊自刎等大半情節。……按定邊實隨理俱降，未嘗盡節也。」

〔註7〕張庚、郭漢城等：《中國戲曲通史》第二冊，頁43。

〔註8〕花雲、許瑗、王鼎等，見《明史》卷二百八十九忠義傳、列傳第一百七十七。

母。但拂逆聖意的朝臣，遭杖死、入獄者，不計其數，從此衣冠喪氣。「而凡附和大禮者，皆可挾爲顚倒是非、報復恩怨之用，其事不勝列舉。」〔註9〕因而開啓了報復奔競的惡習。世宗又變事天爲奉道，信用方士、怠政養奸，於嘉靖二年（西元 123 年）閏四月，始用太監崔文言，建醮宮中，日夜不絕，並以青詞任用宰相，獨斷自是，濫用刑辟，以致權相柄國，殘害忠良。「議禮稍竣，而嚴嵩進用，始猶有相軋之夏言，言不得其死，而嵩獨專政十四年，正人受禍不知凡幾。其影響皆由帝僻好神祇符瑞之事來也。」〔註10〕此外，倭寇江南、用趙文華督察軍情，大納賄賂以遺嵩，致寇亂益甚。

當時平倭有功，而譜於傳奇的人物，計有吳百朋、劉綎、王鐵等人。〈吳百朋傳〉，載《明史》卷二百二十，列傳第一百八，他是嘉靖二十六年進士，曾提督軍務，破倭海豐。〈劉綎傳〉，載《明史》卷二百四十七，列傳第一百三十五、綎乃將家子，勇敢有父風（其父劉顯），曾平緬寇、羅雄、朝鮮倭、播酋、俅，大小數百戰，威名震海內，於諸將中最驍勇。他所用鑌鐵刀百二十斤，馬上輪轉如飛，天下稱「劉大刀」。〈王鐵傳〉，《明史》未見。傳其事的傳奇，據《遠山堂曲品》所錄劇目及評論如下：

1. 《忠孝》　趙蘭如撰。傳吳公百朋一生宦譜，段段襯貼忠、孝二字，所以絕無生趣；然曲白莊麗，宜演之喜慶筵前。

2. 《大刀》　夏口口撰。劉將軍綎平番征倭，厥功懋著。其後死事於遼陽三路之役，識者惜之。此敘其戰蹟，以將軍之子劉佶破虜終焉。其詞之受病處不一，若水底魚調凡十數用，及溫綸五六頒，皆可摘之瑕也。

3. 《去思》　沈應召撰。王公鐵令姑熟，保境禦寇，倭賊呼之爲「王鐵面」。華蕩之役，卒以身殉，惜哉！姑熟志去思焉，遂有是記。詞白嚴整，意境俱愜，令閱者忽而擊案稱快，忽而慷慨下泣。事當與《五倫》、《龍泉》伍，而詞更勝之。

三劇俱列「能品」，作者皆不可考。由上大抵可見三劇皆歌頌將臣背勇，曲白多有可觀。

由於世宗冀長生而好神仙，一意玄修，放棄萬機，因而權落嚴嵩父子之手，當時因諫諍、劾嵩而得罪的大臣，不計其數，如謝瑜、葉經、童漢臣、趙錦、王宗茂、何維柏、王曄、陳塏、厲汝進、沈鍊、徐學詩、楊繼盛、周

〔註 9〕 孟森：《明代史》，頁 230。
〔註10〕 同註9，頁 236。

鈇、吳時來、張翀、董傳策等，因劾嵩、世蕃，或死或謫。世宗久不視朝，專意齋醮，群臣附和，無人敢諫。嘉靖四十五年（西元 1566 年）二月，戶部主事海瑞獨上疏諫言，是嘉靖朝最後建言之名疏，可以結嘉靖間士大夫敢言之局。〔註 11〕帝得疏大怒，繼而感動太息，臨終更萌悔意。海瑞忠直之名，傳流千古。傳此時政治人物的劇作蠭出，表彰忠臣的浩氣丹表，蔚然成風。今先列《遠山堂曲品》所錄者於下：

1. 《忠孝》　史槃撰。傳沈公青霞者，叔考難兄有《壁香記》，初以宮商相舛，乃盡更之，沈公浩氣丹衷，恍忽如見，故叔考作此，亦遂有冠冕雍容之度矣。

2. 《犀軸》　是記成於逆瑾亂政時，借一沈青霞以愧世之不爲青霞者。雖不能協律比聲，逞運斤之技，亦可稱鐵中錚錚。

《忠孝》、《壁香》、《犀軸》皆傳沈鍊忠義事蹟。《明史》卷二百九，列傳第九十七，有〈沈鍊傳〉。沈鍊，會稽人，嘉靖十七年進士。爲人剛直，嫉惡如仇，因詈嚴嵩父子，斬於市。有三子，其二子袞、褒俱被杖殺，襄、戍極邊。史槃兄弟，浙江會稽人，約生於嘉靖十年至崇禎初，寫其鄉賢，寄寓自深。

3. 《回天》　水雲逸史撰。記楊中丞死諫事，不入里閭影響之談。詞能守律，故才雖不逮，而亦煥然有章。（能品）

4. 《金環》　口口口木石山人撰。海忠介亮節宏謨，自廣文以至總憲，百折不變，被之絲管，有裨世教；但母妻流離，本傳所未有，亦何必重誣之也！（具品）

二記分別寫楊繼盛、海瑞二公，惜未見流傳。〈楊繼盛傳〉見《明史》卷二百九，列傳第九十七。〈海瑞傳〉見《明史》卷二百二十六、列傳第一百十四。時人譜寫時政而流傳的劇本，幸得《鳴鳳記》、《飛丸記》及稍後的《一捧雪》，今分別試析於後：

一、《鳴鳳記》

本劇分上、下兩卷，共四十一齣。上卷二十一齣，包括：家門大意、鄒林游學、夏公命將、嚴嵩慶壽、忠佞異議、二相爭朝、嚴通宦官、仙游祈夢、二臣哭夏、流徙分途、驛裡相逢、桑林奇遇、花樓春宴、燈前修本、楊公劾

〔註 11〕同註 9，頁 249。

奸、夫婦死節、島夷入寇、林公避兵、鄒慰夏孤、端陽游賞、文華祭海。下卷二十齣，為：鄒林會試、拜謁忠靈、世蕃奸計、南北分別、二妻思望、幼海議本、吳公辭親、鶴樓赴義、三臣謫戍、陸姑救易、易生避難、鄢趙爭寵、忠良會邊、秋夜女工、鄒孫准奏、雪裡歸舟、林遇夏舟、林公理冤、獻首祭告、封贈忠臣。

提綱作：「前後同心八諫臣，朝陽丹鳳一齊鳴，除奸反正扶明主，留得功勳耀古今。」以嚴嵩父子專權誤國、陷害忠良為背景，並舖敘嘉靖年間爭議河套和倭夷入寇二件大事。而夏言、楊繼盛不畏權奸，諫諍致死，鄒應龍、林潤、孫丕揚、張翀、董傳策、吳時來踵繼前賢，力揭嚴家罪狀，終於除奸反正。全劇以鄒、林游學開端，以鄒、林闔家團圓，忠臣受封結束。但其間穿插許多事件和各種角色，有姓名的人物就有四十六人，〔註12〕主角都是政要，且多與史實相符。情節龐雜交織，「以政壇顯要與國家大事交織成的大規模劇情，跟劇情所橫貫的龐大地理點面相配合。劇情規劃幾乎縱越橫跨了整個中國版圖」，〔註13〕將嚴嵩父子的罪行滔天，遍及全國各階層、各地方，刻寫得詳盡酣暢，「令人有手刃賊嵩之意」，〔註14〕最後由鄒應龍、林潤二人代天行道，呈現權奸有惡報，忠臣不枉死的主題，大快人心。正如作者在第一齣「西江月」所云：

> 秋月春花易老，賞心樂事難憑，蠅頭蝸角總非真，惟有綱常一定。
> 四友三仁作古，雙忠八義齊名。龍飛嘉靖聖明君，忠義賢良可慶。

〔註15〕

善惡有報，綱常一定，才是人生最可依憑的真諦。由於角色眾多，皆可歸於忠奸二類，同一類中個性的差異不顯，人物性格雖與主題配合，但配合各事件又可獨立觀賞，全劇結構較繁瑣、鬆散，又多駢語及文字遊戲，更宜案上清賞。

嘉靖年間，河套之地久被胡人佔據，華蓋殿大學士夏言圖謀收復，遣派曾銑出兵，但內有嚴嵩反對，外有仇鸞阻撓，兵部車駕主事，楊繼盛憤慨不已，上疏彈劾仇鸞。夏言、嚴嵩也在朝中爭議，甚至暗通宦官，陷害夏言、

〔註12〕葉永芳：《鳴鳳記研究》，第三章。
〔註13〕Cyril Birch：〈評鳴鳳記〉，《中國文學論著譯叢》，台北，學生書局。
〔註14〕呂天成：《曲品》中上〈鳴鳳記〉條。
〔註15〕雙忠指夏言、曾銑。八義為楊繼盛、董傳策、吳時來、張翀、郭希顏、孫丕揚、鄒應龍、林潤。

曾銑。夏言不幸，被嚴嵩構陷致死，全家流徙，家僕朱裁攜其妾蘇氏及遺腹子逃出。楊繼盛也因彈劾仇、嚴，連帶問罪，貶廣西，遇夏老夫人，執禮恭敬，並修書給張狲，用肩輿官馬送夏老夫人至全州，免受奸人迫害。

鄒應龍、林潤出外游學，巧遇西湖，同往郭希顏處求教，義結金蘭，約定「死生患難相扶、事業功勳共建」（第二齣）二人舉鄉試後，到福建仙游，又遇孫丕揚，三人同行，求神祈夢而後返家。鄒妻於桑林巧遇朱裁等人，留蘇氏住下，得保忠良遺孤。

此時嚴世蕃奪民膏旨，行樂無度，鄢懋卿、趙文華爭相趨附。楊繼盛遇赦由廣西回京都，除兵部武選司員外郎。見夏言慘死，嚴家猖狂，昌死寫本劾奸，雖燈下遇鬼諫阻，夫人也力言不可，終究不能改變他尸諫的志節，於是伏闕上書，成仁取義，楊夫人也代夫明志，尸諫感君，自刎殉節。

其後，島夷入寇，嚴氏父子仍端陽遊賞，不當一回事，到事態嚴重，聖旨下責，才派趙文華祭海驅寇，竟草菅人命，充當倭寇首級報功，應付了事。此時鄒應龍、林潤經省試、殿試而成新科進士，他們往見郭希顏，並謁夏言、楊繼盛夫婦靈位，弔慰忠魂。嚴嵩欲招致門下，二人置之不理，於是嚴氏父子設計謀害，將二人分發於邊地：鄒為山西道御史、巡視三邊諸衛；林為雲南巡守，安輯土官。禮部主事董傳策、兵部郎中張狲、工科給事吳時來三人，憤嚴氏父子橫暴，又聯名彈劾，都遭拷打，發遣邊衛充軍。

易弘器與夏夫人易氏為姑姪，中新科解元後，到京進謁嚴嵩，險些被害死，幸得嚴嵩表妹陸姑所救，後避難到塞外，投靠鄒應龍，遇張狲也謫戍塞外，得知易氏受張狲供應，晚年平安。又知鄒應龍撫夏言遺孤，終於夏家母子團圓，親戚重逢，忠良相會，天意有報。

隨後鄒應龍任滿還朝，與孫丕揚上本，猛烈彈劾嚴氏父子罪行，旨下命有司澈查，並拿辦嚴家父子。林潤從雲南召還，到江西為巡江御史，訟理民情，鄉民控訴嚴氏父子，不絕於途，嚴家派人四處阻截，搜捉告狀民眾，林潤派人營救，詳理嚴氏罪狀，寫本上奏，嚴氏事敗，嵩押往養濟院收管，世蕃斬於市。鄒應龍、林潤，功在朝廷，各有陞遷。枉死於嚴氏父子手下的忠臣，也都受到追封。「皇明聖治稱嘉靖、遇明良喜起同聲，始信朝陽有鳳鳴」（第四十一齣下場詩。）全劇終。

此劇忠臣典範，有所謂八義雙忠，以楊繼盛夫婦的個性，刻劃較鮮明。當楊繼盛準備上本彈劾仇鸞，先謁嚴嵩，被擋駕不見，後訪趙文華，楊、趙

二人語語機鋒相對，就只喝茶一段對白，立顯忠直：

> 丑：楊先生，這茶是嚴東樓見惠的，何如？
>
> 生：茶便好！只是不香。
>
> 丑：香便不香、到有滋味。
>
> 生：恐怕這滋味不久遠。〔註16〕

楊繼盛被貶至廣西，對夏老夫人，禮遇備至，以明忠義之舉，無微不至。其後回京，痛夏言慘死，恨嚴氏無道，燈下寫本，義憤填膺，即使鬼阻妻諫，也擋不住他尸諫的決心。此處作者附會蔣欽劾劉瑾、遇先人鬼厲聲告警事，增強了戲劇效果，也更突顯了楊繼盛的忠烈。而楊夫人諫止無效後，在繼盛臨刑前，宣讀自製祭文，繼盛死後，甚至出示代夫明志、尸諫感君之本，然後自刎，將忠節典範，推到極致。至於鄒應龍、林潤雖是全劇要角，忠義的立場分明，但個性上並無獨特處，主要是作者借二人分合作線索，貫串龐雜的事件，反而凝聚不出鮮明的個性。

此外，對於朱裁的忠，陸姑的義，著筆不多，卻能予人深刻印象。朱裁在第三齣中，對夏言的重用有感而發，說：「不戀故鄉生處好，受恩深處便為家」。當他見夏言無後，又將冒死諫君時，不禁感歎：「為人臣者固當與君之難，但恨我為人僕者不能分主之憂。」夏言死後，家屬流配廣西，他又訂計存孤，趁夜帶領蘇氏逃出，後來雖由鄒應龍夫婦收留夏言妾、子，但其經濟上的供應，也由朱裁包辦。嚴世蕃失勢後，雪裡歸舟（第卅七齣），朱裁更借機詢問，一一指出他們的罪行。朱裁在劇中前後的表現，刻劃出機智、勇敢，忠義的美德。陸姑是嚴嵩表妹，聽說世蕃想殺害易弘器，她義不容辭，往救易弘器逃離嚴府，然後投枯井自盡，她雖然只在第卅一齣出現，但作者透過陸姑的舉動，寫出了不同流合污的義婦型像。

除此之外，作者刻劃奸人諛諂媚，忝不知恥的醜態，更是維妙維肖。寫趙文華如第四齣嚴嵩慶壽，定場白自云：「平生貪利貪名，不免患得患失，附勢趨權，不辭吮癰舐痔……」又透過他與副末的對白，醜態畢露，尖銳而極盡諷刺。寫嚴氏父子，如第二十齣，端陽遊賞時，巡按官差上奏倭夷入侵事，嚴嵩怒斥道：「咄！這廝好可惡，我國家一統無外，便殺了幾個百姓，燒了幾間房屋，什麼大事？不看我在這裡游賞，輒敢大驚小怪，拿那廝去鎮撫司監候。」視人命如草芥，縱私欲而害公，如龍活現，躍然紙上。

〔註16〕見《鳴鳳記》第五齣。

　　作者善用側筆，透過對白，反映時代的黑暗，如第五齣趙文華忝不知恥的說：「當今天下皆尚勢利，我就做一個勢利的頭兒，有何不可？」更寫出天下尚勢利的風氣。〈二臣哭夏〉一齣裡，借用李本、周用二臣的對話，側寫夏言死得冤枉，更感嘆：「時事如此，吾輩做什麼官？（唱四邊靜）兔亡鳥盡良弓絕，空勞盡臣節。」在〈文華祭海〉一齣中，請僧禱告，語語諷刺，第三炷香後的禱詞，尤其妙絕：眾人問：「這和尚方纔念八萬金剛，如今念四萬，如何少了一半？」和尚回答：「你不曉得，這一半是冒支官糧的虛兵，恐怕爺爺點名，故不敢念。」而這些黑暗，都是嚴氏父子造成的。作者更在〈林公理冤〉一齣，藉眾民之口，寫出嚴氏直接的迫害情形，將這批奸人的胡作非為，極盡所能的舖敘出來了。透過這些，作者「強調了一個權奸所帶來的全國性禍害」。〔註17〕

　　在這禍害綿延下，天怒民怨，嚴氏終於勢敗，世蕃斬首示眾。作者透過忠奸爭鬥，呈現善惡有報的主題。在第四十齣中，表現尤其明確。當嚴嵩押去養濟院收管後，林潤道：「雖則如此，尚不足以報夏、曾、楊、郭諸公之冤。」又以世蕃一女自縊、一媳投井而死，說：「此是楊宜人、陸姑之報，豈為節義而亡？」而嚴氏諸孫嚴效忠等，皆戍萬里邊衛，則說：「此僅足以報張鶴樓等三臣之冤。」這樣的安排，又在善惡有報之外，求冤怨相抵，平衡人心，或許更能迎合觀眾的心理訴求吧！

　　歷來對此劇批評頗多，如明呂天成《曲品》、清梁廷枏《曲話》、陳棟《北涇草堂曲論》、近人吳瞿安《曲學通論》……等，大抵都認為它多俳偶駢麗，敘事繁瑣，結構不緊湊。但在人物角色的安排上，作者能以時人政要入劇，又包括各種階層，都扣緊著「善惡有報」的主題，舒洩民怨，在繁瑣中，又有鄒應龍、林潤二人的分合為線索，加以貫串，在顯現主題、照應主題上，自有可觀之處。

二、《飛丸記》

　　此劇《遠山堂曲品》著錄，列於能品，題秋郊子撰。云：「易完虛幾死於嚴世蕃，略見之《鳴鳳記》，但傳解免者為陸姑事；而此以出之世蕃女，卒與諧婚，未知是否。曲能以駢麗勝，但賓白不當家，遂有如里老罵座、村巫降神者。」全劇共三十三齣：梨園鼓吹、訪舊尋盟、賞春話別、諫拒脫簪、交

投設戒、游園題畫、得稿膚詞、情恨興師、意傳飛稿、丸裡緘懷、園中落井、憐儒脫難、代女捐生、故舊存身、明廷張膽、權門狼狽、旅邸揣摩、同窗思鄉、全家配遠、芸窗望遇、戟戶逢仇、獨訴幽懷、堅持雅操、邂逅參商、誓盟牛女、京邸道故、月下傷懷、發跡鋤強、埋輪沒產、客途感慨、公館言情、叠合飛丸、盟尋泉石。

其提綱作：「嚴世蕃挾仇坑士、易弘器報德諧姻；嚴玉英守貞霜烈、叩君實結義蘭馨。」劇以易弘器、嚴玉英飛丸聯姻為主線，而以明世宗時嚴嵩父子專擅，嚴世蕃仗勢橫行，嫉恨忠賢為背景。嚴世蕃是個心胸狹小、挾仇報復的小人，易弘器父子、仇嚴、湯日新、朱士直等，都是他的眼中釘。嚴玉英則善良貞烈，與乃父作風大異其趣，她救易弘器全為仗義，不涉私情；又因土地公為媒，心許飛丸題詩之人，守貞以待，嚴拒仇嚴。叩君實仗義救友，並助友尋恩報仇，表現高貴的品德。易弘器以丹心自許，但面對嚴世蕃則顯怯懦，對有救命之恩的嚴玉英，則懷恩圖報。由才子佳人的遇合中，透露著姻緣命定，不因世仇而阻斷，也透露出嚴玉英蓮出污泥而不染的可貴。作者並在最後一齣〈盟尋泉石〉中，透過易弘器和叩君實的對話，感歎嚴嵩父子的威勢轉頭成空，緬想二人結盟、發跡、為官，數十年間如南柯一夢，不勝愴感。

易弘器，袁州分宜人，號完虛。嘉靖年間，進京求仕。當時嚴嵩父子當權，而易家與他們為世仇，此行多所顧忌，經叩君實的鼓勵後，易弘器才毅然上京，並禮謁嚴世蕃，希望謀求和好。不料世蕃心懷不測，好意作態，留弘器在家居住，使盡智謀，想要甕中捉鱉。易弘器雖受禮遇，但滿腹狐疑，愁不得解，於是遊聚春園，一解悶懷，碰巧遇到了世蕃之女玉英，一見之後神馳魂消，便就鈐山堂錦屏上所畫美人，寄寓所感，題詞致意，無意間將手稿失落，嚴府侍女拾得，轉呈玉英，玉英不知作者，又題詞譏嘲，並將紙稿搓成紙丸丟在地下。土地公暗中作法，將紙丸飛送到弘器處，弘器大奇，又作詩一首，作丸擲出。丸飛落花園中，玉英正遊園傷情，拾得之後，味嚼丸中之意，以為夙世姻緣，當必此人，於是還詩一首，並重疊裝裹，收藏起來，執為媒證。

不久，嚴世蕃宴請易弘器，令趙文華、鄢茂卿作陪，灌醉易弘器，移宿西園，並令園丁深夜擊殺弘器。事被玉英侍女竊知，急告玉英，玉英命侍女往救，自恐牽累眾人，正想自盡，姑媽陸氏得知內情，代女捐生。弘器出府後，晝伏、夜行，躲過世蕃畫圖張榜的盤詰和緝索，潛行到叩君實家中藏匿。

未幾，御史鄒應龍、林潤、上表奏劾嚴嵩父子，結果「嚴世蕃假威陷父，怙寵欺君，發雲貴充軍，妻子發功臣爲家奴，家財入官。嚴嵩念老，削爵爲民，養濟院終身，歲給俸米百石。」（第十五齣〈明廷張膽〉）。玉英則發配到仇嚴府中爲奴，仇嚴露出不良意圖，玉英不惜一死，也不相從，於是被派在官廚奴役，日間汲水，晚間舂磨，飽受折磨。弘器深感玉英救命大恩，想報答她，於是到處尋訪玉英的下落，並與叩君實約在京邸相會。這一天，來到白龍江邊，看見一女子在江邊汲水，幾番探問，知道她就是救命的恩人，於是謝過玉英大恩，並提及相府飛丸奇事，玉英也將所藏紙丸出示，二人心中疑竇，頓然化開，經張媽媽撮合，二人約爲夫婦而別。弘器到了京城，試期不遠，就約了叩君實同赴試場，都登第，弘器授御史職，君實爲南陽府推官。而仇嚴所統轄的武勝軍，就屬南陽府治，於是君實受弘器之托，一方面上表劾奏仇嚴的罪，仇嚴削爵問遣；一方面釋放玉英，並護送至京，與弘器完婚。夫妻相會，飛丸合瑞，成就一段佳話。

本劇主要是才子佳人離合的情節，而且嚴玉英是否有其人、有其事，也在未知之天，但其背景則明確可知，且與時事相繫，因此列於此節分析。

全劇以易弘器、嚴玉英爲主要角色，因嚴世蕃欲加害易弘器，才有飛丸傳情、土地公牽線、嚴玉英救易弘器等情事。又因叩君實等人幫助，才成就一椿姻緣。易弘器感歎豺狼當道，楊椒山銜冤就戮，以致忠臣喪氣、烈士寒心。自己則是「空有丹心照日月，浩氣塞寰區。」（第二齣〈訪舊尋盟〉），他對於嚴世蕃始終心懷畏憚，從同齣他和叩君實的一段對話可見一斑：

　　末：你繩樞甘守，豈揣摩之未精。
　　生：我羽毛未豐，恐網羅之易及。
　　末：嚴世蕃位高，心下芥蒂諒已風消。
　　生：只恐他忿積謀深，怨毒豈能冰釋？特就仁兄，且圖韜晦。

但他到京師後，先參見嚴世蕃，也沒能拒絕世蕃留住一夜的要求，甚至在福童（嚴家僮僕）的安排下遊後花園，遇到小姐而被逮，求情後而得釋放，其間見鈐山堂屏風美人，感而題詩，而有飛丸往返，風流蘊藉，一派文士作風。等到園丁奉命殺他，小姐的丫環碧桃聞風走告，才在小姐的幫助下，倉促逃命，但沿途都是通緝榜文，他只好逃到叩君實家存身。他在旅舍中所惦記的就是飛丸一事，客途中所掛慮的就是尋找恩人嚴玉英，終於在〈邂逅參商〉、〈誓盟牛女〉、〈叠合飛丸〉等齣，得償夙願，締結良緣，但在〈盟尋泉石〉

一齣，則又將一切化歸空無。在整齣戲中，易弘器雖然知恩圖報，但他的個性並不鮮明，只有上場時作勢一番，彷彿浩氣凜然，其後的事件，卻都被他人牽動著，彷彿不過是一個庸懦無大志的書生罷了。

倒是叩君實的義行，是首尾一貫的。他先是勸弘器上京求取功名，後來弘器被嚴世蕃緝捕，又仗義救他，還幫他揣摩飛丸一事。在發跡之後，當南陽推官，更將仇嚴削爵問遣，救回玉英小姐，成全二人姻緣。在動作與角色的配合上，實爲一致。至於嚴世蕃在全劇只出現了五次，〔註18〕在〈諫拒脫簪〉一齣中，他加害湯日新、朱士直；在〈交投設械〉、〈園中落穽〉、〈故舊存身〉等齣中，設計殺害易弘器，而〈權門狼狽〉一齣中，獲罪落難下場。表現他是個心中狹小、挾仇報復的人。至於其他惡行，都藉湯日新、朱士直、仇嚴、妻華氏、鄒應龍、林潤、楊廷玉等人口中說出，對於嚴世蕃的個性，只有裝點的作用。

劇中的婦女多屬正義角色。嚴玉英在花園中拾得詩稿，賡詞譏諷，但經土地公作法後，二度得稿，深信姻緣命定，於是心許其人——即使未曾知見。後來經由碧桃口中得知世蕃要派人暗殺易弘器，她就解囊相助，並令碧桃帶弘器脫離險境，隨後恐牽累他人，正欲自盡，姑媽陸氏及時制止，並代女捐生。嚴家勢敗，玉英發配到仇嚴府中，能堅持雅操，並得張老嫗的體諒和幫助，終能與易弘器相逢。除了陸姑、張媽媽以外，嚴世蕃的妻子華氏，也是明理善良的，她眼見世蕃招讒怙寵、剛愎自用、嫉賢害忠，就諫拒脫簪，義正辭言，但從他的話中：「人生莫作婦人身，百年苦樂由他人。」（第四齣〈諫拒脫簪〉），可反映出當時婦女的心聲和地位的低落。作者塑造這些婦女型像，或許有些寓義吧！

作者一方面歌頌嚴玉英、易弘器、叩君實的美德，一方面又將一切人爲的因果——如嚴氏父子的興衰、嚴玉英與易弘器的姻緣、官場的起伏等，歸於命定和無奈，而以遁隱之志總結全劇，使得主題的呈現首尾齟齬、矛盾。正如金夢華《汲古閣六十種曲敘錄》所說：「蓋此劇實以諷刺嚴家父子爲背景，而以才子佳人爲表面，但求快意，遂弗計及詞章通體，佈局亦嫌支離。家門開場，不用詞牌概括本事，而用數板詞代替，亦違傳奇定式。」〔註19〕全劇多出以駢語，連賓白也不例外，難怪祁彪佳評論道：「賓白不當家」了。

〔註18〕第四、五、十一、十四、十六等齣出現。
〔註19〕金夢華：《汲古閣六十種曲敘錄》，頁191。

三、《一捧雪》

此劇敘述明嘉靖末嚴世蕃不法事。相傳太倉王忬，家傳玉盃名「一捧雪」、又藏有南宋張擇端所繪「清明上河圖」，嚴世蕃知道後欲占為己有，王忬給他贗品，被湯裱褙指摘非真，世蕃銜恨，於是構陷王忬至於棄市。也有人傳說「一捧雪」是一封疆大吏贈與世蕃的玉杯。作者合兩事敷衍而成，雖託名莫懷古，實指王忬。〔註20〕今演者尚有賣畫、豪宴、送杯、換監、株逮、審頭、刺湯、祭姬等齣。清無名氏據此編作《一捧雪》彈詞。

全劇上、下兩卷，共三十齣。上卷十五齣：樂圃、囑訓、燕遊、征遇、豪晏、婪賄、勢索、偽獻、醉洩、譖膺、搜邸、遣邏、關攫、出塞、伐戮等。下卷十五齣：訐發、株逮、勘首、醜醋、誅奸、哭瘞、誼潛、邊憤、徙置、泣讀、回輈、効惡、塚遇、入塞、杯圓等。卷首談槩、鳳凰臺上憶吹簫一詞敘全劇大要云：「莫氏無懷、豪門誤引奸人、默獻珍瑤。豈騰那掇賺、醉洩根苗。堪恨讒挑搜邸、掛冠去薊，鎮擒牢逢世友，捐軀義僕、脫網生逃。鴟鴞奸唉假首，羨俠烈貞姬、殺賊生拋。痛妻遭流徙、子匿衡茅。一旦扣閽擊賊、邊關上、骨肉欣遭。一捧雪，團圓會合，千載名標。」

提綱作：「忠孝子、好收拾死裡逃生的無懷父，捐軀僕、恰配享千貞萬烈的薛艷娘，仗義師、堪媲美鐵膽銅肝的元敬友，趨炎漢、活現出負恩忘義的中山狼。」全劇以嚴世蕃仗權勢、逞私欲的時事為背景，寫莫懷古無辜受禍，義僕代主捐生，烈婦守貞弒仇的經過。作者塑造了莫誠、雪艷二位忠義典範，頌揚一僕一妾的可歌可泣的事蹟，他倆地位雖然卑微，精神卻令人肅然起敬。

〔註20〕據清、平步青（一名庸）所著《小棲霞說稗》云：「《聽雨軒雜記》:《在園雜志》（今本無此條）:『王思質藏右丞輞川真跡，嚴世蕃索之，思質與以撫本，裱工湯某向在王門下，識此圖，為世蕃言其膺。因銜之，而未發也。會思質總督薊、遼，唐荊川以兵部奉命巡邊，嚴嵩齮之於內閣，微有不滿於思質，荊川領之。至，欲行軍中馳道，思質以己兼兵部銜，難之。荊川怫然，遂劾其軍政廢弛，糜帑，以稿呈世蕃；世蕃從中主持，逮思質棄市。今世所演《一捧雪》傳奇（李元玉撰），蓋即此事。一捧雪，盃名（亦見《在園雜志》卷一），係當時疆吏以饋世蕃者，作者合兩事而敷衍者也。』（庸）按：英和《恩福堂筆記》（卷下）:『內府藏有南宋張擇端清明上河圖，末有「湯卿裝」小字標識，此王鳳洲家致禍之由，而好事者復有《一捧雪》傳奇之作。至一捧雪，內府分列乙部，嘉慶年間天語曾及之，余固未得見也。』據聱叟此條，則非右丞輞川圖。葛莊誤記。且圖與杯皆入天祿、石渠，人間所有皆黃彪撫本類，不必湯卿始辨其偽也。汪師韓《讀書錄》〈一捧雪是清明上河圖〉條最詳，聽雨、恩福兩記皆稍略也。」見《歷代詩史長編》二第六冊，頁204。

而戚元敬仗義救友，守信杯圓，也是作者著力刻寫的「朋友」典型。至於湯勤，是個忘恩負義、貪利無恥的小人，透過他，更襯托出忠義節信的可貴，作者很技巧的用「中山狼」一劇來影射。對嚴世蕃，作者沒有直接深刻的評述，但這位罪魁禍首，卻自始至終隱伏在各個鮮活的角色間，他的成敗轉頭成空，卻左右著人們的悲歡離合、生死貴賤。全劇主題，在歌頌孝義忠貞，末齣尾聲云「分離會合真奇異，孝義忠貞亙古稀，雪成一捧好一似，瓊瑤萬卷垂千襈。」是最佳註腳。作者李玉在造境、賓白的安排上，多能切合各角色的個性身份，而且情節緊湊，刻劃生動，詞采也頗有可觀。

劇中情節發展，約略敘述如下。莫懷古字無懷、錢塘人，襲父蔭為囧卿，居園林樂圃，家人和樂，但仍想一展抱負，決定進京訪嚴東樓。一日，在簹前遇到蘇州人湯勤，落拓不偶，但頗長於裝裱，於是留他在家。莫懷古行前設宴，與家人臨別叮囑，席間出示古玉杯一捧雪，並託教席方先生教子莫昊，方先生囑懷古宜遠湯勤。莫懷古、妾雪艷、僕莫誠及湯勤一同進京，路上遇到戚繼光率軍到薊州節鉞坐鎮，略述情誼。到了嚴府，懷古飽覽世蕃私藏的古董字畫，宴席間聆賞了新劇「中山狼」，由於嚴府缺裱褙好手，就留湯勤在嚴府承值。世蕃貪婪納賄，恰好有人贈一漢古玉杯，以求免罪、並保全前途，湯勤為討好世蕃，供出莫家所見「一捧雪」，並奉世蕃之命，至莫懷古處仗勢強索。懷古施緩兵之計，說杯不在身邊，限一月送上。另取白玉仿製，剋期獻杯。莫懷古獻杯，因而高陞太嘗寺正卿，湯勤也做了官，到莫府拜見。懷古擺酒相賀，不料醉後洩漏假杯情由，湯勤為求自保，向嚴世蕃告發，世蕃大怒，派兵圍莫府搜邸，未得玉杯，懷古連夜逃往薊州，又被嚴府追兵捕獲，令立即當地處斬。戚繼光以「暮夜不是決人的時刻」，延到次日清晨執行。結果懷古逃至塞外，莫誠代主捐生。但狡猾的湯勤識破其計，百般威脅，雪艷怕累及戚繼光，只好答應湯勤強娶的要求，並趁湯勤前往成親時，手刃奸賊，自刎殉節。

莫懷古因杯得罪嚴世蕃，全家流放關外。莫昊隨方先生回家苦讀，終於榮登進士第。於是免冠荷斧、冒死上書，彈劾嚴氏父子。嚴家勢敗，莫昊受欽差、巡視九邊御史，在戚繼光協力安排下，全家團圓，杯還原主。

莫懷古是個沒有心機的讀書人，他對人不設防，很容易與人推心置腹。像他對湯勤視同摯友，雖然教席方先生囑咐他要和湯勤保持距離，但由〈醉洩〉、〈訐發〉、〈勘首〉各齣中，可看出他和湯勤密切的交誼，都是一廂情願。而一進嚴府，就很慷慨的推薦湯勤給嚴世蕃，也是寬大的舉動。由於這種仁

弱的個性，讓奸人設計得逞，飽經迫害。在〈勢索〉一齣中，他拖延交杯期限，以假杯代之，表現他的機智；而〈邊憤〉一齣中，他知道義僕節婦為他而犧牲後，抒發了痛徹的覺悟，則寫出了他個性的轉變。也由於他的仁厚知禮，換來了僕人莫誠的忠義相報，姬妾雪艷的守節相許，以及友朋戚繼光的義勇相助。

莫誠是個機靈忠心的僕人。他獻偽杯時忐忑不安，恐怕被識破玄機，後來幸得遮掩，如釋重負。那小心翼翼、忠心耿耿的神情，深刻而生動。當懷古視湯勤為心腹，洩漏假杯情由時，莫誠力圖遮掩，卻不能點醒主人，終究不得不出示玉杯，他心中的焦慮無奈，活現劇間。而嚴世蕃滿臉怒容到莫府，莫誠就很快的悟得其意，急忙藏杯脫逃，懷古被捕時，他也見機逃脫，然後趁夜見戚總兵，定計救主……在在表現出他的機靈、敏捷。代主捐生，劃下了他一生的終點，也為忠義的高貴品德綻放耀眼的異彩。

雪艷在〈燕遊〉一齣中，謹受夫人囑咐，畢恭畢敬，未顯出個性。〈伐戮〉一齣裡，她被縛受刑，哭啼啼的唱道：「（千秋歲）怨沖霄不禁哀哀叫，痛裸體渾似俘殍，鬢髮蓬鬆，鬢髮蓬鬆，止剩得飲恨銜冤聲悄。」是十足可憐的弱女子，唱出無限的冤屈和悲苦。但在〈勘首〉一齣裡，湯勤用娶雪艷為條件、救戚總兵和雪艷二人性命，雪艷卻表現識大體的一面。她感念戚繼光對懷古的恩義，不忍牽累他，於是委屈相從，答應了湯勤。又在成親前一刻表明：「痛幽魂石化，泣悲風城墮，矢貞操海枯石裂」（〈誅奸〉）的堅強意志。終於以一個弱女子，手刃湯勤，而後自刎殉節，表現戲劇高潮，更顯出強弱的本質，不在外求的功名利祿、權柄威勢，而在堅毅不拔的操守。

戚繼光面對二位小人物壯烈犧牲後，感嘆道：「哭恁這一遭，醒咱這一覺，好把那一瞬浮生，做個萬載忠和孝」（〈哭癡〉一齣、朝天子）正是作者透過情節，展現的主題思想。而戚繼光本人，在〈株逮〉、鬥黑麻一曲唱道：「為友捐生死無嘆惜，只是我為國的孤忠枉然抱赤。（我此去呵）管取攀檻諍，把笏擊槾，做個斷舌常山，丹心化碧。」更是這位人物性格的取向。

為烘托這些高貴的品德，作者塑造了湯勤這樣一個反面人物，他有一手裱褙的好功夫，卻好賭好嫖，弄得荒年難度，妻死家破，流落街巷。幸得莫懷古賞識他的手藝，甚至抬舉他在嚴府佔一席之地，恩同再造，但他卻忘恩負義，為了一己進身顯達，不惜出賣恩人，甚至陷害、逼殺，無所不用其極。作者為他安排了一個極醜善妒，又無自知之明的太太：「身長腹大背雷駝，抹

粉搽脂高髻梳，金釵插鬢多、繡裙著地拖，便是西施難賽我。」他才三十出頭，已嫁過十八個丈夫，在知湯勤要討雪娘後，打破醋缸、興師問罪（〈醜醋〉）；而雪娘殺死湯勤後，她拍手稱快：「殺得好、殺得好！這黑心賊瞞了我，私自來做親，自然該殺他。」並喜孜孜地，再覓姻緣（〈誅奸〉）。對好色的登徒子，極盡了諷刺，也為受玩弄的婦女發洩了憤怨不平。

全劇雖有史實作背景，卻虛設許多情節，主要在歌頌孝義忠貞，刻寫人性的崇高價值。而這些價值，出自於黑暗的現實社會；嚴世蕃仗勢欺人、予取予奪的威權，終究敵不過人性的光明面。作者成功地塑造了正、反面的重要人物，且處處闡明主題。更可貴的是「極為奴婢吐氣」。〔註21〕在賓白運用上，流暢自如，很能表現各角色的性格。在造境上，亦能配合情節發展，如第十五齣〈伐戮〉，邊塞景物蕭索，軍容氣勢盛大，而殺人頃刻間，使人屏氣凝神。劇中雖不免辭用駢語，結以團圓，但結構緊湊，生動可觀。

此期政治時事傳奇的特色，除了正面歌頌忠義人物外，更藉由反面人物的排擠傾軋，顯出強烈的忠奸對比。《鳴鳳記》是最具代表性，也是影響最鉅的作品。在嚴嵩死後不久，描寫嚴嵩及其奸黨罪惡的戲劇，即展現於舞台之上，焦循《劇說》曾言：「鳴鳳記初成時，（王世貞）命優人演之，邀縣令同觀，令變色起謝，欲亟去。弇州徐出邸抄示之日：『嵩父子已敗矣。』乃終宴。」《堅瓠集》廣集卷三，也載嚴世蕃寵幸的優令金鳳，在嚴家勢敗後，曾粉墨登場，扮演《鳴鳳記》中的嚴世蕃，描摹醜惡諸態，無微不至。到了清代，仍然盛演，侯方域的〈馬伶傳〉，曾記述當時戲班比賽演出《鳴鳳記》，興化部的馬錦演嚴嵩，比不上華林部的李某，而遭人譏笑，於是他偷偷地到北京某相國家中為奴三年，仔細觀察奸相顧秉謙的一舉一動，一言一語，才把嚴嵩演活，終於令李伶拜服。又孔尚任的《桃花扇》第四十齣，引用了《鳴鳳記》中的部分情節，同時在題材選擇和人物造型上，也受到《鳴鳳記》不少影響。〔註22〕清代無名氏的《鳳和鳴》、《丹心照》、吳綺的《忠愍記》都是取材於《鳴鳳記》，而丁耀亢的《表忠記》（一名蛇蚰膽），〈修本〉、〈後疏〉等齣，顯然是取自《鳴鳳記》。由《鳴鳳記》一劇的演出和流傳，可看出它的影響和威力。此外最具影響的，應是它對人物刻劃的成功，影響了世人對楊繼

〔註21〕焦循：《劇說》卷四云：「玄玉係申相國家人，為申公子所抑，不得應科試。因著傳奇，好抒其憤。其一捧雪極為奴婢吐氣。」
〔註22〕羅錦堂：《明清傳奇選注》，頁 77～78。

盛、嚴嵩等人的評價。

楊繼盛（西元 1516 年～西元 1555 年），是武宗到世宗之間的人，嘉靖二十六年登進士，任南京吏部主事、兵部員外郎，「因對國事上書兩次受罰，第二次被處死，享年四十。是士大夫中較平凡之一人」〔註23〕他的文筆與官職，都沒有特殊之處。在史書中也沒有特別記載的功業。但因他能不顧本身安危，上疏針對仇鸞開馬市之舉，提出十不可、五謬的主張，又上疏劾嚴氏父子十大罪及五奸，被囚獄中二年，受杖刑而體無完膚，《明史》中形容：「夜半而蘇，碎瓷盌，手割腐肉，肉盡，筋掛膜，復手截去，獄卒執燈顫欲墜，繼盛意氣自如。」這樣的氣骨，在《鳴鳳記》中，〈修本〉、〈劾奸〉，〈夫婦死節〉各齣中，更加強突顯了這樣一位不怕死的人物，使他變得不平凡，而活在社會大眾的心目中。

反之，嚴嵩的詩文，在明代頗富盛名。他也曾為生民出過力，又確是一個愛才的人，他所結交的人之中，不乏忠義之士。但他在歷史上被視為奸臣，王世貞的功勞最大。清人修《明史》，列嚴嵩於《奸臣傳中》，主要就是根據王世貞〈嘉靖以來內閣首輔傳〉寫成。而《鳴鳳記》中，說夏言被殺，是嚴嵩一手造成，並將夏、曾二人寫得忠義非常，都是有違史實的。再說《鳴鳳記》單方面指責嚴嵩專權，而不考慮世宗在這過程中所擔當的角色，只將世宗歌頌為英主，一切罪過都推到嚴嵩身上，以致嚴嵩成了萬惡不赦的罪人。至於他對世宗鞠躬盡瘁、俯首稱忠的一面，反被忽略了。凡此種種，都是作者以戲劇作為宣傳個人意識的工具，而影響社會對事物的看法和評價。《鳴鳳記》在文學上是成功的，它在明末以及以後的社會產生了深遠的影響，它左右了嚴嵩在民間的形象，奠定了後人對嚴嵩的評價。〔註24〕

其實，嚴嵩的失敗，可說是為子所累，何良俊《四友齋叢說》云：「嚴介老之詩，秀麗清警，近代名家鮮有能出其右者。作文亦典雅嚴重，烏可以人而廢之？且憐才下士，亦自可愛。但其子黷貨無厭，而此老為其所蔽，遂及於禍，又豈可以子而廢其父哉？」又說：「余嘗至南京往見東橋，東橋曰：『嚴介溪在此，其愛才，汝可往見之。』爾時介溪為南京伯。……後壬子年至都，在西城相見，拳拳慰問，情意曖然。後亦數至其家，見其門如市，而事權悉

〔註23〕高柄翊撰、林秋山譯：〈楊繼盛之上疏與遺囑〉，《華學月刊》第八十七期。

〔註24〕詳李焯然：〈從鳴鳳記談到嚴嵩的評價問題〉一文，《明史研究專刊》第六期，頁 37～74。

付其子，可惜可惜！」〔註25〕就因在強烈的忠奸對立下，嚴嵩也難逃眾議，而背上了弄權亂政，誅戮忠良的罪名。

此外，《一捧雪》與《飛丸記》二劇，主要在指責嚴世蕃的罪行，透過正、反角色，歌頌了人們崇高的品德，而以團圓補償了人們被奸人陷害的痛苦。此雖列於政治劇討論，實則是透過政治，表達了社會民眾的思想和訴求。

第三節　閹宦魏璫群醜的罪行

英宗信任宦官王振，而有土木堡之變；武宗信任劉瑾而致失道誤國。世宗幸能起而振衰，不重宦官，而用閣臣，得免宦官爲禍，卻因禱祀，大興土木，糜費無限，開一朝危亡之漸。穆宗承世宗之後，享國僅六年，政事倚成於內閣，但閣臣用事多挾意見，恩怨推排，政令反覆。神宗初期，仍受此風氣，徐階、高拱、張居正互相傾軋，實爲朝局樞紐。蓋宦官爲患，以明代爲極甚。歷代宦官，與士大夫對立，士大夫決不與宦官爲緣。明代則不然，凡士大夫有大作爲者，往往都有宦官之助，如于謙之恃有興安，張居正之恃有馮保，楊漣、左光斗移宮之役，恃有王安。其後，宦官之間互相擠軋，正人君子也加上附閹之名，如馮保、王安被魏忠賢所擠，張居正、楊漣、左光斗等都成閹黨，而無可辯。不肖者惟閹是附，更是勢所必至。〔註26〕於是在張居正死後，神宗親操大柄，洩憤於居正之專，專用軟熟之人爲相，中歲以後，怠於臨政，不郊不廟不朝者三十年，惟賴閹人四出聚歛，礦吏稅使，毒遍天下。魏忠賢以庸人柄政，百官多曠其職，貪污遍行。夷狄內侵，邊患日亟，終致民窮財盡，流寇四起，而外夷交乘，明事一蹶不復起。

此時邊患，寫於戲劇者，以寧夏哮賊入侵爲主，計有吳大震的《龍劍記》，隱求的《灌城記》，陳德中的《賜劍記》，孫一化的《三綱記》。諸作者中，唯知吳大震字東宇，號長儒，自稱市隱生，爲安徽休寧人，萬曆中前後在世。四劇皆見於《遠山堂曲品》，著錄如下：

1. 《賜劍》　陳德中撰。以李將軍如松爲生，所傳止寧夏哮賊一事。頭緒紛如，全不識構局之法，安得以暢達許之。

2. 《灌城》　□□□隱求撰。記寧夏哮賊事，有賜劍、龍劍二記。賜劍卑

〔註25〕何良俊：《四友齋叢說》卷二六，北京：中華書局，1959 年版，頁 239。
〔註26〕孟森：《明代史》，頁 5～6。

卑不足道，龍劍亦嫌其龐雜。此等意境，安能求其委折？得暢達如此記，足矣。

3. 《三綱》　孫一化撰。田嘉谷遇儉歲，受孫瑢之賑得活，後以征哮功，父子建節，故作此記。前半多以媚瑢，詞雖明爽，無足取也。

4. 《龍劍》　吳大震撰。傳哮承恩事。作者未識裁鍊之法，故喧而未雅。以魏公學曾為生，殊無事功可見。中間如蕭、麻諸帥，米、梅諸公，忽隱忽現，雜出不倫。曲白雖工，未足樹詞壇之幟也。

其中唯《賜劍記》為具品，餘皆列於能品。祁彪佳以《灌城記》較可觀，餘皆不足取。所記大將有李如松、田嘉谷、魏學曾等。

據《讀曲類稿》〈龍劍記〉條載，此事據兩朝平壤錄，瞿待詔、武功錄，茅伯符、三大征記。並云：「此記作於萬曆三十三年，而平拜在萬曆二十年，相去未久，聞見俱確，悲憑空結撰者也。哮拜本塞外人，嘉靖中亡，抵朔方，屢立功，授寧夏參將加副總兵，休致，子承恩襲，以萬曆二十年激眾作亂，一年即平」。〔註27〕呂天成《曲品》云：「此平寧夏哮賊事也，為魏公洗垢，正宜收」。魏公指魏學曾，總督陝西、延寧、甘肅軍務，哮拜叛，學曾連戰失利，人劾其玩寇，逮至京，奪職為民。以葉夢熊代，未逾月平，仍敘功，以原官致仕。〔註28〕《曲海總目提要》卷十指出：「惟魏學曾嘗被逮，不載，蓋為諱之。哮拜雖結黃台吉妻，縱其子擾邊，而三娘子是時已久與順義王扯力克合婚，封忠順夫人，實未嘗引兵助拜，此係點綴。餘並不誤。」可知此劇以魏學曾為主，事多覈實，惜今未見。

此外，最能代表民心怨激及時代精神的，當屬記魏瑢為禍的劇作了。茲亦先列《遠山堂曲品》所錄者：

1. 《廣爰書》　三吳居士撰。不盡組織朝政，惟以空中點綴。詬浪處甚怒罵。傳崔、魏者，善摭實無過《清涼扇》，善用虛無過《廣爰書》。（逸品）

2. 《秦宮鏡》　白鳳詞人撰。傳崔、魏者，詳核易耳，獨此與《廣爰書》得避實擊虛之法，偏於真人前說假話。內如〈儒穢〉、〈祠沸〉數折，尤為趣絕。（逸品）

3. 《清涼扇》　王應遴撰。此記綜覈詳明，事皆實錄。妖姆、逆瑢之罪狀，有十部梨園歌舞不能盡者，約之於守毫片楮中，以此作一代爰書可也，

〔註27〕周志輔：《讀曲類稿》，頁57。
〔註28〕莊一拂：《古典戲曲存目彙考》（中），頁935。

岂止在音調內生活乎！（能品）

4. 《中流柱》　王元壽撰。傳耿樸公強項立節，而點綴崔、魏諸事，俱歸之耿公，方得傳奇聯貫之法。覺他人傳時事者，不無散漫矣。（能品）

5. 《請劍》　穆成章撰。記魏璫事，詳覈不能過他本，而輕圓軟熟，罕見其儔。（能品）

6. 《不丈夫》　高汝拭撰。此記與《冰山》最早出，韻調雖訛，結構少勝；但四諫官頭緒不清；且楊氏一家，何必盡死？（能品）

7. 《冰山》　陳開泰撰。傳時事而不牽蔓，正是鍊局之法；但對口白極忌太文，便不脫學究氣。崔作小生，是何多幸也？（具品）

8. 《鹹隼》　王玄曠撰。為耿朴公作記，雖不及中流柱本，而繩趨尺步，猶不入於荒穢。但論詞以律為主，此記韻多訛錯，毛師之北詞尤甚，故幾欲收之，幾復置之。內傳吳中翰懷賢因耿公慘死，竟出之記載之外。（具品）

9. 《鳴冤》　盛於斯撰。此記魏璫，而以胡給諫天岳為生者。韻律全疏，傳事亦多未覈。此記成而給諫以乘箕去。中之以證仙結局者，豈先為之兆耶？（具品）

10. 《孤忠》　聊述魏璫時事，雖不妨翻實為虛；然如此不倫，終涉惡道。（具品）

11. 《過眼浮雲》　□□□鵬鷃居士撰。作者刻意求新，故首折即用魏璫以破衣出。乃貫串無法，目中不識九宮十三調為何物，語竟不可讀，而況歌之乎？（具品）

12. 《冤符》　□□□陽明子撰。此記全以傳劉桐初，而間入吳養春一案，當是老學究於三家村講天話耳，不然何鄙俚至此！記魏璫者若此記，風斯下矣。（具品）

逆閹魏忠賢與客氏之罪狀，罄竹難書，誠如祁彪佳所說「有十部梨園歌舞不能盡者」，又作者多不可考，其出於民間輿論可知。陳開泰，字治徵。王元壽，字伯彭，弟旡功，陝西郃陽人。高汝拭，號藻香子。王應遴，字董父，號雲萊，山陰人，為禮部員外郎，明亡時殉節死；精通曆象醫術，曾參與天啟時修曆事。所知僅於此，餘皆不可考。

另有不見著錄者如：

13.《雙眞記》　張積潤撰。雲間曹家駒〈說夢〉云：朱雲萊藉魏閹延引，升北太常。閹敗，家居，聲伎自娛。有張次璧者，作一傳奇名雙眞記。其生名京兆，字啟卿，蓋以自寓也；且名惠玄霜，其淨佟遺萬，佟者以朱爲鄉人也，遺萬謂其貴臭萬也，詆斥無所不至，雲萊大恨，訟於官。陳眉公爲之解紛，致札當事，請追書板，當堂銷毀，置其事不問，其事並見《景船齋雜記》。〔註29〕作者張積潤，字次璧，上海人。父所望，官至山東布政，善音律，次璧亦以家學自負。約明天啓元年前後在世。爲《雙眞記》，直以詆斥同鄉，非關寫實，但亦反映時人劇作風尚，故並錄於此。

又有清初作家袁于令所作《瑞玉記》，演魏忠賢黨人巡撫毛一鷺，及織局太監李實，構陷周忠介公事，甫脫稿，即援優伶演唱，一鷺聞之，持厚幣求改易，袁乃易一鷺爲春鋤。〔註30〕孔子作春秋而亂臣賊子懼，袁于令作《瑞玉記》，令毛一鷺如坐針氈，立竿見影，收效不可謂不大了。而李玉作《萬民安》，演葛成擊殺黃建節事，萬民得安。更充份反映了萬曆辛丑的政局，以及民不聊生，洶洶思亂的根源。今不見傳本，據《曲海總目提要》卷十六言其劇情大略云：

> 長洲人葛成，機戶中傭工織匠也，年三十餘。妻曹氏，已故。一子方在襁褓。鄰居韓媼，其夫在日，曾領內府黃絲官價，織造黃帛紬絹，舊規上下那移，遠年沈閣，是年其夫已亡，媼聞朝廷已經豁免，而部中澈底清查，重追舊欠，京差二人至蘇提弔，搶其女雲娘去，以作抵償。成問媼所欠幾何。差云：「據府申文，韓媼尚欠三十兩。」時成累年蓄積，適有此數，欲娶繼室以撫其子，遂傾囊付差，以償所欠。媼女得還。媼欲送女與成爲繼室，成堅執不可。二差勸媼爲成撫子，媼遂抱成子歸家。保定房壯麗春闈下第，其母舅鄭尚甫客蘇忘歸，壯麗至蘇接取，與名士張獻翼號河梁者同游虎丘，微聞其事，韓媼遂以女鬻壯麗爲妾，以三十金還成。成堅不受，令媼備女奩資，母女感成刻骨。鄭尚甫者，商販吳中，賃本久寓，娶吳女沈氏爲妾，多年未得生子，而尚甫已逾七旬，恐恧沈終身，欲擇所歸以贈。其甥聚妾，借其寓所，尚甫因問韓女根由，具述葛成恩德。尚甫念成疏財仗義，居心忠厚，聞其有幼子而無室，遂作手書，以沈氏送成爲妻，並贈白金

〔註29〕同註28，頁 1026。
〔註30〕同註28，頁 1141，引《魚磯漫鈔》語。

百兩。成義不肯受，鎖沈于屋，走白其母，令挈女歸，至則沈母他出。成歸家昏黑，不肯入室，恐犯瓜李之嫌，只於門外立談，倦則睡于門首。長洲縣令鄧雲霄三更巡夜，見成熟睡門首，疑以爲賊。及聞門內女人聲音，又疑其拐騙婦女。開門呼女問之，乃得其實。雲霄稱嘆，欲爲報聞各憲，旌表門閭。天明，沈母至，成以女及銀歸之，女既感成，又念一再從夫，皆有齟齬，乃出家于洋澄湖旁靜室爲尼，取名靜真。與母同去，挈成子撫之，以報其義。是時部差稅司黃建節，廣抽各項稅銀。蘇州六門，各派參隨分管抽稅。不論肩挑步擔，十取其一。各色店舖，十取其二。機坊十取其三。建節設署于葑門外瓦屑涇，大開柵門，見貨便抽。其黨徐怡春等，分據水陸，要截鄉農，苛取虐斂，人心惶惑，俱不聊生。滿城百姓，相約罷市，齊集玄妙觀中，呼聲震天。葛成亦在其內。屈指建節、怡春、及湯辛、徐成等十二人，兇惡相仿，眾議推成爲首，欲共擊殺建節等。有豎子滿臘梨，賣瓜爲業，爲群棍所奪，號哭于路。成以蕉扇一揮，萬眾俱集，將出葑門，棍徒閱扇索稅，成出語牴觸，遂擒見徐成，欲送建節處枷示。于是眾憤不可復過，立剝徐成之衣，投入水中。并火建節衙署，揮拳斃之，投入火內。自初六至初九，焚燒三晝夜不息。知府朱燮元、知縣鄧雲霄，極力排解。眾聚不能即散。指揮楊姓署遊擊印，鎮東城，立馳令箭，申聞撫院，指爲亂民。葛成乃挺身出認。雲霄告燮元以巡夜見成不納沈女事，燮元遂改成名曰葛賢，願力庇之。而蘇松兵備道鄒變自太倉聞變，至府城，奉巡撫檄研審，必欲正葛成聚眾倡亂之罪，置之重辟。刑房畢成名極力相援，張顯翼又率諸生求府縣官，燮元、雲霄力爲解救。摚責以不思弭變，反欲養奸。兩人合辭云：「寧將職等題參罷職，固所甘心，不能不爲愚民乞命。」摚不肯從，具招轉詳，遂定成死罪。靜真母女至獄探成，成恐己子難保，囑靜真認以爲子，改姓名曰鄭天祐。摚以成獄詳撫奏聞，有旨不時處決，綁赴市曹。忽爾地震，雲霄正欲馳報撫院，請暫停刑。巡撫亦恐有冤，使人傳令箭將成暫放，具奏于朝緩決。淹繫久之，鄭尚甫與韓韞俱歿。而房壯麗成進士，歷任河南道御史，奉命巡按蘇松，先送妾雲娘至蘇，問其有何親戚，雲娘即以恩人葛成爲託。壯麗在蘇時，亦知其顛末，遂力任出豁。比巡江左，滿臘梨方欲挺身爲成控冤，挾狀懷中。道經雨淋，抵庵中晒紙，

靜真問其狀詞，云欲爲成控訴。靜真取視不謬，悲感涕泣。天祐怪而
詢之。告以汝本萬氏之子，非己所生。天祐年已十三，奔至獄中見父，
即赴按院訴冤，臘梨相從扶助。時萬曆四十一年。壯麗舟至黃河，於
金龍四大王廟賽神，而其神即葛成生魂也。跳神時巫語云云，壯麗亦
驚駭。會舟抵滸墅關，天祐撲水具控。壯麗覽狀，即提原卷，見口供
雖已招定，而司道府縣審結語有云：「一人倡義。萬民安枕。」尚有
百姓辨冤，臨刑地震許多情節。取成覆讞，具疏請寬，奉旨釋放寧家。
松江隱士陳眉公，名繼儒，慕成之義，延至佘山居住。蘇州士民相率
建生祠于玄妙觀內，稱爲葛將軍云。

此劇事多覈實。今蘇州虎丘內有葛賢祠，「定陵誌略」亦載其事。「明史紀事本
末」云葛成，定陵誌略云葛賢。劇中則云本名葛成，郡守朱燮元改爲葛賢，此
亦可補史乘所未及。又萬曆二十九年六月己巳，蘇民爲亂，自建節外，其數人
未錄姓名，此劇則臚載頗詳，亦值得參考。至於捐金完配、堅辭贈婦、臨刑地
震等情節，則當是緣飾美觀、捏造以爲關目而已。「萬民安」一劇，實爲魏閹亂
政，民心思變的見證，於史、於劇，都深具價值，故不厭其詳，錄述於此。

　　至於時人寫魏璫事，而流傳的劇本，今得《喜逢春》、《磨忠記》、《清忠
譜》三者，分析於下：

一、《喜逢春》

　　此劇只見於《曲錄》著錄，其他戲曲書簿未見著錄。劇名下題無名氏撰。《骨
董瑣記》云：「乾隆時，查出高其佩孫秉家，藏有禁書《皇明實紀》，天啓時陳
建著。《喜逢春》傳奇，明末江寧清笑生著。」清笑生未知何人，俟考。據《東
華錄》所載，《喜逢春》傳奇被禁，實由於金堡《遍行堂集》所連累；乾隆四十
年閏十月上諭，略云：檢閱各省呈繳應毀書籍，內有僧澹歸所著《遍行堂集》，
係韶州知府高綱爲之製序，兼爲募資刊行。今於高綱之子高秉家，又查出《喜
逢春》傳奇一本，亦有不法字句，係江寧清笑生所撰，一併傳諭高晉、薩載，
於江寧、蘇州兩處，查明所有刷印紙本、板片，概行呈繳。〔註31〕

　　雖然，此劇在乾隆時連帶遭禁，幸得留傳人間。今據《古本戲曲叢刊》
二集本（據崇禎刊本影印），略作分析。此劇分上、下兩卷，共三十四齣。上

〔註31〕同註28，頁1116。

卷有：始末、赴闕、無賴、行乞、講學、拒佞、候疾、廷辯、閨勸、伏闕、乞哀、郊餞、奸媒、勘問、夜問、嚴刑、封爵等十七齣。下卷十七齣：代輸、遣戍、建祠、閱報、奸破、重逮、遣妾、謀害、潛蹤、道病、追併、顯聖、奸斃、除奸、夢勘、喜報、榮歸等。

提綱作：「竊朝的魏忠賢兇如豺豹、媚閹宦的崔呈秀甘作犬鷹，上彈章的楊都憲朝陽鳴鳳、抗讒邪的毛給事聖世祥麟。」全劇以明末萬曆、天啓、崇禎之際的朝廷政治爲背景，以魏忠賢、崔呈秀爲邪派人物的要角，而毛士龍、楊漣則以忠肝義膽對抗權奸。先是奸臣跋扈，忠臣受辱：崔、魏勾結，作威作福，草菅人命；楊死、毛謫，不減忠義之氣。最後正義戰勝邪惡：忠臣都復原官，毛士龍盡享生榮，而楊漣死爲城隍，一吐冤氣；魏、崔則飽受鞭尸刳肉、陰間酷刑的苦果。作者透過劇作，發洩了民心怨激。他以強烈的忠、奸對比，刻劃出不同的人物性格，並安排許多市井民眾出現劇中，反映他們的好惡取向。其主要事件不違史實，其間部分的渲染、虛構，更鮮明的突顯出忠義戰勝邪惡的主旨。但情節安排上，仍不離生旦離合的俗套，用語也多駢儷、典故。而君聖臣賢是他的理想，臣奸不損聖德，最後撥雲見日，重頌祥麟。

劇首以毛士龍考上進士，攜妾赴闕，想一展鴻圖丹心，途遇楊漣同行，前途充滿光明爲開端。此時崔呈秀在淮南考察鹽政，聞訊立即設席款待毛、楊二人，極盡巴結討好之能事；只恐自己碩鼠貪婪，遭到彈論。而魏進忠好賭屢輸，賣妻通嫂，被兄撞破姦情後，令自割陽具，暈死復生，以致鶉衣行乞，來到都城外，遇到毛士龍，賞得六十文錢；遇王安督驗橋工完畢返京，幸得引薦進宮爲內侍，並改名忠賢。

在鄒南皋創建的首善書院中，高攀龍等人聚徒講學，並與新授科道毛士龍、楊漣、周宗達、魏大中等人論政，指斥崔呈秀貪贓不法，欲上本參劾。崔呈秀知情後，到毛士龍府求救，爲毛所拒，終被發遣，因此懷恨在心。待神宗大漸，客氏、魏忠賢結對弄權，密謀國事，經紅丸、移宮諸案後，占機先殺了王安，奪權專擅。崔乃向魏乞哀，認在門下當義子。當初崔在毛府巧遇賣唱女蕭靈犀，見她標緻娶歸，此刻更以蕭娘子服侍魏氏父子，自己取悅客氏，取寵於當權。於是在魏忠賢的協助之下，崔呈秀官復原職，並加封爵。

天啓朝，楊漣開列魏氏二十四大罪，與諸忠臣同心劾奸，結果遭受廷杖、削職，毛士龍也交由宜興縣令勘問。魏、崔更藉夜巡問探，追捕違抗己意的許多官員，施加嚴刑。高攀龍不願辱身、辱國，投水自盡；楊漣、周建宗受

酷刑，死於獄中；毛士龍遭遣戍，幸得宜興縣令敬重，遣送偏遠卻富庶的平陽衛，得杭州父老感恩，為他伸冤，並代籌銀兩，助他完納贓銀。

　　毛士龍遣戍途中，遇到各地請建魏忠賢生祠的差官，加以痛斥、阻止，甚至製作魏賊草像，每次閱朝報見其惡行，就責打、碎斫，以舒公憤。魏氏一方面害盡忠良，一方面假借名義、甚至襲人功勳，使爵盡封於魏氏一門，喧赫至極，當然不容忍毛士龍的詆毀，派人暗殺毛氏，士龍逃過數劫後，知保命不易，就先遣小妾張氏回家。張氏在客店中為一對老夫婦所救，毛則遇陳大爵相救，終得免於緝捕。

　　魏忠賢趁熹宗病重，竊坐寶座，居心叵測。伏魔大帝關聖君預知其事，令周倉打他下來，斷其篡念。待新主踐祚，忠臣都復原官，魏、客固寵之計不行，被發遣鳳陽，崔呈秀則削籍。崔、魏落拓相逢，互責對方不義，翻臉無情，分途各行，最後都自縊亡身。蕭靈犀則改名以尋父，依舊隨處趁食，後被差人所獲，也自盡身亡。

　　魏、客、崔氏死後，眾人搶割其殘骸，鞭屍洩憤。死後成為城隍神的楊漣，掌陰間刑判，令鬼判以紅繡鞋、銅蛇等酷刑（當初魏氏待忠臣者）勘問之，並剖其腹，挽出心肝，以明果報之理。最後以新天子改元，毛士龍全家團聚收場。

　　本劇對毛士龍、楊漣的角色塑造，是勇於攻訐、彈奸的。〈拒佞〉、〈廷辨〉二齣中，毛士龍對崔、魏不假辭色，立場堅定。〈遣戍〉一齣，毛士龍往高攀龍府弔喪，義正詞嚴，斥退欲強行開棺的隸役，又到楊漣府中弔喪，分盤纏助楊公子納贓銀；表現出忠義典範。而楊漣等在〈伏闕〉一齣，彈劾魏忠賢二十四大罪，在〈嚴刑〉一齣，忠貞自矢，視死如歸，一片忠肝義膽。又在〈閱報〉一齣中，毛士龍在平陽衛所，關心時政，急索朝報，忠心可憫，但製作魏賊草像，痛罵碎斫，言為寄公憤，也不無私怨之嫌；而〈夢勘〉一齣中的城隍爺楊漣，也對崔魏用盡酷刑，報復之心更勝過公義，這已是借劇中人物發洩作者怨憤的情緒，在塑造人物性格上，當然也照合了觀眾的期望。

　　劇中對魏忠賢的無恥，則竭盡諷刺之能事。如第十齣〈伏闕〉，魏忠賢因宮中試馬，被聖上發現，怒其專恣，欲加發遣，魏氏只好哀告客夫人，在駕前解救，二人片段對話如下：

　　淨：魏忠賢變隻狗，與夫人看家。
　　老旦：太監原叫敦狗。

　　淨：休得取笑。

又如〈建祠〉一齣，各地請建生祠共二十三處，監生欲在國學建生祠，其代表陸萬齡與魏忠賢有一段對話：

　　丑：國學有空地一段，與聖殿相連，通學監生，自願輸銀，與廠爺啓建生祠，特來稟知廠爺。

　　淨：此是你們好意，只怕聖殿之前不可啓造。

　　丑：……監生聞知，杭州建的生祠，左是關帝祠，右是岳武穆祠，不知那二人怎比得廠爺？……

　　淨：此是諸生公論，你們自去啓造。

對其忝不知恥，刻劃生動。這頗能與無賴、行乞中的魏忠賢相應承。崔呈秀則是善於逢迎佞諂的人物，他巴結毛士龍不得，就懷恨在心；對魏忠賢則竭盡所能，盡輸貨財、妻色，甚至自己的人格。一旦魏氏失勢，他就翻臉不認，更將自己的果報，委罪於魏，是一付十足小人的臉孔。這二個角色在一連串的事件中，表現的性格頗能一致。

　　劇中又藉杭划父老感念毛爺恩澤、張敬之夫婦蒙毛爺昭雪冤獄、知恩圖報，表現廉吏受人民愛戴的可貴。而在〈除奸〉一齣，眾人爭割魏、崔、客氏一臠以祭主人，洩其積怒，以見奸人的可惡。充分表現出在黑暗政治中，人民渴望政治清明，痛恨貪官污吏的情形。對楊漣之死，深表同情，而令成神，在陰間主持正義，以彌補生前遺憾。凡此渲染、虛構處，都鮮明地突顯忠奸不兩立、邪不勝正的主題。作者善用群眾旁襯，達到戲劇效果，是其高明處。

　　但在情結安排上，不離生旦離合的俗套，全劇以毛士龍與其妾張氏的分合為主軸。如〈赴闕〉一齣，毛攜妾同行；〈閨勸〉一齣，毛與魏爭執，意氣不平，張氏勸以保身；〈遣戍〉一齣，妾張氏頂作妻蔣氏，同往平陽；〈遣妾〉一齣，二人分途；〈喜報〉、〈榮歸〉二齣，二人復合，團圓終場。捨妻就妾，與主題關係似乎不深，而時代背景、基本事件，則多穿插其間，隱晦不明。如神宗大漸，紅丸、移宮諸案，穿插於毛士龍〈拒佞〉、〈廷辯〉二齣之間，只是以〈候疾〉一齣輕輕帶過；魏忠賢封爵盡於魏氏一門，也在群忠〈嚴刑〉、〈代輸〉之間，突然閃見；安排魏忠賢勢敗，由〈顯聖〉、〈奸斃〉、〈除奸〉，匆促交待；新天子登基、改元，彷彿例行公事。由此雖可略窺魏忠賢弄權，卻無法清楚地掌握背景，而主題的歸結，是歌頌聖世祥麟，令人有莫名所以

之感，這對忠義人物的獨立性格，並無幫助。此外駢語典故，多見於唱詞、對話，是受限於傳奇寫作的時代，無可厚非；其間也有不少活潑生動的對白，卻是難能可貴了。

二、《魏監磨忠記》

　　此劇《遠山堂曲品》著錄，列於具品，云：「作者於崔、魏時事，聞見原寡，止從草野傳聞，雜成一記，即說神說鬼，去本色愈遠矣。調多不明，何以稱曲！」雖然，正足以了解草民對時事的看法，以及他們的思想傾向。

　　此劇上、下兩卷，共三十八齣。上卷十九齣：本傳始末、楊漣家慶、天王採訪、忠賢落魄、奴酋內訌、入宮擅權、經略出邊、客氏得寵、練兵懷異、魏客結連、群忠共議、二奸獻媚、修準彈章、群忠會奏、夫人聞變、獄底含冤、書生憤激、劉杜會勛、詠虜拜公等。下卷十九齣：假旨捉拿、妻孥分別、官差攘變、崔田會勘、流竄家屬、陷忠自樂、忠佞爭朝、矯旨建祠、結奏天曹、夢激書生、疊奏鳴冤、奉旨貶竄、拷打客氏、陰兵扑捉、公憤合祭、群仙會勘、召還遠戍、聖明平虜、陽封表節等。其中第十二、十三兩齣（〈二奸獻媚〉、〈修準彈章〉）各缺二頁。

　　提綱作：「魏忠賢擅權肆毒，楊侍御觸犯兇鋒，錢貢士連章激奏，明天子祛惡除兇。」全劇以魏閹弄權為背景。楊漣不怕死，上封章彈劾魏忠賢二十四大罪，身亡家喪；錢貢士繼起，冒死陳言，終於祛除元兇魏忠賢，劇中事件，由玉帝統籌，他派四大部洲採訪使者探查民情，結果以奴酋之叛、忠賢之奸，設下懲民的兩線索，直到聖明天子出現，才平復戡整。魏忠賢是集眾惡於一身的人，人人瞋目髮指。楊漣則目中只有忠君，只有除去魏忠賢，身家可以不顧。錢嘉徵經鬼神託夢，激憤更切，而終冒死劾奸，得償群忠夙願。作者在角色的安排上，動員頗多，場面熱鬧，人馬鬼神，樣樣俱全，針鋒所對，也全在魏忠賢的身上。可見范世彥，欲借此劇痛罵魏忠賢，共抒天下公憤，並顯揚聖德，及善惡自有鬼神糾察的主題。用語、設境多粗糙庸俗，牽合史實，多涉玄虛。但作者在目次後云：「是編也，俱係魏監實錄，縱有妝點其間，前後相為照應，無非共抒天下公憤之氣。如落一齣，便覺脈絡不相關合，演者勿以尋常視之。」也可窺其用心。

　　楊漣，字大洪，湖廣應山人，官拜都察院副都御史。他的家庭和諧，雖然父親早逝，但母親高壽，教子有成；妻詹氏賢淑，幼子崢嶸，一家團圓，

共享歡慶，全賴主聖臣賢。但天王派使者採訪民情，察覺遼東一帶，人民罪業深重，應受慘報，於是興起奴酋之亂；另一方面，仕籍夤緣，人心奔競，該示懲戒，於是令屬鬼化身爲魏忠賢猖狂爲害。

魏忠賢，本名進忠，涿州人，以修腳、修癢營生，曾與客氏修癢得些周濟，客氏入宮爲皇上乳娘後，生意就淡薄了，加上好賭，錢財被劫賭一空，妻隨人走，子良卿，賣人作僕生，自己則藉鼠竊狗偷渡日。後來，欲竊被抓，險些被打死，修癢又被責罵，走投無路，正想投江自盡，遇一道士，指點他走閹宦一途，必致顯達，並勸他享用不要太過，殺戮不可過多，否則不得善終。他死裡得生，改名忠賢，入宦擅權，一竄而起，總轄中外，威風鼎盛。聞得奴酋爲亂，就派遣熊廷弼出邊，實則心中不懷好意。另一方面，客氏受封爲奉聖夫人，善探君王之意，且干預外廷之政；魏氏則獨掌朝綱，盡操生殺大權。於是二人連結，陽爲兄妹，默締良緣。朝廷內外大事，互相通報，甚至代傳聖旨，彷彿天下盡歸二人。其下又有崔呈秀、田爾耕等人，獻媚承歡，魏瑁薰焰，更是無人可匹。

忠臣們見時事如此，無不痛心疾首。於是楊漣爲首，寫下魏忠賢二十四條大罪，準備上章彈劾。此時上界符官託夢，告訴楊漣說他陽數將盡，死後立爲城隍，並限他二日內到任。第二天，群忠會奏，楊漣隨即下獄，受酷刑慘烈犧牲，妻子流放關外。書生錢嘉徵爲此憤激不已。魏忠賢又矯旨拿辦魏大中、周順昌等人，一齊下獄勘問，杖死群忠，其妻孥皆遭流竄。錦衣衛在捉拿周順昌時，還激起一場民眾打差官的變亂。在遼東邊地熊廷弼派劉綎、杜松二將會勦，全軍覆沒，魏忠賢乃將邊外居民充作韃虜，京中無賴狃爲奸細，又將仇家作爲奴酋將領的婿僕，一併當俘虜獻上，假敗爲勝，更藉此名，封兒子魏良卿爲寧國公。英國公張維賢，見魏良卿無功封爵，還仗勢囂張，就在朝廷怒斥良卿，更以笏擊打出氣。魏忠賢更矯旨建生祠，主管陸萬齡，用錢買得這官位，就狐假虎威，欺壓眾人，工人敢怒而不敢言。

魏忠賢陷害忠良後，所作所爲，變本加厲。他在家設宴作樂，數說群臣的下場、痛快酣暢。城隍楊漣，見他怙惡不悛，就回奏上帝，請旨降罪。玉帝使者，以及忠魂爲神者，都結奏天曹，揭露魏忠賢之罪。於是關帝君託夢給錢嘉徵，激他上封章劾魏。錢嘉徵言切憤激，上奏魏忠賢十條大罪，又有群官疊奏鳴冤。結果魏忠賢全家貶竄，客氏也遭拷打問罪。城隍又派陰兵捕捉魏氏，忠賢在陰間，迎面都是生前被他害死的冤魂，個個向他索命；在群

仙會勘之後，由雷神鬼兵，碎擊魏忠賢之魂。崔、田二人則死後受苦，輪迴畜道。

朝中臣子，持魏忠賢首級合祭忠臣，以洩公憤。在聖明天子的領導下，楊漣、魏大中、周順昌三位夫人召還遠戍，並受封為命婦。酋奴之亂也平息了，總兵毛文龍，祭悼犧牲將士的亡魂，班師回朝。全民齊頌太平。

魏忠賢是個弄權自恃的人，在劇中他自述總轄中外諸權，如數家珍。（第六齣〈入宦擅權〉）又說：「皇上倚俺為泰山，臣下視俺如上帝。」（第十九齣〈詠虜拜公〉）至於他享用豪奢，則藉崔呈秀進金便壺、田爾耕進金鑄角事襯托出來。其奸謀太毒，除了由他謀害忠良諸事上看出外，作者更善用諷刺的手法，寫來深刻，如〈詠虜拜公〉一齣，魏忠賢（淨）與其子（丑）對話云：

> 淨：「前日獻俘一事，欲成就你的國公，把來殺些性命，今日封誥即下矣。」

> 丑：「爹爹，殺了人，官就陞，日日殺些倒好。」

待忠賢死後，與鬼卒的對話如下：

> 淨：「鬼卒哥，放寬些。」

> 鬼：「你在生時肯放寬那一個？」（第三十三齣〈陰兵扑捉〉）

更是極其能事，刻寫魏忠賢的奸惡，一針見血。

楊漣的丹心貫日，性烈軒昂，不為身家牽傍，毅然上章彈劾魏忠賢，置身圉圄，罵魏黨之聲仍不絕，臨死，其子前往獄中探親，楊漣表示忠孝不能兩全，對話如下：

> 末：父親，你家中事體也分付兒一聲。

> 生：俺止有老母掛念，全忠不能全孝，那裡有家事。（第十六齣〈獄底含冤〉）

在斬指、剜舌、拘眼之後，殺身成仁了。至於錢嘉徵雖然列於主要角色之一，但僅在〈書生憤激〉、〈夢激書生〉、〈疊奏鳴冤〉三齣中出現，先是塑造出一個義憤填膺的書生形象，卻又安排關帝君夢激書生，令他上彈章，實在減弱了錢生的義勇精神。

此外，作者安排了許多角色，場面熱鬧，但多顯凌亂。像熊經略出邊，打了敗仗之後，再也不見交待，就由毛文龍平虜。客氏作惡不少，但在拷打之後，帶回娘娘裁決，就沒有下文。而許多人物，只出現一次，固然有點染的作用，卻使人在魏忠賢之外，分不清主次，似乎所有的罪，都屬魏忠賢，

一切嚴刑報復，也只要找魏忠賢發洩即可。正如作者在《磨忠記》序中所云：「不過欲令天下村夫嫠婦、白叟黃童，睹其事，極口痛罵忠賢」，如此而已，則戲劇張力大減。至於用語設境，可藉〈假旨捉拿〉一齣窺見一二，在二名錦衣衛百戶奉命捉拿魏大中、周順昌時，有以下的對話：

> 小丑：上命遣差，不由自己，俺兩個尋些東西安家好起程。
>
> 大丑：俺有一事不能即去。
>
> 小丑：貴幹？
>
> 大丑：家下養下許多小豬，少些食。且明日隔壁鄉鄰、王老子請俺
> 　　　吃酒，去吃一吃、帶些食來養豬。論語上說：「吃諸其鄰而喂
> 　　　豬」。
>
> 小丑：還是兄通文墨。俺明日也有一事。
>
> 大丑：貴幹？
>
> 小丑：里中兵卒有一冤抑之事不明，俺明日做一頭兒去，具呈明白
> 　　　了去。中庸上說：「呈卒明矣！」
>
> 大丑：兄的文理更通。

引論語、中庸語，雖寓諷刺，但粗鄙庸俗，顯得做作牽強，頗不調和。

　　全劇引用的事件，多是民間傳聞，作者有意加上鬼神的主使安排，讓人們知道奸人猖狂、天下亂作的時候，老天仍是明察是非的。聖明君主代天行道，是天道公正最有力的證明。但在情節發展上，湊合人事，多顯凌亂；牽合鬼神，又多無稽。劇首楊漣既喜主聖臣賢、朝無魑魅，第三齣起就將奴酋之亂、忠賢之奸，視為上天懲民的措舉；然後楊漣之死，也是命定神差；錢嘉徵上章劾魏，更是關帝君授意；在群仙會勘之後，才是聖明平虜。一切時事，似乎都是天與安排。由全劇的關目看來，也可明顯地察覺作者在傳聞時事、及鬼使神差之間，作跳脫式的處理，主要事件的各個角色，都逃不開天帝的股掌。這應是作者在痛罵魏忠賢之餘，藉以警醒世人的用心所在吧！

三、《清忠譜》

　　此劇首有吳偉業序云：「逆案既布，以公事填詞傳奇者凡數家。李子玄玉所作清忠譜最晚出，獨以文蕭與公相映發，而事俱按實，其言亦雅馴，雖云填詞，目之信史可也。」劇前又署名：「蘇門嘯侶李玉玄玉甫著。同里畢魏萬後、葉時章雉斐、朱㲄素臣同編。」以吳人寫吳事，處傳聞之世，雖在清初

刊刻，可視同明代時事劇，因此一併分析討論。

　　劇中事皆據實。但「補出夫人吳氏，及女許魏大中孫允枬之名，生員叩撫按求寬者，添出王節、劉允儀。又云：吳默倡義，合葬五人于半塘，文震孟祭五人墓，且爲求旌。皆足補史傳之闕。」〔註32〕又全書附眉批甚多，解釋名物，或記當時掌故，是他書所無。全劇共二卷、二十五折。上卷有十二折：傲雪、書鬧、述瑠、創祠、締姻、罵像、閨訓、忠夢、就逮、義憤、鬧詔、哭迫等。下卷十三折：捕義、蔭吳、叱勘、血奏、囊首、戮義、泣遣、魂遇、報敗、燬祠、吊墓、鋤奸、表忠等。《納書楹》收入罵祠一折。《綴白裘》第九集收入書鬧、拉眾、鞭差、打尉四折，曲文大致與原劇同，賓白則多改異；「原劇賓白多用文言，間以官話，綴白裘則刪改原文典雅之處，力求通俗，並增入蘇白。」〔註33〕此外創祠、罵像二折，崑曲班中亦有演者。

　　作者在〈譜概〉中，感慨瑠燄燒天、忠良灰劫，於是挑殘史、寫孤忠，將周公丹介，五人義氣傳於詞壇，以頌千秋。並以〈滿庭芳〉一詞，交代劇情大要。此劇以明末魏瑠橫行、殘害忠良爲背景，寫蘇人周順昌丹心介性，與魏大中締姻，罵魏忠賢生祠供像，遭閹黨補獲，顏佩韋、周文元等爲救周順昌不遂，而毆擊東廠旂尉，後五人就義，合葬虎丘旁。周順昌慘死獄中，其子茂蘭血疏上奏冤情，孝感動天，瑠敗表忠，寵錫有加。主要角色，爲周順昌、顏佩韋、周茂蘭等，透過各事件，表彰他們的忠義和孝行，也借此唾棄奸佞，抒洩公憤。「此劇雖不及一人永占四種，但穿插關目，曲文賓白，皆流利穩妥，且『言必覈實，事皆有據』而能生變化，不愧『操縱自如』四字。曲文最佳者，當推述瑠、罵像、忠夢、魂遇四折。」〔註34〕

　　蘇州鄉宦周順昌，字景文，別號蓼洲，中萬曆癸丑科進士，任福州理刑、歷遷吏部員外。在閩七年，弊絕風清，又忠直不畏權勢，與稅瑠相左。因倪文煥上疏逐東林，周順昌受株連削奪，賦閒在鄉，雖是環堵蕭然，卻也神骨俱清。一日吳縣陳文瑞拜見，言及內監李公到蘇執掌稅務，眾官都要出迎，周順昌大罵魏忠賢。後又聽說文起（震孟）因劾魏被削籍歸家，於是徒步走訪，二人痛述逆瑠罪行，憤懣不已，一夜抵足論心，飲酒罵賊，藉寓不平之氣。

　　此時魏瑠立生祠，由陸萬齡監掌建祠工程，不惜將魏忠賢比做帝王，極

〔註32〕《曲海總目提要》卷十九。
〔註33〕鄭騫：〈善本傳奇十種提要〉，《景午叢編》下，燕臺述學，頁420。
〔註34〕同註33。

盡諂諛；而與事諸人，所求只是錢，騙詐貪污，無恥之至。魏大中因劾奸被押，至京問罪，周順昌迎船相見，痛斥魏忠賢，並將女兒許配其孫，締結姻緣。又在魏祠完工時，指像痛罵，因此得罪當道，被捕入京。

同鄉顏佩韋，「平生任俠，意氣粗豪」，一日到廟前聽說書，聽到童貫、秦檜等陷害岳飛，他忍不住拍桌亂嚷，甚至揪起說書先生，痛打出氣，待他母親趕來制止，才放人免禍。事後與周文元、楊念如、馬傑、沈揚等人，結盟兄弟。當他們聽說官府拿辦周順昌，義憤填膺，於是號召眾人，求官府放人；百姓們執香號泣，填塞街巷，哀聲震地。官府不聽，於是，百姓打進官衙，造成一場民變。巡撫毛一鷺上疏，請旨屠城，通政使徐如珂知道後，快馬加鞭，親往通政司衙門，上本迴護蘇民，終於捕為首五人就義，保全蘇州百姓。

周順昌之子茂蘭，在父親被捕後，趁夜哭追押解的官船，在船上與父哭別。後又百般營謀，血疏救父，都不能上奏。經徐念陽幫助，扮成更夫，才能入獄探父，此時周順昌經嚴刑拷打，身上已是百孔千瘡，父子相見，痛不成聲，頃刻間，差役奉命拿人，茂蘭躲在暗處，更親眼看著父親遭囊首暗殺身亡，五內摧敗。

周順昌、五義士被戮之後，魂遇陰間，玉帝下旨，派周順昌作城隍，五義士為其部屬，任五方功曹。魏忠賢敗後，周順昌與五人乃得昭雪。五義士合葬半塘，蘇人祭弔不已。蘇州百姓燬忠賢生祠，拿魏像頭顱祭周順昌及五義士，就生祠所在，改建順昌祠，並以五人從祀。周茂蘭上疏請給三世誥命，建祠賜額，忠臣義士，終得彰顯。

全劇引用的時事甚多，且多覈實，作者借周順昌、魏大中、文起等士大夫口中，說出魏璫的罪行。也透過一些小人物，如風水師、術士、禮生、甚至獄卒、轎夫等，寫出政治的腐敗。例如：在第一折中，付持吳縣陳老爺帖，拜見周順昌時，說道：「縣主餓成乾瘰豵，農民凍似落湯雞」。第三折轎夫則感歎說：「有錢使得鬼推磨，無錢落得腳奔波」。〈創祠〉一折寫趙小峰憑油嘴花唇，看風水輿地，騙人錢鈔，一張祠圖就得三金，禮生只得三錢，心中不滿，趁途中騙取趙小峰的錢，最後反為所奪，連三錢都保不住。更是極盡諷刺。〈鬧詔〉一折中的差官，知道捉拿的是個窮官，惱道：「難道咱們三千七百里路來到這裡，白白回去了不成。」口口聲聲就是要銀子。獄吏更不待言了。〈叱勘〉一折中扶周順昌的獄卒，不顧周順昌腳痛難忍，催趕不停道：「俺們受了你多少錢鈔，還裝這樣喬臉，走走走！」此外作者擅長用眾多的角色，

造成熱鬧、盛大的場面。如書鬧、創祠、罵像、鬧詔、報敗、熾祠、吊墓等折，出場都在五人以上。即使主要角色出現的場次，也都有小人物穿插其間，結構情節的安排十分靈動。因而全劇中只有周順昌出現的次數較多，顏佩韋的個性較鮮明，其餘就略顯繁雜，場面雖大，也稱流暢，卻覺連繫不足。第二折的說書一段，大作文章；述瑢、罵像、忠夢等折，又像自說自話。於案頭觀賞，堪稱精采，但若搬演於舞台，就難免受到限制了。

綜觀上述，作者透過龐雜的事件，眾多的人物，主要在指陳魏忠賢造成的禍害，更藉此抒發公憤。同時，他塑造了周順昌這位清忠典範，除了他的忠直敢言外，還側寫他的兩袖清風，如第一折〈傲雪〉中，他與吳縣縣官陳文瑞飲白酒，佐以生腐，第三折徒步上山尋文起，不乘車轎。更寫他守信重義，在就逮之前，與家人生死訣別，他一心惦記的是，曾答應西崖師的山門匾額未寫就；臨死前交待兒子周茂蘭的是，與魏大中的婚約定當履踐。這樣一位人物，不得於當道，卻深得民心，因此一場民變，就圍繞著他醞釀出來了。周順昌，是亂世的忠義典範，更是作者心目中的理想人物；透過他，罵盡了奸臣賊子，也闡揚了天地正氣。

三劇共同特色，是透過忠奸對立，極寫魏忠賢殘害忠良、罪不可赦，並顯示出欲啖其肉而後可的憤激情緒。劇中多出以鬼神果報，可見民間信仰。在人物的塑造上，能遍及社會各階層，甚至以市民為主題。其積怨之深，國事不可為，於劇作中當可知見，可惜明末諸帝，不能「觀政於民」，甚且荒怠亡國，豈不令人痛恨！有志之士，見局勢不可為，或殉節身亡，或寓理想於劇曲。於天啟、崇禎朝的劇作著錄中，可得以下劇目：

1. 《三節記》 《遠山堂曲品》著錄，列於具品，云：「許以忠撰。遼陽之役，高衷白仗節死難，且有義僕如高永者，至今凜然有生氣。但附之以王君日宣，而許君亦強預其內，反遭不霙之誚。許君能作駢語，其為詞何多陋耶？」高衷白，名邦佐，《明史》卷二百九十一忠義傳、列傳第一百七十九，有其生平。天啟初，遼陽破，邦佐考政分守廣寧，時王化貞與熊廷弼構隙，知遼事必敗。後來化貞棄廣寧逃，邦佐解印綬自經於官舍，其僕高永曰：「主死可無從者？」亦自經於側。作者生平里居不詳，然此劇彰顯忠臣義僕，主題明確可知。

2. 《合劍記》 劉鍵邦撰。記南宮縣令彭士弘於李自成兵中殉節事。《曲海總目提要》云：「時鍵邦為諸生，目擊其事，為作此記，與南宮縣志大略

相符。」劉鍵邦，河北眞定人，諸生。生平事蹟無考，約清順治元年前後在世。據莊一拂《古典戲曲存目彙考》，今存清初刊本，爲中國社會科學院文學研究所舊藏。《曲海總目提要》卷十一，略云其情節曰：

> 其以合劍爲名。言士弘有雌雄兩劍。一曰龍泉，一曰昆吾，自佩其一。而以昆吾佩姪可謙，遣往他處爲救援計。士弘嘗讞獄，爲民王義雪冤，義感其恩，欲以死報。會方亮攻破南宮，典史司化金已降，而士弘匿印不予，方亮禽得士弘索印，士弘大罵，取印擊方亮倒地，因自撞死。其妻妾王氏、高氏及二子，皆依王義以居。可謙隨大將請兵破闖，王義亦糾鄉兵殺土賊，兩人遇於戰場，初不相識，交鋒甚銳。兩劍齊鳴。始知爲龍泉、昆吾。遂偕謁士弘妻妾，而南宮士民，爲士弘營葬立祠。可謙以軍功授堂邑知縣。

其情節比《南宮縣志》詳悉。至於兩劍齊鳴，只不過扭作關目，不是實事。又可謙殺劉方亮、士弘爲城隍神，恐皆趁筆取快、臆測之言。今未見此劇本，暫存錄備參。

以上二劇，皆歌頌死節義士。而士大夫報國不效，借劇抒發理想抱負，則可以《回春記》作代表。今析論於下：

四、《回春記》

此劇又名「一念呼秋，六合回春」。凡十四齣，即：貢院談文、試官結舌、鼩鼠褫魄、貪污傳心、狐群摔耳、熊羆拊膺、幫閒側目、臚傳得意、忠孝矢節、中興拭目、趨炎縮頸、惡奴駢首、叛官殞元、太平遂志等。作者朱葵心，借明末背景，寫湯去三勘亂建勛，盡誅貪污，功成歸隱，全係作者理想虛構，只有李邦華城破自縊一折屬史實。劇首有其弟朱葵向序，書於崇禎甲申中秋日，言此劇之作，有如羅貫中、關漢卿作水滸，實是代劇中人抱不平，而借傳奇抑揚諷刺以慰心事，作者自云：「茲記齣齣俱商調、越調、雙調、中呂、仙呂、正宮，其實皆北音也。恐贅不及書於牌名之上。嗟嗟南人，而北其音，欲當事者平秦復燕，是則草野一念之孤忠云爾。」更明白指出，作劇在於傾吐一片孤忠，而植其理想於現實之中，展現於筆墨之間，固可視爲理想劇，也可反映時政，因此試就此劇分析討論。

此劇開場提綱作：「具經濟諸文止貢院談文、抱忠義湯去三轅門除奸，笑卑諂的笑得眼睛無縫，罵貪污的罵得舌底生煙。」以天啓末的政治社會爲背

景，借諸文止、湯去三二人之口，笑罵時政，抒寫懷抱。各齣之間，缺乏緊密的結構，而且缺少情節變化。劇云：吳縣書生諸文止、湯去三二人到省城應試，見貢院規模及公告，引起一些感嘆，指陳文風不振。待試畢放榜後，錄取的都是貴介之子、銅臭之兄，一群寒儒就打進貢院，與試官拆辯，試官辯不過，就要動刑上枷，眾人情急而上，揪住試官，亂拳打傷試官，而後逃散。之後諸文止行至蕪湖酒店，遇桐城縣令錢伯濟，錢伯濟胸無點墨，是藉父兄之力而買得官位，諸文止就對他極盡笑罵，錢伯濟氣憤懷恨而去，並寫信給吳縣縣令陶杌，要他擺布諸文止，代為出氣。碰巧吳縣楊一，告諸文止買他的田，誣賴他只付一半價，陶杌貪虐非常，而諸文止身為寒儒，無錢奔走，因而斷案判諸文止出銀三十兩予楊一，為田價的四分之三。文止憤怨不平，乃邀湯去三到西湖散悶遣懷，同溫經史。另有高士斌，屢建戰功，因無銀敘功，該陞反謫，甚至被誣陷，欲按軍法處置，於是上本罷職，與諸文止、湯去三，乍遇於西湖，傾蓋如故，他們三人，談功說賄，氣憤填膺，眼見流賊猖獗，念國家殘破，恨忠忱不用。其後，湯去三進京應試，道經無錫，往尋已故兄弟梅調鼎故君，見其子不才，盡壞家私，又與幫閑遊妓院，於是痛責勸誨，令幫閑盡去、梅伯醒敗興而返。殿試結果，湯去三中狀元，諸文止第十名，他們廉潔忠愛，不違初衷。此時流賊陷京，李邦華尚書聽說聖上於煤山晏駕，全家自刎殉國。新君嗣統，高士斌為征西大將軍，湯去三為參謀，進討流賊，大敗李士成。湯去三衣錦還鄉，面對浩大的逢迎場面，極盡諷刺。他上任兵部尚書後，懲治貪污惡奴，舞文弄法的書吏、通手分贓的門子、指官誆騙的皂隸及盜庫銀糧的惡徒，依罪輕重，或梟首示眾，或流配邊地。而欺君誤國、獻城降賊、喪師失地、戰敗逃亡、貪贓受賄等犯官，一一處斬。除奸之志既遂，乃歸隱山林。新君命史可法、徐弘基、諸文止、高士斌等人，賜宴祖餞湯去三榮歸故里，劇終。

全劇旨在感時除奸，為寒儒文士出一口氣。其實，作者只是借劇中人指陳亂世的敗壞現象，加上主觀的情緒，虛構一些人物，代澆心中塊壘。並沒有積極淑世的遠大志向，所以在完成除奸之志後，就退居山林。劇中人物，主要有湯去三、諸文止和高士斌。其中諸文止是受迫文人，高士斌是被害武將，只因不行賄賂不能出頭，湯去三是重恩義、飽讀經史的儒生。他們共同的個性、是堅守節操，不畏迫害，笑罵自如，除此之外就是牢騷滿腹。作者於劇中大作文章，用冗長的賓白，宣洩牢愁，劇情沈悶，直可視同作者一人

的自白。湯去三的騰達除奸，是作者「隻手挽狂瀾」的理想，但與現實差距
太大，與其說是理想，不如說是幻想。

總之，此劇在人物塑造上，缺乏鮮明的個性，劇情安排也平淡無奇，以
作文方式作劇，更不適合場上演出，主題呈現也不夠深刻。不過，透過劇中
人的牢騷，可以感受到末世的悲哀，也可反映亂世的現象。這對當代時事的
了解，大有助益。

至於《遠山堂曲品》著錄，知為政治時事劇，卻未知時代者暫列此章末，
用備參考：

1. 《錢神》　直刺時事，毫無忌諱，遂有以縉紳大老橫罹粉墨者。詞亦不
   俗，但俱是拗嗓。（能品）

2. 《平湖》　聶、戴二公，皆豫章人，萬曆間成進士。此何以入之戲場？
   蓋餘杭丁姓者，以豪貴佔南湖，唐煜、費俊諸鄉民與之為難，賴二公得
   平，遂作是記，亦去思意耳。事情了徹，一覽易竟。（能品）

3. 《兩詩》　徐應乾撰。徐君官醫巫，以強項為當事所扼，乃直記其事；
   而盛斥李寧遠、趙中丞，快其胸臆，不顧悠悠之有口也。（能品）

4. 《籌虜》　徐應乾撰。邊臣啓釁促疆，卒貽遼左十餘年不結之局，非君
   一片熱腸，安能寫得明透如許。（能品）

第四章　社會時事傳奇

　　足以反映明代社會的傳奇，多不勝舉。有的虛構人物，諷喻世人；有的影射時人、時事、以做人身攻擊，有的化跡歷史或仙道，以抒懷抱。凡此種種，要釐清屬於「時事」的劇作，實有困難。今僅就劇作背景，可判定爲明代者爲論述範圍，明亡以後屬晚明時事者暫置不錄，明清之際的作者，譜寫明時事者則錄。茲先將第二章所列社會時事已佚劇目，據題材分類，依高志脫俗、忠烈節義、警世殊跡、傳奇姻緣、情妓遇合等次序，繫目於下，以明劇作旨趣。

一、高志脫俗

1. 《飛魚記》　汪廷訥作。演漁隱子事。祁彪佳列入能品，云：「漁隱子垂釣溪頭，不過一渺小丈夫耳；及見棄於楊翁，有意外之得，遂據貲自雄，結客破賊，以豪俠終，豈不可垂之青翰！爲我明一奇事，所以清遠道人作序嘉賞之。」

2. 《立命記》　萬春園主人作。記袁黃事，黃號了凡，嘉善人，萬曆進士。《曲海總目提要》云：「記中所載，乃據其所作立命篇，始末皆實事也。」

3. 《天函記》　文九玄作。譜汪朝昌於天函之洞，友仙證道。

4. 《玉佩記》　作者缺名。萬曆三年，仙人徐庶乞封號，上封爲散誕神仙，此記乃以飛昇終元直。

　　以上劇作存出世思想，其中袁黃爲進士，汪廷訥官至鹽運使，文九玄與汪廷訥善，並《玉佩記》所載元直，都屬萬曆年間事，或可略見一時證道求仙之風氣。神宗好道，數十年不上朝，上有所好，下必從之，此類劇本及文士之出現，又豈偶然？

二、忠烈節義

1. 《忠烈記》 謝天瑞作。記蘇道春忠烈事蹟。

2. 《懷春記》 王五完作。記蘇道春事。

3. 《玉釵記》 陸江樓作。敘李元璧忠節事。

4. 《五福記》 徐時敏作。演徐勉之救溺還金、拒色行義等，終享天厚賚。

5. 《釵釧記》 月榭主人作。傳皇甫吟、史碧桃爲韓時忠誆取釵釧，一段義夫節婦的故事。《新傳奇品》列於下中，云：「皇甫吟事，非假託者。詞簡而明。觀此本，爲密事告友之戒。」今傳鈔本，字跡細草，辨讀不易，故暫列目於此。《曲海總目提要》卷十四有此劇，劇情可參。

其間作者，謝天瑞、陸江樓約萬曆中前後在世，餘皆不詳生平。由上述知劇爲勸世，譜寫典範。

三、警世殊跡

1. 《合釵記》 秦鳴雷作。演薛榮妻妒悍，妾洪氏千磨百折不改賢貞，既延後嗣，復敦薄夫。

2. 《香毬記》 金懷玉作。借江秩之狀，爲敗家子下一針砭。

3. 《擲杯記》 許經眉作。記萬曆時，因「教子昇天」玉杯成兩姓之禍，終碎杯之事。

秦鳴雷爲嘉靖甲辰（西元 1544 年）進士，金懷玉棄舉子業、陶情詩酒，許經眉約崇禎元年前後在世。世間悲劇，多因貪、妒，文士作劇警世，本是有心人。

四、傳奇姻緣

1. 《桃花罳》 作者缺名。劇引成化間故實，演衛石、霍鑾雲事。

2. 《羅天醮》 李玉作。敘龍履祥、門秀鴛婚姻挫折，後設醮會合事。以王守仁擒宸濠，孫燧、許逵死節事爲背景。

3. 《蓮囊記》 環溪漁父（即陳顯祖）作。述徐嘉、文聘婚姻。以神宗助朝鮮征討日本時關白之役爲背景。祁彪佳《遠山堂曲品》列於具品，中云：「關白之役，戡定之者，劉李諸帥也。徐嘉不過側名偏裨耳，亦何足齒。中記沈惟敬以通款悞石大司馬，自是實譜。」

4. 《鳳簪記》 李楊春作。記何文秀事。祁彪佳《遠山堂曲品》列入具品，云：「記何文秀，猶之玉釵也，不若彼更敷暢。」按《何文秀玉釵記》，

列於餘姚腔，已見本文第一章第一節。故此處不列。據祁彪佳《遠山堂曲品》，列入具品，云「玉釵，心一山人撰。何文秀初爲遊冶少年，後來備嘗諸苦。寫至情境眞切處，令人悚然而起。若於結構處敷以新詞，當成佳傳。」

5. 《雙和合》 李玉作。演鳳翔枝與唐和兒、宗和兒二女姻緣撮合事。有武宗大索民間美女入宮事。今有抄本流傳，未見，故暫列目於此。

6. 《千里駒》 張瀾作。即《二奇緣》改本，詳見後文。有抄本流傳，未見，暫列目於此。

五、情妓遇合

1. 《玉鐲記》 李玉田作。記玉堂春落難尋夫故事。祁彪佳《遠山堂曲品》云：「不謂鄭元和之後，復有王三舍。而此妓之才智，較勝李娃。即所遇苦境，亦遠過之，惜傳之未盡耳。」

2. 《完貞記》 作者缺名。記王順卿事，與《玉鐲記》同題材。祁彪佳《遠山堂曲品》列於能品，云：「記王順卿，全彷原傳。說白極肖口吻，亦是詞場所難。較玉鐲稍勝之。」

3. 《完扇記》 寄鳴道人作。演賀君狎妓秦小鳳始末。祁彪佳《遠山堂曲品》列於具品，云：「賀君狎妓秦小鳳，爲劉亮所構。亮以從倭爲俘，小鳳卒歸賀。其中參成者，裴子益也。此似近時事。所云寄鳴道人，或賀自謂呼？」

4. 《畫鷺記》 趙於禮作。演莘輅事，即邱濬自述少年遇合事。

5. 《白練裙》 鄭之文作。祁彪佳《遠山堂曲品》列於逸品，云：「豹先爲孝廉時，遊秦淮曲中，遂構此記，備寫當時諸名妓，而己仍作生，且以刺馬姬相蘭，並諷及王山人百穀。俄爲大司成所訶，僅半本而止。」《新傳奇品》列於上下，云：「鄭爲孝廉時，風流瀟灑，於秦淮曲中說刺老妓，戲成白練裙。俄爲大中丞所訶，遂不行。曲未入格，然詼諧甚足味也。」此劇演屠長卿具袍服、頭踏，距廳事，令寇姬傍侍行酒，才語威風，憨狀曲盡。並以馬湘蘭、王百穀老而衾綢同好，備列醜態。按《列朝詩集》，鄭之文公車下第，曾遊長干曲巷，時馬湘蘭、王百穀諸人不禮應他；因作劇以嘲。

以上兩類作者多出自民間，其劇作應更能反映社會風貌，惜皆不傳。唯鄭之

文為萬曆進士出身，但所作《白練裙》一劇，卻用作人身攻擊，其睚眦必報，亦可見士大夫之胸襟。明末黨同伐異之風盛，〔註1〕此其一端歟！

至於流傳的劇本，今取八劇。風流院、療妒羹同為小青故事，二奇緣、鴛鴦縧也屬同一題材，雙雄記、望湖亭同為警世，玉丸記、三社記同見文士風流。因此，權且冠以文士高志，警世殊跡、牡丹亭迴響、亂世奇緣四類，便於對照前文。

一、文士高志

《奇遇玉丸記》（朱期）

《三社記》（其滄）

二、警世殊跡

《望湖亭記》（沈自晉）

《雙雄記》（馮夢龍）

三、牡丹亭迴響

《療妒羹》（吳炳）

《小青娘風流院》（朱京藩）

四、亂世奇緣

《二奇緣》（許恆）

《鴛鴦縧》（路迪）

本章第一節即就此八劇，先初步界定劇作，略為分析，並述劇情。透過這些劇作，可反映出社會思想、社會風氣，分別於二、三節敘述，企求獲得明代社會風貌於萬一。

第一節　劇本分析

一、文士高志

（一）《奇遇玉丸記》

作者朱期，字萬山，浙江上虞人。大約明萬曆中前後在世。呂天成《曲品》稱其「乃世家令子，終困志於卑官。」祁彪佳《遠山堂曲品》云：「玉丸之遇，

〔註1〕詳傅榮珂：〈晚明政風與學風之探微〉，《中華文化復興月刊》，第二十卷第五期。

萬山以自況者。」此劇分上、下二卷，共四十齣。據古本戲曲叢刊初集本影印萬曆間武林刊本，第一齣殘闕。第二齣以後關目如下：遨遊四明、湖中望月、汪直經商、萃春遊詠、早春奇遇、月亭會宴、謝宴議婚、藏春和詠、汪直通番、悔約設計、弄月阻興、汪直聚黨、拷婢逐賓、暫寓青矼、鼓琴得病、論愁報病、探病授丸、弄丸餘暇、病起成親等齣爲上卷，軍門整兵、遊湖賞月、天威迸烈、歸赴三山、三山弄玉、汪直亂浙、失丸歸第、軍門收寇、家庭宴樂、太平強起、客路風霜、裴偓演法、勅賜即官、書促同任、中途棄職、對雪懷思、棄官歸里、除寇取丸、梓里逍遙、丸合相逢等二十齣爲下卷。

　　第一齣殘詩云：「合丸丸失丸重合，佳麗奇逢萬古難」，略知此劇以玉丸爲前後關目，記此奇遇。而主角生爲朱其，字伯生，越之上虞人，與作者姓名籍貫相類，直可視爲作者自傳，也是時事劇特殊之例。雖然《遠山堂曲品》列於具品，云：「作南傳奇者，搆局爲難，曲白次之。此記局既散漫，且詞不達意，意既蒙晦，而詞遂如撞木鐘、扣石鼓，雖塡得暢滿，亦何益哉！玉丸之遇，萬山以自況者。虞江故有曲派，吾未敢爲此君許也。」評其搆局曲詞皆無可取，但其採自傳方式，反映時代背景，自有可採。此劇以神宗時汪直通倭擾浙爲背景，演朱伯生、雲玉丸遇合之事。雲玉丸冰清玉潔，朱其志趣清遠，在裴航、雲英撮合下，終成眷屬。倭寇擾浙，奪走玉丸，朱其任官，夫婦暫別。不久，朱其中途棄職，朱甫除寇取丸，丸合相逢，逍遙梓里。作者標榜自家夫婦超然塵俗的胸襟，更強調「塵世百年能幾時，枉費心勞壞卻天機」（四十齣〈山花子〉）的思想。而這種想法，由於嚴嵩弄權所致，汪直爲寇，也爲此所迫。學儒而羨仙、爲寇，豈徒然哉！

　　此劇上卷，述朱其成婚的過程；文士風流，仕女志潔，因丸而合。下卷插入寇亂太平，演朱其夫婦及玉丸分而復合的經過。朱其，字伯生，號三山主人，上虞人。世世以簪紳顯用，因京闈策試，應對策傷時，不爲嚴相所容，於是歸隱三山，遨遊湖山勝景。一日湖畔寄跡，偶見危樓中芳姿映月，嬌語傳風，不禁神馳。於是扣門相問，知是雲太師宅。太師夫婦已逝，只生二女，姿色絕人、文華出色，長女號月清，獨弄丸不嫁；少女名英字玉華，適青矼裴舟。朱其入萃春園，和題壁之詩，作迴文詩數首，遇小姐遊園，觸怒芳顏，悵然而回。

　　次日朱其送禮書賠罪，幸遇青矼逸史裴舟夫婦，安排月亭會宴，宴中設席，屏分兩座，同賞元宵，觀燈聆曲。而後朱其謝宴議婚，怎奈月清玉潔堅守，惱怒異常。經玉華強勸，月清才勉爲其難，答應朱生，若和就藏春亭中

弄丸八詠，即以身許。朱其製成回文四圖，才華橫溢，卻因桃花邊即興題詩，語涉輕佻，玉清怒而悔婚。玉華設計，令朱其喬裝婢女金星，登堂入室，玉清不得已乃折指環一半付朱其，拜天立誓，趁朱生不防，又取劍以自刎要脅，甚至拷婢逐賓。朱其只好暫寓青矼。不料月清事後得病，玉華語以自負盟約，或者天降譴責，月清乃以丸付朱生，待病癒履約。幾經波折，終於病起婚成，夫唱婦隨，如魚水相得。

汪直，別號五峰，新安人。家世業儒，與日本使臣經商，每得重利；因嚴相不許通貢，資本盡折，只得糾眾叛聚，劫掠為生。嚴相派門生胡宗憲整兵撫寇，知朱其胸有韜略，欲聘朱其為幕賓。朱其以為「未有權臣在內而人臣能立功於外者」（第二十四齣〈歸赴三山〉），歸隱不出。當時雷將、雨師、風婆、電姑、河伯、龍王代天行道，於湖海大作雷電風雨，逐退汪直叛黨，顛覆其巢穴，也將雲宅沈沒，朱其夫婦正遊湖賞月，幸得保命，歸赴三山。而汪直亂浙，謝志望率領鄉兵家將，勇戰倭寇，被圍自刎。汪直到上虞，以朱三峰為賢士，下令不可騷擾，但其義子毛鰲，垂涎玉丸美人，竟背地裡搶奪，幸好月清躲避得快，逃過一劫，但玉丸卻不慎失落，被毛鰲所奪。朱其遣子生員帶家兵助陣，胡宗憲令朱見、朱甫收寇，汪直以求面君則降，誤信胡宗憲，被執定罪，毛鰲則轉向兩廣繼續為亂。

朱其歸宗之後，日遊湖山，家庭宴樂，閉門不問世事。世宗駕崩，見新皇朝報，種種惠及萬民，欣喜之餘，又興淑世之志，乃與朱見進京，策試賜進士出身，授婺源縣尹赴任。但行至鎮江即染病在身，又獲家書報得夫人不願同任官所，於是決意棄官；加上魯府長史來信，言因觸怒張閣下而遷謫改官，「驚聞吾弟遷官報，奸權專擅又盈朝，心中自思料棄官見高」，〔註2〕感嘆又是批權奸當政，於是毅然歸里。

朱甫在浙降了汪直，平了倭難，胡宗憲卻埋沒其功，後至兩廣收服毛鰲，經雲英、裴航施法暗助，取回了玉丸，建下除寇功勞。於是回鄉祭祖，將玉丸歸還叔嬸。朱其歛跡山林，日日修宗政，「十事俱完慰我心，無慚生此身」。〔註3〕丸合如意，夫婦共遂高臥東山之志。全劇圓滿收場。

（二）《三社記》

此劇作者其滄，記社友孫湛與妓周文娟之事，劇前有洪九疇題辭曰：「其

〔註2〕《玉丸記》第三十五齣〈中途棄職〉劉鎩兒一曲。
〔註3〕《玉丸記》第三十九齣〈梓里逍遙〉破陣子一曲。

滄氏乃取而爲傳奇，因實之以嶽游臺社、湖詠樓盟、騷友名姝，益以遇之幽奇、家之慈孝，而推廣之。所謂以當世手筆，寫當前情事，正復與其人其事不甚相違，洵足以信今而傳後矣。」劇以富春情社、西泠藝社、秣陵俠社，故名三社。其滄還在〈去染〉、〈逅驗〉二齣出現，作者即入劇中，現身說法，以示不誣。實爲一特例。

劇分二卷，共三十三齣。上卷十六齣，爲：本末、重慶、僭宗、入夢、訪逸、舉子、重遊、貪嗔、目成、情社、題門、藝社、訊友、有意、俠社、授術等。下卷十七齣，爲：克成、不貪、無情、退邪、斷私、去染、赴選、從東、附慰、向中、得安、亘西、逅驗、心許、方舟、不妒、史勑等。標「湖上李笠翁評定」。

提綱云：「參得透的孫外史優游戲場，識得人的祝諫議始終賢路。出風塵的周氏女屬意非痴，耀閨閫的吳大娘眞心不妒。」劇中陳所聞，字藎卿，秣陵人，約生於世宗嘉靖末，卒於熹宗天啓初。可知者是以明末社會爲背景，敍孫湛結社遨遊，娶妓周文娟。「四游外史栖心黃海，潛蹤五嶽，俠骨高風，詩才藝致，聲名半寰宇，知交盈海內，如湯臨川、屠東海諸君，序其詩歌諸刻既頗盡致矣。唯是脫周姬於垂死，而以爲死不爲生爲心，此其深衷別韻，豈尋常泛浪牽情者同日語哉！」（題辭）是寓深衷於劇曲，可得而論者。至於宮調律音非本論文重心，則列題辭之評，聊備一參。其評曰：「至宮調律音之微，則余鄉王仲房山人有云：務頭未暇，尚昧三聲，二三作者，足稱庶幾，乃茲記之屬辭比事，人人切當，處處迴旋，盡騷壇吟弄之款曲，作泰華游覽之津梁，即不必直追古昔，亦當與時流相頡頏矣。」今述其劇情如下：

孫湛，字子眞，新都休寧人，生性倜儻，好遊四海。平日書畫詩詞爲志，鄭虔、孫登二道人，曾夢中傳示寫照之訣，並勸以遨遊名山大地。待孫家雙生一對男孩，滿月之後，孫子眞即別家出遊。至富春，與蔡豫南、莊元達、俞德章等人結社雙臺，名妓周文娟同席宴樂，因與孫子眞神交已久，邂逅唱隨，遂訂情盟社。別文娟，又至西泠，參與屠赤水、曹能始等人召集的雅集，繪西泠雅集一圖，是爲藝社。後至秣陵陳所聞故居，見酒樓寥落，乃傾囊修復，與陳所聞、張正蒙、殷慶等人，結盟俠社。

時白蓮教主聚眾爲亂，妖法惑眾，民不聊生。孫子眞家中逢饑饉，生活唯艱，賴得賢婦糟糠自奉，孝養二老，終渡難關。其二子長成，進京候選，得官赴任，寄書慰親。而周文娟因避賊亂，寓居桐廬，情牽子眞，一病不起。

子真則得長嘯道人授術,持劍退邪,又爲一莊主伏狐妖,救其女。平亂之後,遊遍中洲五岳,因塵緣未斷,乃歸見周姬、父母妻子,以了塵念。歸途遇其滄,告以文娟居所,載得文娟同歸就醫。家中妻妾納妓不妒,堂上雙親共慶八十高壽,二子榮顯,聖旨並賜孫湛四游外史之號,集恩典於一家。最後作者藉鄭虔、孫登祝壽,點化孫子真,希望他早去塵情,復完真性,作此伏筆,留下無窮餘韻。

全劇旨在標榜孫子真的高志奇行,從第二齣孫湛自白:「癖性負不羈,擬造世外之想,榮親非無意,欲圖身後之名」,到第十一齣,休寧縣令祝世祿題門「草市高栖」,劇末聖旨賜號,都是標高其志行,其實仍不脫好名。而成就其名的,是祖先父母的庇蔭,如第一齣滿庭芳所說:「秦岱靈鍾,居遷唐宋,明時大振家風。」是妻妾的賢能,如第十七齣下場詩云:「天外羈遊子,堂中老二親,最憐賢哲婦,日夜受艱辛。」更是二子功名成就,得來的聖旨封賜。作者塑造了理想中高蹈的文士,卻也免不了現實的矛盾。劇中多處代爲說教,更可看到現實生活的面貌,以及文士、婦女、亂民、百姓等不同的思想和定位。

二、警世殊跡

(一)《雙雄記》

此劇記前總評云:「世俗骨肉參商,多因財起。丹三木之事,萬曆庚子辛丑間實有之。是記感憤而作,雖云傷時,亦足警俗」。作者馮夢龍,崇禎間人,《遠山堂曲品》列於能品,云:「此馮猶龍少年時筆也,確守詞隱家法,而能時出俊語。丹信爲叔三木所陷,并及其義弟劉雙,而劉方正者,不惜傾貲救之。世固不乏丹三木,亦安得有劉方正哉!姑蘇近實有其事,特邀馮君以粉墨傳之」。高奕《新傳奇品》列於上下,云:「聞姑蘇有是事。此記似爲人洩憤耳。事雖卑瑣,而能恪守詞隱先生功令,亦特教之杰也。」作者譜寫時事,以警世人,用意甚明,今據全明傳奇本,敘述於下:

此劇一名善惡圖,分上、下兩卷,共三十六折。上卷:家門大意、劍授雙雄、倭奴犯屬、閨中敘別、青樓憶舊、燈前訂盟、富室賞花、閶關別妓、丹翁拒諫、幫興計訟、魏氏聞信、丹信被拘、公庭初枉、劉翁遇魏、夫妻會獄、途中相鬧、兄弟同難、情妓相思等十八折。下卷:獄中感嘆、賞荷造謀、龍神遣救、龍神拯溺、劉翁辨枉、兄弟從軍、村翁鬧妓、二女男裝、村店奇逢,玉女宣音、邊關推飲、藥度劉翁、偏師搗穴、雙雄奏凱、三婦閨情、丹

翁行乞、胡船透信、封拜團圓等十八折。

　　提綱作：「留幫興惡助丹員外、劉方正義協太湖神、丹重之交深劉子壽、黃素娘節比魏夫人。」以萬曆年庚子、辛丑間蘇杭等地爲背景，敘述丹三木貪佔家產，陷害親姪骨肉的經過。其前丹三木妻，堅持要析產予信，而致抑鬱以終，其義強過丈夫。丹信入獄後，好友劉雙及其叔劉方正，捨命傾財相救，比親叔更重情義。丹信妻魏氏，爲夫奔走，情深義重。而劉雙情妓黃素娘，雖三宵相聚、六載睽違，卻心許意堅，守節以待。時逢倭寇爲亂，幸遇清官，丹信、劉雙得立功贖罪，雙雄奏凱，闔家團圓。留幫興助丹三木陷害忠良，遭雷擊斃；丹三木家產燒盡、眼瞎行乞，終於愧死在丹信跟前。作者透過劇作，闡明了善惡有報的主題。以善、惡對比的方式，歌頌了院君、魏氏、黃素娘等婦女典範。劉方正的正義及劉雙的忠信，也反諷了丹三木的貪婪齷齪。更藉龍神天助諸事，警醒世人報應不爽、行事當憑天理良心。其劇情略云：

　　丹信，字重之，爲晉大夫丹木後裔，吳之東山人。讀書學劍，志氣不凡。與劉雙（字子壽）情同骨肉。因邊陲多事，正欲挾策東遊，求取功名。於是二人到白馬廟中，拜禱新塑龍神，遇龍神點化，借予寶劍二口，並指點他們往蘇州避目下之禍。丹信與妻魏氏敘別，劉雙與妓黃素娘訂下終身之約，遂往劉方正（子壽叔）家居住。

　　東山財主丹有我，別號三木員外，祖傳家產，不分予姪兒丹信，院君終日爲勸，丹有我寧絕嗣也不分產，院君抑鬱而死。丹三木買通留幫興，設計丹信，說他搶擄家私、驚殺嬸母，並問出丹信去處，報官派人拘捕，送至有名的貪官賈給事手中，刑囚問罪。魏氏遇劉方正，得知丹信被捕情由，劉翁助他五兩銀子，得入獄探夫。劉雙途遇丹三木，相鬧一場，相攜上公堂，賈愛民、丹三木又陷劉雙爲盜，嚴刑逼供。劉雙、丹信二人俱招，判爲死罪，獄中感嘆命蹇，既遭骨肉之變，又遇害民奸吏。幸逢賈給事罷官，新任官吏太史惠公正有爲，經劉方正伸冤，二人得釋罪征倭。

　　丹三木與留幫興賞荷，知賈給事「剋了錢糧受包彈、革任還鄉」，恐魏氏投訴新官，心生毒計，先騙她乘船尋官伸冤，再趁機推她入江心，幸遇龍神拯救，遂著男裝回人間。丹三木想討妾，從留幫興建議，往妓院尋黃素娘，素娘避不過，接待二人，才知丹信、劉雙都爲二人所害。於是設計灌醉二人，趁夜換著男裝逃逸。二女男裝相遇途中，又同住村店，一夜之間，二人各自傷懷，都未成眠，素娘識破對方身分，於是更換女裝，結爲姊妹。次日清晨，

村店主人發現二人由男變女、視爲妖怪，嚷嚷不休，恰好劉方正也住店中，認得魏氏、重訴根由，總算一家骨肉半相逢。

玉女宣音，使善惡有報。留幫興被雷震死，丹三木家產被雷火燒盡，行乞街頭。劉翁得神龍藥度，名山訪道。丹信、劉雙帶兵邊關，能與屬下推衣共飲，深得軍心，於是偏師搗穴，高奏凱歌，還劍龍神。二人平倭定亂，微服回鄉，行至村店，店主傳遞魏氏一行人消息，卻又遇丹三木眼瞎行乞，丹信既往不咎，並留叔叔隨住，三木愧悔交加，觸階而死。丹信、劉雙闔家團圓，俱封萬戶侯，子孫世襲，封賞無數。黃素娘與劉終成眷屬，使「悲歡頃刻皆妝就，善惡分明看到頭，韻協音和傳不朽」，〔註4〕作者在誦讚聲中，暗藏勸世的苦心，結束了此劇。

（二）《望湖亭記》

此劇是萬曆初，吳中奇事。〔註5〕作者沈自晉，字伯明，號鞠通生，江蘇吳江人。所記即其故鄉事。同時，《情史》中〈吳江錢生〉條，與《醒世恆言》中〈錢秀才錯占鳳凰儔〉，都載此事。全劇兩卷、共三十六齣。上卷有：敘略、暗祐、辭媒、懷甥、憐才、赴館、女學、泛景、奇遇、自嗟、作伐、裝婿、拒色、題詩、和韻、發盤、納聘、延賓等十八齣。下卷有：踏勘、導日、玉旨、再倩、迎婚、降雪、盼掉、合巹、踏雪、達旦、激怒、于歸、長程、報喜、預夢、嗜酒、晝錦等齣。迎婚、降雪二齣間，似闕第二十四齣。據莊一拂《古典戲曲存目彙考》卷九云：「劇中照鏡一齣，今猶有演者。」或恐即此。

第一齣紅渠歌云：「揀得中郎君是高白英，挨得著兒夫是黃小正。研不上風光是顏伯雅，推不脫因緣是錢子青。認得真東床是高德頌，撮得成月老是管淞城。辦不來喜筵是顏小乙，閃不過荊條是尤玉成。阻得斷人謀是封十八，填得就天榜是文昌星。」將劇中主要人物，一一點就。作者以萬曆初，故鄉江蘇吳縣發生的奇事爲題材，因顏秀佇立望湖亭，等待迎親船回，因此標名爲望湖亭。全劇以才子佳人匹配爲主題，顯示姻緣自有天成，騙搶終究沒結果。而功名成就全在用功勤讀，只要努力，天意必成全。今據全明傳奇本，略述劇情於下：

在吳江洞庭地方，有一富商高德頌，生一女，名白英，性近幽閑，喜工文墨，特請母舅教說書史。由於白英才貌無雙，說媒的人爭先恐後，高德頌決議當面相婿。淞城顏秀，也是富家子弟，母親課讀極嚴，但他心性不定，

〔註4〕《雙雄記》第三十六折，〈意不盡〉一曲。
〔註5〕見《曲海總目提要》卷五，頁247～248。

顏貌又醜，一心想娶妻房。一日，約了同窗尤少梅、表弟錢子青，泛遊洞庭湖，在尼姑庵中邂逅白英，就魂不守舍，聽說要相女婿，又自嗟自嘆。後經尤少梅設法，央成錢生代為相親，少梅為媒，說成婚事。但女方堅持要親迎，顏秀只好再請表弟幫忙到底。太白星命風神十八姨及雪神滕六郎阻斷顏秀佳期。迎親那天，高德頌大會賓客，酒半而狂風大作，第二天更是風雪交加，女方恐怕耽誤吉期，希望先就地成禮。錢子青堅辭再三，不得已而從，並私下告訴僕人顏小乙，權且先成主人之事，明神在上，誓不相負。但顏小乙不信。禮畢天晴，迎親船歸，顏秀等錢子青上岸，立刻奮拳捶打，訟告縣官，結果三宵同臥，白英仍為處子，錢生未嘗解衣，望湖亭上真相大白。顏秀後悔，想娶白英，但高德頌不許。官判尤少梅騙婚，打二十大板，並將顏秀所費聘儀，助錢生完婚，以贖一擊之罪。才子佳人，天成姻眷。

　　錢子青，名萬選，志向遠大，但父母早喪，生活貧苦。曾在元旦時日，閉坐書房用功，書聲上達雲霄，文昌君見狀頗為敬羨，卻可惜他命中不利科場，於是將他的名字填於天榜。後來淞城縣令取中錢生第一，憐惜其才，特別安排他在顏家開書館，生活無憂。錢生到母姨家，更加用功，母姨所收養女顏小正，對他極為傾心，甚至趁機表意，錢生則是艷色不移，剛陽難動。這景象又被文昌君的二位仙童察知，認為節操如此，功名可知。在錢生與高女完婚之後，學院科舉放榜，錢萬選又名列第一，於是他立刻告別岳家，赴京科考，在除夕仍讀書不倦，文昌君便暗助錢生夢魂朝天，授以制策，果然中了狀元，衣錦還鄉。大小登科，集於一身。士人理想，得天成全。

三、《牡丹亭》迴響

　　湯顯祖約在萬曆二十五（西元 1597 年）年寫成《牡丹亭》一劇，次年秋作〈牡丹亭記題詞〉，付刻，並完成這一劇。〔註6〕「情」是牡丹亭的主題，杜麗娘傷春而逝，又借還魂尋得所愛，打破古代社會女子不能追求愛情的束縛，因而感人甚深。據說婁江俞二娘，讀此劇後，自傷身世，斷腸而死。杭州女伶商小伶演此劇，歌未盡而氣絕。內江某女，慕若士才華，欲嫁若士，但湯顯祖以高齡婉拒，女子竟投河而死。凡此傳說，未必真確，但可見《牡丹亭》的影響多大！小青為一才女，本為揚州妓，賣與人為妾，遇妒婦，百

〔註6〕張庚、郭漢城等：《中國戲曲通史》，第二冊，頁87。

經虐待，讀《牡丹亭》，憂傷身世，竟抑鬱以終。明人詠小青的劇作頗多，雜劇有陳季方《情生文》，徐士俊《小青娘情死春波影》，以後者爲最。傳奇除風流院、療妒羹外，有情夢俠、西湖雪、梅花夢三劇。略述於下：

1. 《情夢俠》　顧元標著，浙江紹興人。莊一拂列於清代。《曲錄》據《傳奇彙考》著錄。演雲碧山僑遇西湖，讀小青詩傳，因感入夢，與閻羅詰辯，爲小青洩憤。劇云小青姓馮，夫褚大郎、嫡苗氏，蓋本於療妒羹。今佚。

2. 《西湖雪》　作者缺名。此戲未見著錄。楊恩壽《詞餘叢話》云：「近有西湖雪，小青適才子，開府杭州，逮誅妒婦。地下香魂，忽被李易安之謗，率爾操觚，致墮惡道，令人欲嘔。」按《傳奇彙考》標目別本、據李氏《海澄樓書目》著錄此本，註云二冊、鈔本。不知是否楊氏所云之本。今佚。

3. 《梅花夢》　未見著錄，光緒甲午刊本。張道作。此劇凡二卷三十四齣，演馮雲將與小青事。謂小青歷盡苦劫，仍歸天上。所謂苦劫，即嫁雲將爲妾，而不容大婦之妒，終遭慘死。作者自謂小青事蹟無多，半以幻筆，相雜成文云。張道，生於西元一八二一～一八六二年間，原名炳杰，字伯箴，號少南，別號劫海逸叟，浙江錢塘人。以名諸生久不遇，遭亂抑鬱以死。有《漁浦草堂詩集》。自言專學東坡，雄奇瑰麗，平澹天眞，無所不有。尤熟悉武林掌故，都有纂述。工駢體古文，以及詞曲書畫。此劇未見，暫置。

（一）《小青娘風流院》

此劇《遠山堂曲品》著錄，列於逸品，云：「朱京藩撰。《春波影》傳小青而情鬱，鬱故嫵媚百出；《風流院》演爲全本而情暢，暢則流於荒唐，故有所謂窈窕仙子、幽囚落花檻中者。且傳得湯若士粗夯如許，大煞風景。至其詞，時現快語，不得以音韻律之。」朱京藩，字价人，里居生平不詳。其作自序云：「余之於小青也，未知誰氏之室，一讀其詩如形貫影，相契之妙，不在言表。故爲之設木主，置之齋几，名香好茶，朝朝暮暮。小青爲讀《牡丹亭》一病而夭，乃湯若士害之，今特記中有勞若士以報之。」又云：「嗚呼！人苟有才，其知香識美必爲上天所諱忌。男子有才必蹇抑于功名，女子有才必迍邅於遭際。」則作者感歎懷才不遇，因「才人美女，憂所同根」，〔註7〕

〔註7〕《風流院》後附錄〈焚餘〉、〈與楊夫人書〉之後，作者題跋語。

而痛肺惜腸，哭之痛快，欲起死回生，遂馳想像於人間鬼域歟！

今據全明傳奇本，劇前有明道人紫紹然、蠣衲牧公及朱京藩三敘。書後附朱京藩著〈小青傳〉及〈焚餘詩稿〉十二首、與〈楊夫人書〉一文。眉間有明道人評、齣目前後有吳梅跋語。劇分上、下卷、共三十四齣。上卷為：開場、訪俠、投羅、稽籍、脫鉤、下第、絮影、得詩、閱記、燒詩、見書、尋親、鬼譴、列院、冥敘、發譴、戰勝等十七齣。下卷有：拘埋、赴檻、探檻、冥拿、幽思、悠思、設計、僑領、復合、索仙、弔居、向闕、賜還、淚送、詫逢、泛湖、捷報等十七齣。第三十四齣缺二頁。

提綱作：「小青娘癡感牡丹亭、舒潔郎淚傾落花檻、南老人高謝西子湖、湯臨川永鎮風流院」。劇中以小青為主，以湯顯祖為風流院主，柳夢梅、杜麗娘為院仙，而以舒生娶小青。雖然吳石渠《療妒羹》較此劇為佳，「第朱本亦有不可沒者。〈稽籍〉一齣，以湯顯祖為風流院主，將西湖佳話襯托麗娘，隱作小青影子，如戴三娘、沈倩姬、楊六娘、俞二姑輩，一一付諸歌詠，文字又極瑰麗，此正荒唐可樂，較石渠似勝一籌矣。又〈下第〉折，以富貴湯米四人，說盡科場之弊，〈絮影〉折插入盲詞一段，大破魏閹之奸，皆淋漓痛快之文也。」（吳梅《霜崖曲跋》卷三）虛幻處荒唐暢快，寫實處又大有可觀，反映明代社會，也是功不可沒的。今述其劇情如下：

舒新彈，字潔郎，杭州人。讀書立品，不愧古人，只因命運乖蹇，貧而不遇，於是訪求南山老人，指引迷津。老人預言：「過三旬外，功名唾手、位至三台」（第二齣），並將為媒，譜一段人世未有的姻緣。

馮致虛，人稱二官，狼蠢鄙俗，妻馮二娘，更是妒惡非常。廣陵馮小青，因母親貪財，竟賣與馮二官為妾，受盡凌虐。楊夫人馮氏聞兄弟二官納妾，特地過訪，見小青、關懷備至，小青拜為母氏。楊夫人一方面勸小青存改嫁之志，一方面說服馮二娘，遣送小青至孤山莊上居住。小青喜脫牢籠，但孤山淒冷，又令她自憐斷腸，日以淚洗面，憔悴病容，感傷之餘，畫形寫真，並寫信給楊夫人，附寄詩稿，以為訣別。小青一死，馮二娘隨即放火燒掉她平日詩稿，以為拔去眼中釘，快活無比。

舒新彈三戰文壇，一遭不錄，頹喪之餘，行至西湖，見貴家郎、富家郎、湯保、駝糞人等蠢才，都列名榜上，更是灰心，竟想尋死，幸得一老丈勸阻，暫住草廬。一日往孤山閒步抒懷，拾得小青一聯詩，彷彿遇知己，於是上山間尋覓，不料卻逢楊夫人禮墳燒奠，聞知厄耗，舒生痛哭呼妻，逕尋南山老

人爲媒。老人問土地公,探知小青已列籍風流院,於是施法將舒生軀殼封固冰山,送其魂至院中與小青成就一段冥緣。院主湯顯祖令柳夢梅、杜麗娘成全二人姻緣。玉皇見此大怒,令東大司遣將捉拿南山老人,南山老人法術異常,擊退天兵天將,東大司乃向風流院拿得柳夢梅、杜麗娘與小青,押至落花檻中監禁。南山老人與舒新彈扮成風流院中散仙,遇院主同往探檻,得見三仙,小青與舒新彈得見,但因天曹出巡,倉促間又勞燕分飛。南山老人乃與院主商策,設計僞取領狀,救得三人,破鏡重合。玉皇乃傳旨南山老人,欲加罪責,老人鼓舌遊說,玉皇動容,下旨令小青還陽,舒生魂魄復歸,通媒妁、成夫婦。舒生、小青與風流院主、院仙洒淚而別。

還魂之後,舒新彈、小青夫婦報慰楊夫人,舒新彈亦中第一名解元,闔家喜慶。馮二官摧花敗柳、二娘傷生害物,致使厲鬼崇身,家破人殘,死狀極慘,死後定罪,發落刀山地獄,終得惡報。

(二)《療妒羹》

據吳梅《霜崖曲跋》云:「此劇之作,石渠以朱京藩風流院記微傷冗雜,因作此掩之,結構謹嚴,塙較朱作爲佳。」作者吳炳,據〈馮小青傳〉增飾而成此劇。〈小青傳〉載張山來《虞初新志》卷一,又見馮夢龍詹詹外史之《情史》、及支如增小白本。卓人月序雜劇《小青娘情死春波影》有云:「小青之死未幾,天下無不知有小青者。」則明時確有小青其人。又張道作《梅花夢》傳奇,自謂小青事蹟無多,半以幻筆相雜成文。施閏章《蠖齋詩話》則謂,嘗詢之陸圻,而知其爲故馮具區之子雲將妾。按具區名夢禎,秀水人,婚於仁和(杭州)沈氏,遂居外家。嘗築別業於孤山之麓,以藏圖書,顏曰快雪堂。雲將字子虛,見《西湖佳話》。暮年曾結五老會,爲汪然明、張卿子、李太虛、顧林調。是則小青實有其人其事。〔註8〕

《療妒羹》一劇分上、下卷,共三十二齣。上卷十六齣,爲:醒語、賢風,錯嫁、梨夢、代訪、賢遇、選妾、語嬌、題曲、空訪、得箋、妒態、遊湖、絮影、賺放、趨朝等。下卷十六齣作:弔蘇、追逸、病雪、買毒、畫眞、訣語、回生、哭柬、杖妒、疑鬼、匿寵、禮畫、假魂、假醋、付寵、彌慶。此作佳處「以梨夢、題曲、絮影、畫眞、哭柬爲最」。〔註9〕而〈題曲〉一折,逼眞《牡丹亭》,今猶盛行於歌場。

〔註8〕莊一拂:《古典戲曲存目彙考》(中),頁1445。
〔註9〕吳梅:《霜崖曲跋》卷三。任中敏:《新曲苑》(三),頁682。

　　此劇提綱作：「催娶妾顏夫人的賢德可風，看還魂喬小青的傷心可哭，攜活畫韓泰斗的俠氣可交，掘空墳楊不器的癡狀可掬。」作者以小青改嫁楊不器，乃「借一文墨之士，作爲收煞，實即隱以自寓。」〔註10〕且藉褚大郎妻苗氏之善妒、與楊不器夫人顏氏之德，強烈對比，以諷天下妒婦。實則爲天下軟弱男子吐一口氣罷了，亦可見懼內風氣之一斑，而小青正是這種風氣下，身爲人妾的悲劇。《牡丹亭》爲杜麗娘於夢幻和鬼魂的世界中尋得幸福，作者則爲小青設一理想、熱情的人世歸宿，抑亦憐花惜花的摯情吧！

　　劇云：武林楊不器夫人顏氏，因久婚乏嗣，想爲夫娶妾，楊不器推三阻四，一方面「只怕稱賢誦德，一時勉博虛名，起忌生疑，日久終呈本色」（第二齣〈賢風〉）；一方面因才貌兩絕的淑女難求。同鄉褚大郎，娶婦苗氏，善妒異常，但年近五旬，尚無兒女，經母舅苦勸強說，往揚州買小青爲妾。小青進門，有名無實，更服布簪荆，飽受虐待，原有的舊書也被焚毀大半，夜雨梨花，對景堪憐。楊夫人既託韓泰斗代訪佳人，也託媒人親身選妾，但都不合意。一日過訪苗氏，見小青頗爲憐愛，並多方存慰，借書予觀。

　　小青夜雨讀《牡丹亭》，自比杜麗娘，愁題一詩：「冷雨幽窗不可聽，挑燈閑看牡丹亭，人間亦有癡於我，何必傷心是小青。」掩卷悲泣。楊不器自夫人、韓生口中聞小青才名，朝思暮想，一日取時下傳奇解悶，得小青詩箋，依韻和詩：「艷曲靡詞總厭聽，傷心只有牡丹亭，臨川劇譜人人讀，能讀臨川是小青」；雖未謀面，已自神往。夫人顏氏巧爲安排，邀苗氏、小青同遊西湖，令不器於他船窺貌，並灌醉苗氏，趁機媒介。又飾辭誆苗氏，遷小青於孤山別業，並託楊不器知友泰斗妥爲照顧。小青鬱鬱病危，自知不久於世，請韓生畫眞傳世。苗氏買毒，落井下石，陳嫗傾倒其藥，卻也難挽小青生命；苗氏見小青全身冰冷，確定其死，就席捲所有而去。迨韓生至，小青心下尚微溫，用靈藥起死回生，遷居別舍。

　　楊不器夫婦接獲小青訣書，痛哭不已。又傳小青被苗氏害死，母舅顏仲通杖妒筋戒，苗氏疑心生暗鬼，竟得瘋病。後經韓生傳報，楊夫人匿寵送畫，楊不器禮畫、叫畫，痴態百現，夫人更令小青假魂酬情，自己則假醋撞破好事，以試楊生。最後付寵，遂取小青，一家和諧。不久，妻妾連舉二子，共慶彌月之喜，歡慶無比。劇末以楊夫人爲天下婦人作則，得劇中、場中人齊拜，並譜〈節節高〉云：「蒼蒼鑒德孚，四旬餘、石麟降瑞還初乳。把書香續、

血胤扶、宗祧固。只願賢風四海都傳布。娘行永作閨門祖。譜入絃歌風俗移，從今收拾家家醋。」作者快意，而善妒者或有所戒吧！

四、亂世奇緣

《二奇緣》、《鴛鴦絛》敘張氏智救楊生事，前者以武宗時事為背景，後者則飾以滿洲攻明事。二者情節相似，與《醒世恆言》中張淑兒巧智脫楊生同一故事。此外，同題材者，尚有張瀾所作《千里駒》一劇，據莊一拂《古典戲曲存目彙考》言有鈔本傳世，至今未見。《今樂考證》注云：「即二奇緣改本。」《曲海總目提要》云：「關目頗新，未免頭緒繁多，亦太奇幻。」今據《曲海總目提要》，略述劇情大要，以便三劇比較。

《千里駒》以武宗正德時事為背景，言吏部尚書劉俊之子劉廷鶴之遭遇，劉家揚州，有千里驪騮馬，廷鶴乘之入京探父，旅店中遇李夢熊與妹桂金花打鼓覓食，身懷絕技，於是贈金與交；又遇張大奇，以酒結交。一日，廷鶴投宿潛龍寺，寺僧性空欲殺之，大奇適見，教廷鶴越牆逃走。張大奇乃性空之舅，有女名曉煙，父女依性空之母張氏居於寺旁。廷鶴逃入張氏宅，張氏往報性空，曉煙令廷鶴疾走，贈之金，並令廷鶴縛己於柱，智脫廷鶴。張大奇父女，兩次釋放廷鶴，恐怕性空害己，就入京投廷鶴。

時劉瑾專權，志在篡奪，劉俊屢次上疏，攻劾劉瑾，瑾恨之入骨，暗中勾結性空，令糾黨於道劫駕，並在箭端刻吏部劉三字，武宗危急之際，李夢熊兄妹突出救駕，武宗得安，封李兄妹，並下俊獄，盡捕其家屬。夢熊兄妹欲緝賊救劉，衍生一段角色錯亂，終於由曉煙乘隙賺得劉瑾約性空劫駕書，叩閽奏事，武宗立拿劉瑾下獄、與性空並正法誅之。劉氏父子、有功諸人並受封賞。曉煙封夫人，與廷鶴結緣。劇以千里繡驪馬，故名千里駒。

（一）《二奇緣》

作者許恆，江蘇吳縣人。生平事蹟未詳。劇前有崇禎癸未、倪倬小引，云：「楊費二公於正德辛巳之歲，同登甲榜。」又云：「二公之事，去今不下二百年，吾友許子能以蒼堅古悍之筆，傳其事於不朽。」劇以楊會碩女于艱危、費獲神女于井底，與難同時，雙諧佳偶，名二奇緣。另有路惠期《鴛鴦絛》、張瀾《千里駒》，皆演此事。《千里駒》即《二奇緣》改本，據莊一拂《古典戲曲存目彙考》，言有抄本傳世，今未見，暫闕。《曲海總目提要》卷三十九〈千里駒〉一

條，可參。今據全明傳奇，得《鴛鴦絛》、《二奇緣》二本，分述於後。

《二奇緣》凡二卷、三十八齣。上卷有：鋪局、訪眞、惡識、虎聚、孤芳、預兆、砥志、假業、窺囊、停驂、遣救、懷疑、鬧亭、井配、智釋、墓庇、乘變、峰向、離宮等十九齣。下卷有：京遇、妄尊、潔遁、誤繼、飛黃、討逆、邪勝、琢玉、忤奸、邸饞、震祠、巧合、抵院、弁狒、宥征、殄寇、恩全、奏捷、榮婚等，亦十九齣。

提綱作：「張淑女智仁兼備，楊維聰文武皆能。編醒世墨憨龍子，撰傳奇筆耒歌生。」可見此事於當代頗爲流傳。劇以武宗正德年間的社會爲背景，演楊維聰、費懋中爲寺中惡僧所害，反遇奇盟，終結良緣。劇首〈滿庭芳〉交待劇情略云：「舉子楊生，同袍四友，聯轡上國觀光。禪林借宿，賊禿起兇狂。費子拚生井底，遇奇盟匹配鸞凰。羨楊生嬌娃智釋，得中狀元郎。帝都折榜後，奸僧妄志，謀叛南方，爲奸臣相觸，陰使擒王，竟得成功汗馬，全恩處德報嬌娘。歌旋日，皇恩寵錫，詔賜結潘楊。」今詳述劇情於下：

揚州楊維聰，約同年費懋中，一齊赴京應試，先至瓊花觀叩問前程，青松道人言二人功名有望，危難不免，並授二人紫囊二封，內題詩各四句，預言前程。後又隨眾人至揚州府猛將堂祈夢，二人皆得奇夢，言揚州四春元上京會試，併奴僕數人，俱當受大難殞身，惟楊、費二生，文星顯護，可脫此災。眾人皆不信，但登試途。

河南寶華寺住持悟石和尚，本是廣東草寇，因謀反被緝，連夜削髮爲僧，而避難在此。悟石和尚將寺廟所屬一座草房借予張小乙一家居住。小乙人夥，替他作眼，但因平日好賭屢輸，月期已至，付不出房利，乃搶過客錢財，卻遇四川和尚覺空，犯案逃緝，欲投寶華寺，於是爲他引見，三人沆瀣一氣，言下投合，遂歃血爲盟，結生死交。小乙寡母王氏，明知小乙所爲不正，但感嘆世風敗壞之餘，也唯利是視，竟希望女兒賣俏行奸，但張淑兒謹守禮義，寧死不從，王氏知其冰霜節操，不可移易，但悟石和尚許以黃金百兩，欲娶淑兒，王氏轉爲勸說。

一日，小乙假扮相面先生，到處打聽過往客商，乘機謀劫，遇楊生等一行人行來，騙至寶華寺歇宿。惡僧設計以藥酒灌醉眾人，楊生見一老道人抱酒壺，唧唧噥噥，自言自言，又想二和尚，一個油頭滑臉、一個滿臉邪惡，不免起疑設防。是夜，眾人於亭中鬧酒至三更，草榻于亭，楊生、費生料將有事，滴酒未沾，夜不能眠，想逃走，發覺廟門牢鎖，不一會兒，火光四面

逼近，殺聲大作。倉皇間，費生跳井，楊生攀松跳牆。龍王有女玉襄，與費生有前世之緣，乃派井童泉子救負而歸，成就一段姻緣。楊生因鬼神暗中蔽護，逃過一劫，跳牆尋至張淑兒家中，王氏知情後，密報寶華寺，淑兒爲救楊生，智施苦肉計，令楊生將她綁於柱上，並送銀一錠爲盤纏，楊生感其救命之恩，與約婚姻，送玉簪爲憑，淑兒亦贈所裁羅衫爲信物，二人各記姓名而別。王氏率眾圍至，只見女兒大喊救人，痛遇強盜強姦未遂，奪財而逃。眾人追至墓地，被鬼兵神將阻擋，敗陣而回。楊生得宋將韓世忠顯靈庇護，終於避過此災，上京會試。

惡僧錯失了楊生，恐消息走露，乃趁早謀反，組成白蓮會，招兵買馬，劫掠金銀，稱王造反。悟石妄尊爲皇帝，分封諸王，並強娶淑兒爲皇后。淑兒以「天無二日、民無二主」痛斥小乙，並頑抗到底。張小乙與母王氏，乃請悟石親自派人搶親，淑兒趁機改扮男裝，逃往京城。當他投住酒館，主人楊遇春同情他的遭遇，收他爲螟蛉子，改名楊繼宗。淑兒權衡事態，隱沒實情，暫住存身。

楊生到了京城，巧遇費生。費生於井龍宮，三宵前緣已滿，公主贈以照膽鏡，離宮進京，試畢，二人無聊，一個抱鏡，一個懷衫，睹物思人。不久放榜，楊中狀元、費中探花，名字高揚，喜得飛黃。當時劉瑾專權肆惡，聞寶鏡神奇，恃權強索，費、楊忤逆，推辭不予。適張文錦討白蓮會逆民，出師不利，告討救兵，劉瑾遂遣費、楊二人領兵策應，欲送二人於死地。費生以寶鏡能破妖法，信心十足。於是楊生假扮全真道人，一路探採賊情，費生領兵後至。楊生至河南，歇宿晏公廟，村民賽神，祭品常爲鬼神所享，楊生倚劍坐待，果見虎精蛇妖，震祠奪食，楊生勸服二妖，令遠遁求生，並取蛇殼虎尾爲證，村民咸服。時賽神會首爲楊遇春，實乃楊生叔父，叔姪相逢，不勝驚喜，細說前塵。

楊生與叔父歸返酒館，會見楊繼宗，二人都覺面善，淑兒以簪試探，終於疑竇頓啓、情人相逢。楊遇春知情後，感歎認桃作李，卻也無怨。其後費生兵至，趁中秋夜直搗賊穴，殄寇建功。楊生因淑兒之故，恩全王氏，母女得逢。奏捷歸朝，劉瑾亦謀反不成，勢敗伏誅。終由費懋中爲媒，楊維聰、張淑兒榮婚團圓。

作者主要寫楊、費二生的二段奇緣，其間加上劉瑾專權、白蓮教造反的時事，對無恥、貪污、迷信等風氣，多有微諷之意。但對君恩聖德，仍是極端推重。凡此，於後文再論。

（二）《鴛鴦絛》

此劇署明、海來道人撰，即路迪，字惠期，江蘇宜興人。卷首有崇禎乙亥上巳、愛蓮道人敬一子記敘。最後一偈：「婆子心切，則惠期氏救時憫亡之微意，概可睹矣」。〔註11〕此時清兵正侵擾遼東，作者感慨時事而發之。書末有民國廿二年鳴晦廬主人識跋，可知此書崇禎原刻有像本（見焚燉書目）；其圖畫精工，鏤刻靈巧，書中並有鳴晦之眉批評論。《古典戲曲叢刊二集本》據以影印者即此。全劇上下兩卷，共三十八齣，上卷除緣始外，計二十齣，為：酸歎、解組、勸弟、夜祖、禿毒、遣試、虜蠢、旅嘆、倚閭、投羅、獨醒、肆兇、巧遘、餘驚、推賢、利死、萍遇、憂憤、計賺、本色等，下卷十八齣：旅思、高飛、空訊、鬻女、勾虜、洗釁、報捷、擒逆、露情、限到、會宴、遣妁、媒復、盡法、許允、合巹、回頭、完聚等。《醒世恆言》有「張淑兒巧智脫楊生」，即指此事。

緣始提綱作：「奚御史薦賢受上賞，胡將軍滅虜立奇勳，廣閣黎謀財殺舉子，張淑兒巧計脫楊君。」作者感嘆社會風氣敗壞，只因文官愛錢、武官愛命，以致剝剝民脂、虜騎縱橫，因此作此劇勸揚忠義，懲治奸邪。劇以滿洲攻明為背景（故乾隆間列為禁書），刻劃了山東寶華寺惡僧與張小二謀財害命，張淑兒巧計安排，楊直方僥倖逃脫，並中試服官。張淑兒避難，遇胡將軍收養，賊平之後，惡僧被俘處刑，張淑兒、楊直方終成姻眷。全劇情節如下：

楊直方，字益友，維揚人，飽學多才，卻因朝廷無人，不識英雄，空自歎嗟。其友奚友賢官拜西臺御史，楊直方乃與費元空、焦如鹿同往餞行，席間遇龍虎將軍胡平掛冠歸隱，閒步江畔，於是眾人冷眼視世，憤慨良深。楊直方之父楊遠，致仕歸家，見大比及期，遣兒赴試，楊直方與焦、費兩生上京應試。經山東，借宿寶華寺，不料遇惡僧，將眾人灌醉，奪財害命，楊生警覺，及時逃出，到鄰戶求救。寺鄰張嫗，有子小二，即與寺僧共謀，張嫗恐怕惹禍，赴寺密告，其女張淑兒鍾情楊生，贈白玉鴛鴦絛予生為信物，命楊生反綁淑兒，並速逃離。惡僧追索不到，回寺分贓，設計殺害張小二，恐東窗事發，再騙張嫗母女賊虜侵擾，同往避難，在半途奪去行李，投賊虜軍中。

張嫗母女進退維谷，迫不得已鬻女求生，幸得胡平將軍收養。張嫗則尋官告惡僧。當時胡虜為禍甚烈，奚友賢極力舉薦胡平、共飭邊事，胡平重披戰袍，洗釁擒逆，再立戰功。楊直方於試場中，才思橫溢多見本色，中得探花，為官後派僕人尋訪張淑兒，空訊而返，朝夕懸念。又曾與奚友賢言及惡僧毒害事，

〔註11〕《鴛鴦絛記》敘語。

張嫗告奚爺後，巧遇俘虜二僧，乃指認定罪。奚友賢與楊直方、胡平會宴，細訴往事，胡平見楊生愁眉不展，欲遣媒妁將張淑兒許配楊生，楊生堅辭，胡平知張淑兒心意後，再度遣妁，告知詳情，楊生許允，合巹團圓。

張嫗因一時錯念，悔不當初，遂皈依佛門。胡平功成棄職，改名易姓，歸隱山林。作者在劇終之後，又作一偈，結語云：「觀彼虛空華，實茲大戲海，人生彈指頃，不如歸深山」。全劇結構綿密，意旨超遠。

第二節　劇本反映的社會思想

分析劇本反映的社會思想前，本文先表列各劇本的作家時地及劇中的背景時代，以明此節分析的限制。其次略述劇作旨趣及作者的思想，而後就天子聖明、文士思想、婦女形像、民間信仰等四部分，加以反映陳述。

一、作家及劇作時地

劇　作	背　景	作　者	籍　地	時　代
玉丸記	萬曆間汪直通番	朱期	浙江上虞	萬曆中前後在世
三社記	萬曆末至天啓間	其滄	未詳	未詳
雙雄記	萬曆（二十九年）庚子辛丑時事	馮夢龍	江蘇長洲	萬曆二年生順治三年卒（西元1574年～西元1646年）
望湖亭	萬曆初吳中奇事	沈自晉	江蘇吳縣	萬曆十一年生康熙四年卒（西元1583年～西元1665年）
風流院	萬曆二十六年以後	朱京藩	未詳	未詳
療妒羹	萬曆二十六年以後	吳炳	江蘇宜興	萬曆廿三年生順治五年卒（西元1596年～西元1650年）
鴛鴦縧	明末滿洲攻明（崇禎八年序）	路惠期	江蘇宜興	未詳
二奇緣	武宗正德年間	許恆	江蘇吳縣	未詳

八劇中只有《二奇緣》以正德年間、劉瑾專權為背景，其餘多在萬曆末年，作者也多為萬曆後人，是足以反映明末的社會。

二、劇作旨趣及作者思想

《玉丸記》，作者在全劇末齣下場詩云：「少微英氣降塵凡，閑往閑來美

玉丸，曠世奇逢新耳目，滿腔文錦爛穹寰。對花酌酒空浮俗，服月吞雲示丸還，一本霓裳天上曲，時人莫作等閒看。」又於末齣尾聲云：「美丸原有神仙氣，豈尋常傳奇雜記，自有知音一品題。」是作者將超然塵俗的胸襟，譜寫一對神仙眷屬，踏月遊山，詩酒文章，其樂無窮！希望在世間留一縷清新，就像玉丸的瑩潔剔透、具有靈氣一般。在作者心目中「江湖廊廟原無異，渭濱莘野帝王師。土塵中埋沒鉅儒，魚目裡、溷雜珍珠。覷人生朝夕競馳，爭名奪利是與非，塵世百年能幾時，枉費心勞、壞卻天機。」（第四十齣〈山花子〉）眞有才華，不論處於江湖或廟堂，都可展現，但混濁的世塵，卻足以蒙蔽人的才華靈氣。世間既然是非混淆、魚目混珠，求理想於此間，有如緣木求魚。而人的生命何其有限，何不高蹈塵俗之外，一片天機自適，何其逍遙！

　　三社記，作者感歎「塵世浮生一戲場，阿誰肯脫利名繮？」爲名繮利鎖所縛，文士高志就無法顯現，而現實生活中卻又不容高志脫俗的文人，取得功名。作者乃將文人追求的理想，一並在四游外史身上實現：「四游外史風還晉，三社明才賦逼唐。知足佳人心不妒，回頭妓女氣生香。傳奇豈是追風影，想像揮毫興欲狂。」在想像中，他塑造孫湛，既得逍遙物外，又得功名封敕，「眾人高士志自奇、志自奇。芳名早已播京畿、播京畿。一家福慶君恩寵，春風和氣靄庭幃。從今繩武光門第，錦衣兼著紫霞衣。」〔註12〕世間不得圓的夢，在劇中一一實現。

　　《風流院》，作者懷才不遇，「星斗文章成畫餅，下第無聊，嚼出宮商恨。珠斛屋金生不幸，全憑筆占風流勝。」（第一齣〈蝶戀花〉）讀小青詩文之後，生死交情、神妙莫測，譜寫此劇，以酬小青，又作小青傳，以傳小青。他說：「嗚呼！小青爲怨婦，余爲怨夫，兩怨交發，天地寡色。小青怨於冥，予怨於陽。怨於冥，怨有歸宿之處，怨於陽，怨無安頓之所。如小青憐我孤漢，去冥而就陽，不則，予去陽而就冥。」出自肺腑，情眞意摯，爲小青尋得歸宿，也爲一己的怨情找到了寄託。

　　《二奇緣》，作者在第一齣〈臨江仙〉說道：「大塊有情生綠竹，假余作耒爲耕，廿年種就一靈根。四時無別長，惟有曲芽生。　搜集宮商律呂，製成幾套陽春。當場絃管奏新聲，個中不到處，留待惜惺人。」將此靈根，譜就奇緣，劇中人是團圓了，但現實社會並不美滿，世亂局迷，情又何託？因此他不禁感歎：「嗚金不醒黃粱夢，萬里江山萬劫中，惟有我這一點靈犀，到

〔註12〕此段引文俱見《三社記》第三十三齣。

頭來原是空。」（第三十八齣〈尾聲〉）了。

《鴛鴦絛》，作者開門見山道：「若讀鴛鴦絛院本，要識盡忠盡孝，勸懲俱至。」（緣始〈春雲怨〉）是勸世人盡忠盡孝的劇作。在末齣〈漿水令〉中，作者寫出了他的願望：「願世界、願世界離亂絕無，沒一箇、沒一箇怨女曠夫。」面對亂離的社會，感憤傷時之餘，指引人們孝慈傳家，忠義爲國，其末齣下場詩云：「陽羨一書痴，感憤吐新詞；清言能脫俗，激語或傷時，立國思忠義，傳家必孝慈。持世有君子，知罪兩憑之。」足見作者思想及用心所在。

《療妒羹》末齣尾聲云：「劇中並列賢如妒，看劇者將何所取，惟爾知予或罪予。」作者此劇主要在警戒世人善妒者，以賢風移俗，如末齣〈節節高〉所云：「蒼蒼鑒德孚，四旬餘，石麟降瑞還初乳。把書香續、血胤扶、宗祧固，只願賢風四海都傳布。娘行永作閨門祖譜。入絃歌、風俗移，從今收拾家家醋。」但究其用意，實出於文墨之士，自寓懷抱，藉小青的團圓，完成自己的心願。〔註13〕這由末齣下場詩可明顯看出：「集成冷翠總淒音，風雨長宵耐短吟，若得小青眞屬我，便遭奇妒也甘心。」作者憐惜小青的風流情懷，才是他眞實的心聲。

《雙雄記》，作者馮夢龍，編有《喻世明言》、《警世通言》、《醒世恆言》等小說，多喻警世之意。改定傳奇十五種，唯此本爲創作，一名善惡圖，用意亦在警俗。沈伯明總評云：「世俗骨肉參商，多因財起，丹三木之事，萬曆庚子辛丑間實有之，是記感憤而作。雖云傷時，亦足警俗。」是足以說明作者用心所在。劇末〈意不盡〉一曲云：「悲歡頃刻皆妝就，善惡分明看到頭，韻協音和傳不朽。」善惡有報、窮通有時的思想，流露其間。〔註14〕

《望湖亭》，作者重在士人操守，「士人豈可虧獨行」（三十六齣〈越恁好〉），只要潛心讀書，坐懷不亂，功名嬌妻自然兩就。末齣〈紅繡鞋〉云：「讀書不必輕狂、輕狂。埋頭探取書囊、書囊，功名就賴文章。精彩喚透奎光，盡人時感穹蒼。」是典型的「書中自有千鍾粟、書中自有顏如玉」的思想。作者於末齣〈意不盡〉更進一步說明其用心：「多情莫笑無情戀，節操須關名

〔註13〕吳梅：《霜崖曲跋》卷三：「此由文人作劇，須當場團圓，不得不借一文墨之士作爲收煞，實即隱以自寓。唐人小說，如周秦行紀，已開此端矣。」

〔註14〕《雙雄記》第一折〈東風齊著力〉：「月下花叢，金炊玉饌，滿座春風。猛拚沈醉，何事逞雕蟲。多少人憂人樂，難依樣做啞妝聾。新聲奏，悲歌慷唱，盡寄編中。造事有窮通，看好花蔓草，顛倒枯榮。羊腸九折，心面總難同。絕說好還天道，早消磨一半英雄。揮毫處，滿腔俠氣，日貫長虹。」

教場，羞稱艷冶詞，還正雅規放蕩。」其以名教正俗的意旨，已昭然在目。

綜觀以上諸劇作者，多爲失志文人，一方面借劇抒寫懷抱，一方面諷世喻世。他們譜出了文士風流、爲世所重的理想典型，也刻寫了善惡有報、勸世的天道公理。以下就劇中反映的現象，歸納君王、文士、婦女在社會中擁有的形像、地位和思想，並及民間信仰，略見社會思想面貌。

三、天子聖明

在諸多劇作中，縱使題材不同，但忠君的理念始終不變。再亂的世局，怨憤的民心，都不會指責君王昏庸，而是將罪過推到權奸身上。天子代天行道，當這些權奸惡貫滿盈，就是聖德彰顯的時刻，在前章政治劇中已可顯現。社會劇中，也有此例。如《二奇緣》，劉瑾專權肆惡，因向費生強索寶鏡不得，遂設計陷害楊、費二人，派二人領兵討白蓮教叛眾，當時楊維聰感嘆：「咳！年兄。我和你羈留京邸，指望選得一官半職，各去盡忠報國，誰奈奸臣劉瑾，專權肆惡，反令聖上無主，如何是好？」（第十九齣〈邸餞〉）將不能盡忠的原因，推在劉瑾一人身上，而聖上是無辜而受蒙蔽的。又如《玉丸記》，汪直爲寇，自稱是被嚴相所害。朱三峰之姪朱甫，助胡宗憲拿得汪直後，汪直問道：「我被嚴賊之害而下海，你邑士夫多與嚴家作對，三峰又是賢大夫，怎麼助嚴義子？」既而朱甫回答：「你怪嚴相，與天子何仇？甘作叛臣。」（第二十八齣）則又將天子、嚴嵩截然劃分，嚴相之惡，與天子無干。或輕用一句「奸蒙聖聽」就爲皇帝脫罪（《鴛鴦縧》〈緣始〉春雲怨）。在《三社記》末齣，聖旨領下，稱「聖朝恩典，單澤逸民，清俗憲章，還淳盛世。」則歌頌天子聖明，世盛俗清。

四、文士思想

在萬曆中晚期以後的文士，不復見嘉靖一朝時的凜烈氣節，他們秉持著用行舍藏的態度，「避權奸而退隱，含章有光。仰聖化而來京，賓王利用，士林膽譽」（《玉丸記》三十三齣）。即以《玉丸記》爲例，朱三峰認爲「未有權臣在內，而人臣能立功於外者。」（第廿四齣）在嚴相當權之時，「葛大理司言路觸逆閹，我伯父部臺歸經七荐，我虞顏六龍五爹皆忠諫。葉柱史杖斃在御道前，徐正卿斥逐成謫偃，謝○門、葛易齋，炳明哲二尹歸田，謝柱史披肝膽十奏彈嚴，車都賈爹一旦俱休也，豈獨區區敢怨天。」（第十七齣〈紅納祆〉）肝膽之士，都被嚴相斥逐。朝中無人，「一朝大臣都是聾與眩，因此上嚴相怪

咱直言,把我文章來棄捐,我爲此撇了冑監,歸臥三山也,散誕逍遙樂故園。」
(同上)於是他選擇了歸隱生活。後來有機會任官,既想做清官,一展抱負,
又沒勇氣面對現實環境,終於又回到他那理想國中,福澤族人,「行宗約十事,
爲官者罕能。第一遵六聖諭立宗約以齊族人。第二創立冬至祭始祖祭田規則。
第三倍增始祖祭田。第四纂修歷代宗譜。第五特創小宗祠。第六增土穀後廟。
第七梓行冠婚喪祭禮儀。第八選立各支宗賢,遵守奉行垂永。第九立巡視祖
墓山場,捐田復埂,修築橋路。第十立社會祠會,朔望衣冠焚香揖祠會族。」
(第二十九齣〈梓里逍遙〉)完成他「淑世」的心願。此劇雖以世宗時事爲背
景,其實表現的是萬曆以後的文人思想。《鴛鴦絲》中的胡平,屢立戰功,官
拜龍虎將軍。也是因時事日非,棄官而歸。後得君賞,重披甲冑,邊關抗虜,
洗瘢報捷,完成他報國的理想之後,又棄職埋名,隱居山林,顯出他的超俗
清高。再如《三社記》中的孫湛,更是典型文人,他認爲:「欲志千秋事,須
爲三絕奇,眞行隸篆爲吾意,山川草卉皆吾志,詩詞歌賦誠吾計。雖不能神
功妙用步名家,也須要雕龍繡虎驚時輩。」(第五齣〈寄生草〉)他理想中的
社會是「聖朝有慶民安藝,唐虞今復盛于斯,喜見山州出白眉」(第十一齣),
他高蹈山林,結社訪友,任情、任藝、任俠,「任他季世塵囂,飛不到悠然胸
次。」(第五齣十岳山人王寅語)這樣一個世外之想,「榮親非無意,欲圖身
後之名,儘我書畫詩詞,任他封侯拜相」(第二齣),他陶醉在山林之遊、求
仙訪道之中,因偶然的機會,以仙道退敵,了卻一樁仗義救世的責任,於是
他又退回那築好的香巢幽境,享受著想像出來的功名稱譽。

三劇的事件不同,但表現出的思想卻有異曲同工之妙,雖不足以代表此
時的所有文士,也可作爲一種代表典型。

五、婦女形像

傳統中國社會的婦女,被賦予三從、四德等道德規範,所受的教育,不
離班昭女誡、明心寶鑑、列女傳等書,頂多再加上詩經。如《二奇緣》中的
張淑兒,曾讀的女書就是明心寶鑑、列女傳及詩經(第廿七齣〈琢玉〉),《望
湖亭記》第七齣中,金舅教其甥女:「我想起來,女學生又不比男子家,要什
麼經書本領,俺只把古來婦女編成一書,喚做古今女鑑。其孝女貞姬、賢妻
烈婦這幾篇已講解過了,今日講的是美女一篇。」小丑緊接著說:「士女肩
兒狹的爲美。」不但藉各種女書塑造了賢孝貞節的婦女典型,也道出了美女

的條件——肩狹。在《雙雄記》中受襃揚的賢婦魏氏，「幼習閨訓、頗知婦儀。采蘋采芷，能致孝於公姑，如瑟如琴，幸好述於君子。」一心冀求與努力的是：「萬兩黃金未爲貴，一家安樂值錢多。」（以上第四折）即使遇年荒饑饉，丈夫在外遠遊，「做箇糟糠媳婦，也不辱家譜。」（《三社記》第十七齣〈香遍滿〉）自苦慰親，贏得翁姑的肯定：「你果是吾門吾內助，到做了賢哉賢哉孝婦，須信是糟糠不顧，善事翁姑，定省相呼，竭力支吾。」（同上）也堪慰其心了。甚至爲了家庭的和諧，還必須有寬容不妒的胸襟。當孫湛任俠，娶個病姬周文娟回家，翁姑還探問媳婦怎麼說，吳氏回答：「側室有何嫌。看荷花出污濂，無妨良賤爲姻眷。家筵自專，房櫳聽偏，羊皮難道貪嬌艷。任花奩。閒情一賦，恰似晉陶潛。」（《三社記》第三十二齣〈黃鶯兒〉）換來了「賢哉！賢哉！」的稱美，個中所受的委屈倒可煙消雲散了。

　　無法受教育的民女，若志趣貞潔，也成爲歌頌的對象。如《鴛鴦縧》中的張淑兒，不同流合污，又能志慕幽貞、情怡書史，恨不能身爲男兒，令智巧慧心深鎖閨中，她不禁感嘆：「幼讀班姬訓，乘閒偷習詩。豈云誇翰墨，聊以副芳姿。天公殊薄劣，不遣作男兒。繡幃深自扃，掩鬱北窗時。簾遮雙眼慧，燈伴一腔痴。愁多力愈薄，偏頤不任支。」（第三齣）幸得改扮男裝逃走，爲楊遇春螟蛉子，稍償夙願。最悲哀的莫過於妓女人妾。《三社記》的周文娟，《風流院》的小青，豈不都是「一失煙花，終朝感嘆」？她們甚至發出深怨：「寄語人間父母親，忍將兒女輕相許？」（《三社記》第八齣），即使幸爲人妾，也唯正堂大娘馬首是瞻，不敢沾戀私情，「奴婢敢憎添。看嫦娥，抱玉蟬，正當不管衝難借，安心自眠，私情莫沾，暫圖得趣休迷戀。院君廉，巢林縱讓，螢火怎如炎。」（《三社記》第卅二齣）才獲得「美哉！美哉！」的讚揚。

　　除了以上聖婦、賢婦的典型之外，又有所謂的才婦、傑婦。《風流院》第五齣，透過楊夫人的口中，道出了婦人的形象：「小青兒，咱和你做婦人家的有三等三樣。第一等嫁夫不著的，吞聲忍氣，完貞百年。這叫做聖婦。第二等嫁夫不著的，怨庚恨帖絕歡自度。這叫做賢婦。第三等嫁夫不著的，舍其小節，從其大權，擇良自配、選美相從。古者當壚不恥、贈拂不羞、章臺之柳、西廂之鶯、漱園之詩、曲江之酒，亦匪一人。這都叫做才婦、傑婦。依老身說，小青兒，你到學了第三等的最得便宜也，省得在此受他百磨千○。」爲可憐的妾，道出了第三等出路，也是莫可奈何中的權宜良策了。

六、民間信仰

果報思想、信佛拜禱、敬祖傳宗等信仰，普遍表現在各劇本中。果報思想如：「天高聽邇，眾眞聽啓，看乾坤善士，上天必降祥祉，惡積貫盈，必加誅毀。」（《玉丸記》二十三齣〈神仗兒〉）舉頭三尺有神明，只要肯努力，必有天神鑒知，就如《望湖亭》中的錢子青，命本不達，但修持誠篤，文昌君就說：「因見淞城錢萬選，苦奮虀鹽之志，堅持冰蘗之操，始學閉戶魯男，繼作坐懷柳下。命雖不達，人足以風，奏過玉皇，將他塡上天榜，聯登高第，特賜狀頭。」（第廿四齣〈預夢〉）還有河伯、雪神縢六郎、風神十八姨等神祇（《望湖亭》第廿五齣），都是代行玉皇命令的。

信佛拜禱也多由果報思想而來，此時風氣尤盛。凡士人應試之前，莫不先至觀、庵之中叩問前程，或藉祈夢，訪求功名，如《二奇緣》的楊、費二生及與試諸人，《雙雄記》的丹信及劉雙，《風流院》中的舒新彈等皆是。富商貴戶，也定期到庵中祈福，《望湖亭》第八、九齣，敘尼姑庵建道場，請高員外安人拈香，而小姐同去。而白蓮教號召的徒眾，願死不願生，都以爲：「一入玄門了此生，此生免受閻王苦，若能死在玄門中，便是超乘太上主。」（《三社記》第十九齣）宗教信仰迷人的力量竟至於此！一些爲非作歹的人，也不免拜禱奉承仙佛，《雙雄記》刻劃留幫興拜佛的心態，十分深刻。留幫興說：「昨夜夢見觀音菩薩對我說道：虧你見得能眞。天下寫狀子的也不少，難得你始終如一，這個好人，你明朝早些起去。有件事來作成。我覺來思量，阿彌陀佛說得有理，今早且燒些香兒將他奉承」（第十齣），念佛而存邪念，難怪作者，以劉方正反諷這一類人士，他說：「老夫劉方正，東山人也。性本粗豪，心存長厚。不務看經念佛，卻是慈悲。」（第十二齣）即使不念佛，也比念佛的慈悲爲懷！不過，也有澈悟皈依的信徒，如《鴛鴦縧》中的張氏，一時錯念，回頭是岸，以爲「人身難得，佛法難聞，未聞佛法，便如許多醉漢。」、「那里有可瞞天的西土，枉自造業因。」因而懺悔修行，歌頌「西方極樂園，阿彌陀第一，九品度眾生，威德無窮極」（第三十七齣）。形形色色的信徒，反映出佛道信仰的普遍。

至於傳統敬祖傳宗的觀念，此時也仍普遍根植人心。孫湛得了兒子，才可放心遨遊天下（《三社記》）。楊遇春無子，百般營求，即使螟蛉子也好，豈料天不從人願，只好大歎：「我年半百兩鬢白，自謂螟蛉今幸得，那曉將桃錯認李。到底無益，到底無益，怨什麼天心順逆。」（《二奇緣》卅一齣）對於祖產，則不輕拋，即使遇到饑荒，也不願變賣換食，如孫湛的父親堅持：「一

任那年饑、年饑不足，怎忍把箕裘、箕裘棄祖。兒孫滿眼是車書。寧老溝渠，且看何如。不久糧輸，縱是無餘，也將數口支來，暫時得相容與。」（《三社記》第十七齣〈青歌兒〉）《玉丸記》的朱三山，更立下宗約，修宗譜、祭祖會族（第三十九齣）。

明末儒釋道各方信仰融爲一爐，或許可由上述尋得一些印證吧！

第三節　劇本反映的社會風氣

古來政治的隆窊與社會風氣息息相關，觀政於民，國家前途可知。在明中葉以後，不但帝王、權奸，唯財是圖，民間也是貪盜成風，有心之士，感嘆發於劇中，偶而表彰一、二清官勇將，如《望湖亭》中的淞城邑宰、《鴛鴦縧》中的胡平將軍，稍稍慰藉民心、表達民願。但積弊已深，爲之奈何！今借劇中人物的感嘆，揣摩當時的社會風氣，約可併爲銀團世界、民俗點滴二大範圍。

一、銀團世界

在銀團世界中，沒有所謂的義士，也沒有羞恥，只要有錢，就能買官鬻爵，確立社會地位，趨附載道，爲人推重。否則任人輕賤，難以翻身。冷眼觀世、熱腸渡人的士子會說：「堪嗟世事、但罄竹南山無從屈指。文官愛錢、武官愛命，空自百年養士。虜騎縱橫，滿朝震恐，天下無一人義士。剋剝民脂，奸蒙聖聽，今古皆如此。」〔註15〕看破世情、而無恆產的小民會說：「孩兒張小乙在外做些不正的道路，向與悟石通同一夥。老身明知此事、非養身的務本。只是當今之世、顧不得羞恥，辨不得清濁。你看有錢的問什麼行品出身，個個轟然起敬，就遺一堆糞也道是五穀馨香。那些沒錢的管什麼賢良君子，人人冷眼相看，總讀萬卷書，只當是三冬寒氣。所以盜蹠便行得通，柳下惠到用不著了。故此老身把世情看破，做一個眼前的道路。」〔註16〕

在上層社會的，買官鬻爵，愛銀、惜命。於是用人不公，試場弊端頻出。所用的文武官員，不但尸位素餐，更是剋剝民旨。試看武將的威風：「仗神錢獲拜元戎，倖清晏安然大俸。閉門狠把金經誦，可憐弟子愚蒙。」〔註17〕他

〔註15〕《鴛鴦縧》〈緣始、春雲怨〉。
〔註16〕《二奇緣》第五齣張氏語。
〔註17〕《鴛鴦縧》第七齣〈畫眉序〉，塞北總兵唱。

怎管得士卒的怨激：「力拔奔牛敵萬人，拳搥猛虎貫三軍，功股不得分茅土，尚作搖旗飛報人。」也難怪作者透過逢迎拍馬的千總管，道出世態炎涼，極盡諷刺。今舉塞北總兵（老旦）、報卒（末）、千總管（副淨）的對話為例：

> 老旦：「哦、狗才！老爺的性命是南天門弔下來的，你纔說力敵萬人，拳搥猛虎，你去敵他搥他罷了。」
>
> 末：「老爺性命值錢，小的每性命也值錢。」
>
> 副淨：「哦、狗才！你好不知分量。你不過一顆頭，怎比得老爺那天靈蓋。我對你說，老爺頭戴烏紗，腰束獅蠻碧玉帶，喫的是美酒肥羊，擁的是雛妻幼妾，手下現掌雄兵十萬，故此性命值錢。你戴一項藤盔，穿一套半聯不絡的衣甲，上陣時免不得是你們廝殺，論功時那到得你。日不食、夜不眠、萬死一生，博得一名探子。這等性命，要他何用？」（《鴛鴦絲》第七齣）

值錢的命，顯現無比威風，卻是多少人的血淚尸骸砌成的？「賊滅則將帥權輕，虜存則侵欺利重，這些邊將呵，都只要囊中原料，殷憂自有皇家受。」（同上第四齣）但真正敵人來陣，惜命無恥的面目，就流露無遺，作者誇張的刻劃：

> 內鳴鑼老旦跌介：「我癱了，快叫執事抬我去。」
>
> 副淨：「我也中風在這裡了。有個馬糞堆在此，大家鑽進去罷。」
>
> 老旦：「真得緊。」
>
> 副淨：「只不要開口就是了，閉口深藏舌。」
>
> 老旦：「安身處處牢。」

若這樣的武將充斥，怎不令外患日亟？在《雙雄記》中，敘述倭夷為患，召募東征，杭嚴道備兵使者太史惠、官清一水，出則練兵，入則聽訟，在聽審罪犯時，也留心禦倭人才，透過他和一些老百姓的口中，可隱見當時軍中腐敗的現象。如：

> 官：「你七十，丈夫七十五了，還有甚用？」
>
> 淨：「爺爺，如今兩京各營，多少髮白齒落、腰陀背曲的在裡面，難道容他一個不下？」

老弱冗員充斥，加上重賞坊官，探報敵情，所費不貲，難怪要歎道：「軍行一萬，日費千金」〔註18〕了。

〔註18〕《玉丸記》第二十一齣，小生胡宗憲語。

武官可靠錢神坐擁皋比，文官更是錢使錢差。《雙雄記》寫丹三木，仗財為非，又買得山東巡簡一官，成為當地第一個財主，又是第一個鄉宦，威風忒盛，但除了錢，他什麼本事也沒有，如劇中所描繪的：

> 丑：「帽子滂頭青紵襖，換了烏紗眞箇好，道是文官弗見考，道是武官本事少，道是春官節氣早，道是壽官年紀小，道是陰陽各色官，又不曾隨著僧綱道紀、可在府裡點個卯。還是家中有些金、有些寶。
> 另外，你認什麼眞，弄什麼鳥？」（二十折〈賞荷造謀〉）

實在透徹淋漓。而同劇又指出當時的蘇杭城裡，所謂三多，即官府多、鄉宦多、舉人秀才多，這其中的眞象，就耐人尋味了。這種人一旦有了實權，不斂財貪污，豈肯干休？《雙雄記》中的賈愛民就是十足的典型，他在十三折自述：

> 下官叫做賈給事，爲人一世無查滓。蘇杭等處告饑荒，朝廷差我來巡視。一來賑濟窮餓人，二來清理詞訟事。我想一想，許多餓鬼濟不來，不如賑濟我獨自。且坐杭州受用咱。

他先前在蘇州靠官銀營私利，[註19]到了杭州就靠訟告詞狀收賄賂，「近貴非眞貴，當權且弄權，全憑一片竹，賺盡四方錢。」[註20]就是他爲官的心態。當百姓遇荒年，「田起黃埃薪爲桂，野無青草淚如泉，賣男鬻女休論價，棄子拋妻不值錢。多少溝渠埋怨骨，任教好漢只空拳」，掙著性命，嗷嗷待哺地求官府賑濟，「誰想一到衙門，不是放告，定是拜客，更兼玩水觀山，呼漿索酒，一味騷擾地方，把賑濟二字，全不提起」，不但求助不得，更被冠上「聚群鼓譟，瀆擾衙門」的重罪。百姓的辛酸血淚，怎看在「愛民」如此的官員眼底。「滴盡千家淚，圖來一夕歡；民貧官自富，誰肯問饑寒。」[註21]實在是極盡沈痛的指控了！當時政事不得推展，官私兩弊，於《望湖亭》第十九齣〈踏勘〉可見：

> 淨：「……此事民間事，民間未盡心。惰農無遠慮，里甲有漁侵。富主多挫費，貧租少剩金。徒然應故事，質效恐難尋。」

[註19] 《雙雄記》第十三折：「一到蘇州，見供應內有雞子，我就問買辦官，雞子一分幾個？他應道：一分六個。我說忒貴些。就發官銀十兩，問縣裡要一萬雞子，對他說：如今且未要，寄與雞母抱著，數月間便成一萬頭雞，不知賺了多少利息。又見送進新筍，問他一分幾根？他應道：一分十根。我又說忒貴些。就發官銀七兩，問縣裡要一萬根筍。也對他說：如今且未要，寄與園中養著，數月間，便成一萬根竹，又不知賺了多少利息。每事如此。」

[註20] 《雙雄記》第十三折〈水底魚〉下，皀隸語。

[註21] 以上所引，俱見《雙雄記》第十三折。

小生：「這是私家之弊了。那官弊怎麼樣？」

末：「……此事公家事，公家認作私。官差偏嚇詐，委吏索常支。奸滑多科派，愚民易怨咨。樂成他日見，慮始在恩慈。」

這三尺凍冰，又豈是一日之寒呢！

文官、武官，愛錢惜命，下屬及百姓，又怎能不唯利是圖、唯財是趨？試觀以下各例：

（南歸朝謹）都督府、都督府，各訊稽查，免不得倚官挾詐。一路裡、一路裡，浪酒閒茶，都只靠屬官貴發。

（南滴溜子）……常言道買上不如買下，自有常例錢，難道妝聾作啞。（《鴛鴦絛》第二齣）

寫都督府稽查，倚都督之威，向屬官索討常例錢，好個「買上不如買下」。再如《鴛鴦絛》第三十齣，寫衙門貪污：

丑：「你既要來告狀，紙包呢？」

老旦：「可憐，沒備得。」

丑：「沒錢來使解尊裙，你道這都爺官幾品？」

老旦：「有一個包兒送長官罷。」（丑下）

淨暗上：「衙門處處向南開，有理無錢莫進來。告狀的包兒呢？」

老旦：「方纔一位長官拿去了。」

淨：「他有了，我怎沒有？他放你進去，我不放你進去。」

老旦：「告長官念孤恤寡些兒。」

淨：「這里是官府衙門，須不是念孤恤寡的所在。也罷，便住在此過了年去。」

老旦：「沒奈何、也有一個包兒在此，送長官罷。」

淨：「不要！快出去，莫累我拳頭打壞了。」

老旦：「便添些罷！」

淨：「積世的老虔婆，好乖，都備而不用的。正是莫向衙門塞窟籠，失賊遭官兩倍窮。……」

這樣層層剝削，要生活僅靠辛苦錢實在不濟事。許多人索性橫了心、閉了眼，一心求錢，如《三社記》第十一齣的保長：

身當保長甚稀奇，盜賊紛紛只不知。有酒受投詞，無錢理就虧，一任官司鬼打鬼。

又如《雙雄記》第十五折的牢頭：

> 天豈有天堂，人間堂便是。地豈有地獄，人間獄便是。俺們是杭州府有名的張牢頭、兄弟李禁子的是也。俺們這個道路，第一要斗大的膽，第二要鐵硬的心。斗大的膽，任他千群鬼叫，鼾鼾枕著髑髏眠。鐵硬的心，饒他一息尚存，狠狠還將枯骨打。俺使的棍，早間叫做梳頭棍，午間叫做點心棍，晚間叫做油火棍，隨你崛強漢子，儘教即漸軟將來。俺用的錢，告饒上來的叫做買命錢，逼勒上來的叫做剜肉錢，結果上來的叫做冤枉錢。憑你窮苦囚徒，難道分毫沒使用。

再如《雙雄記》第十折、墮落的文人留幫興：

> 也曾讀書識字，只為家業凋零，要做件無本紀紀。思量別事難成。做烏龜老婆不濟，做強盜又欠本事。自恃筆下有些資質，只得尋趁在衙門，寫出時文樣狀子揭帖，做得花彈般手本遞呈。面皮輪百副替換，肚腸千萬遍搜尋。某人家怕事好去嚇騙，某人家好事就去撮成。東家許五兩，便替東家奔走，西家許十兩，就番轉幹西家的正經。我只揀有生意處便去，那管天理人心。我只攛掇打官司，便有興，也那管朋友至親。

最可憐的是逼女為娼的結局：

> 老旦：兒，我豈不曉得，只是出乎不得已。你看如今這些貞節的，那見得就流芳百世；失節的，便遺臭萬年？總是一個銀團世界，渾碌過去便了。不是我做娘的務必強你，也只為你日後之事，倘然嫁得一個富足的，還好過日，若嫁著一個不糧不莠的窮漢，炤樣今日這般貧苦，反不若從此道路，逞些活錢使用，也教你做娘的與哥哥快活幾年，不枉為人一世。（《二奇緣》第五齣）

世風如此，也難怪有人趨炎附勢，有人扮鬼娛人，更有人偷盜神像了。如《二奇緣》第三十八齣，楊維聰中了狀元，又討賊有功，封官贈榮，「一到京中就有那些沒廉恥、趨勢附時的財主，竟把喏大一所宅子，白白地送與我家居住。不上數日，奴婢蒼頭無數，牛羊犬馬成群，其樂何如！」楊遇春是見了世面、開了眼界了。而《三社記》第二齣，雜扮跳鬼娛人，唱了一段領賞，道：「謝賞了。成人沒飯吃，做鬼有錢分。」何嘗不是語重心長。在《二奇緣》第六齣，楊州府猛將堂的道士感嘆：「近日蝗蟲太甚，這些小廟興什麼夜夜會，各廟裡的天曹老爺都偷個盡空。」為了錢，神像也不能自在尊嚴了。

在銀團世界中，沒有公道是非。雖有考試制度，「貢院布置周密，收拾精緻，告示條約也整齊嚴肅」（《回春記》第一齣），卻也是弊端百出，如《鴛鴦縧》第二十齣〈本色〉所說：

> 往常頭巾試官，一場經書，二三場論表策判，所以有傳遞、束卷、分房、做號、割卷面、買字眼，許多弊寶，就是公道取出來的，也只是頭巾舉子。

將當時的作弊神通，交待頗為清楚。除了買得官位外，就由這許多弊端，錄取了一些白丁、走卒。如《風流院》第六齣中的富家郎、貴家郎，靠著家中積鈔、父位權貴，得了功名，湯保、駝糞人也進考場胡搊一篇，竟然中選。有真才實學的舒新彈反而下第落魄，怎不令有識之人慨嘆不已！在《回春記》中，尤其刻寫盡致，第二齣試官王古木就說：「子平上說財旺生官，要中舉必須要銀子方穩。」又說：「如今讀書是假的，富貴是真的。」他在面對周閣老、黃尚書公子的文章時說：

> 怎的只樣不通，有這樣好父親，生出這樣狗弟子、賊孩兒來。吾曉得你這一家人。你在家裡靠著父親、三妻四妾，打著雙陸兒，摸著骨牌兒，走到街坊上，有那一夥精光棍、徹油花，騙你往科子家、姊妹家吃著酒兒，下著棋兒，那裡去讀書？來到書房裡，昏沈沈、虛怯怯，又沒這一番精神，如何做得好文字。也罷、也罷！吾的兒子也要囑托別人，朝廷的官，大家落得做人情，捨這舉人與他。這明是看你令尊分上。

看到劉員外、孔員外兒子的文章時說：

> 書旨不明、別字錯著百餘個，之乎也者俱調不來。若是不中，必須還他這些金銀，如何是好？若中了他，得了他的金銀，南莊北隴買些好田產，東街西巷做些好園亭，老夫何等的快樂。這事如何是好？
>
> （思量介）罷罷罷！平生不做瞞心昧己的事，只做這一遭也罷。只當捨個舉人與他，你須知道這全是看你家兄分上。

他錄取貴介之子、銅臭之兄，是他所謂的「公道」，作者透過以下對話，極盡諷刺：

> 吏：方纔卷兒，老爹說這是某公子、這是某員外的兒子，難道也是公道？
>
> 淨：你不曉得，試官至公，公子、公孫、公弟。

　　吏：只怕不中的相公，要怨著老爹。

　　淨：秀才積怨，怨祖、怨父、怨兄。

時風如此，又怎能怪斯文掃地？有識之士不禁慨嘆：「人說道今日朝廷內無良相、外無良將，俺說道今日草野外無文人、內無文心。這是從命根上一刀見血的語言。」（《回春記》第一齣）

　　值得留意的，還有當時房書行卷的風氣。《二奇緣》第六齣，有所謂「文林四奇」，是士子會文誦讀的時文，潘得鈔道其來歷：「是瓊花觀樂思梅先生，並昇仙橋郭夢樓、長川巷薄敬堂。兩個是儒士，一個是孝廉，第四便是老夫。還是正德戊辰年合刻的，初名潘樂郭薄，後輩改題文林四奇。」《回春記》第一齣，由金科發（末）、嚴年來（丑）、與湯去三（生）的對答，詳述時風：

　　末：「敢問吳下如今還是那一部稿行？如閩中、楚中、粵中，那一個是垂世的？」

　　生：「二十年折肱八股頭，今日裡閑評究。有一等鶴唳半聲碧落杳，有一等龍翔千仞洞溪幽。剛道個淹博茂先開東閣、又新得嗜奇安道列金甕、動不動巨艫觸浪五岳搖，是不是小艇泛煙千山曉、折倒了江山身獨老、贏得個天地首重搔。」

　　丑：「敢問長兄，近來房書行卷，與曆昌時風氣相同麼？」

　　生：「房書行卷，歲歲年年眼倦開，一個個陶湯吳許燈，一個個西江菜陽派。曆昌間英詞偉句陵山岳，到今日繾綣采浮飆倒江淮。只圖個秘笈新詞，平步金階；險句聱牙，袖拂塵埃。投至得丹墀，獨對天人策香，飄飄氣艷桃李影，遲遲笑對宮槐。」

二、民俗點滴

　　《三社記》第二齣，載閏月重燈，街坊重張燈火，慶賞閏元宵。街有遊燈，並有跳鬼侑觴、歌舞助興。《二奇緣》第三十齣，敘村民於望月朔旦到晏公廟賽神，眾人插花扛祭禮敲鑼鼓，「安排香燭花燈、花燈。扛抬酒果三牲、三牲。四時月社賽神靈，祈一境盡安寧。田稼事、有收成。」（金錢花）放下祭禮後，焚香宣讀疏紙，統由會首籌備三牲酒果，眾民祈福願豐收。此外，《望湖亭》一劇，敘述婚俗頗詳，今就劇中所及，〔註22〕整理其過程，自聘問到

〔註22〕《望湖亭》第十五、十六、十七、十八、二十、二十二、二十三、二十七等齣。

婚成，前後大約二個月：

1. 送草帖定聘期　女方要求聘禮、聘金數量。

2. 備聘禮行盤　男女備的禮金有：「釵環每對須珍重，珠翠穿花各數莖。銀百兩當成錠，（更有）其他物采總要相應。」「備三簷一傘兒，製雙籠一對燈，披紅執事齊整。潞州綢共彭家緞，機上官紗定織綾，并盤籍皆鮮映。（還要）喚將掌禮，鼓樂喧騰。」齊備之後，還要包裹裝飾：「諸般對果先裝定，同心帶結鴛鴦串，巧勝鋪排絨線精，盤頂上花枝盛，（還有）掛紅搭綵毬綴銀鈴。」而果盤也極講究，件件須有名色：「酒雙罈，羊兩牽，辦葷盤十二羹，定下桃酥果餡和糖餅。河南曬棗長三寸，蒙頂新茶價倍增。那果品須名稱，（假如）狀元荔子，（和那）桂水龍睛。」然後寫禮書、禮目，一切就算準備停當。而新郎的穿著打扮，以及等待的節目是：「（穿著個）襯的擺、襯的擺，（襯著個）圓的領、圓的領，（把）儒巾兒挺起，（將）京靴蹬。（那庚帖進門時呵）鞠躬兒四拜當先，（熬熬的把）洞房等。」

3. 納聘　女方擺酒在圓堂上，招待大媒及從人酒飯。在納聘過程，大媒與女方家長再拜長揖成雙，然後請親家看禮書禮目，女方希望行六禮圓滿。喜筵已畢，就請庚帖出門，先由一人捧庚帖盤，另一人扮送帖阿大，披紅迎上。到男方船上，女方叔嬸奉過糕茶，即送上庚帖，有抬帖、壓帖，以及各局犒賞，由男方收發。雙方相揖萬福而別。女方受了聘，一面整備嫁裝，等待親迎。

4. 回盤延賓　男女趁吉時，叫小廝家堂上點臘燭，在廳上供天地紙馬，門前三燈火旺。迎接大媒、鼓樂、掌禮回盤眾人，由一從人掇回盤禮。新郎抬身、請拜天地、禮畢大媒相見，然後看回盤，請庚帖而進。大媒及各局眾人都到前廳款待。

5. 催妝導日　大媒送成親吉期、及導日之禮予女方。女方整備筵席接待。婚期既定，女方感歎：「娶婦雖多費，爭如嫁女難。」實因籌備嫁妝，細微事體都不能輕忽：「頭上戴的般般珠玉，身上穿的色色綾羅，房中動用的那一件不齊齊整備。老安人還割捨不得，私房又兌幾多珍珠，穿些時樣花朵。」新娘趁早穿珠花，供婚時配戴。

6. 迎婚　新郎親迎：「大船一隻坐新人，一隻媒人陪娶親，更有護船十數隻，流星爆竹滿湖春。」熱鬧浩大的娶親行列，向女方出發。此時女方忙了

一個多月，整備嫁妝已妥，仍不能放心，正如翠兒所說：「嫁女般般費事多，莫教養下賠錢貨，累得連宵磕睡魔。嗦！（還要）臨時上轎穿耳朵。」新郎到門後，奠雁禮畢，請岳父抬身，作樂引舅公上，再請岳翁大人受新郎拜禮、大媒相介，然後行禮告坐。

7. 合巹　二位新人拜天地，拜本堂，交杯遞酒，喜筵既畢，送入洞房。婚禮告成。

此外，戲劇演出也是時人待客的節目，如《望湖亭記》中的高員外，在新郎迎親的宴上，就演了一齣柳下惠坐懷不亂的新戲。而《一捧雪》裡嚴世蕃也安排了一劇中山狼。婦女心中煩悶，也請人唱詞兒消遣，如《風流院》第七齣，楊夫人請盲婆唱一段近日新文，盲婆說：「近日新文只有魏太監到也好聽。」然後調和琵琶就唱了起來：

> 不唱三王并五帝，不唱漢宋與唐朝，不唱前後兩五代，不唱元朝韃靼，只唱明朝奸璫子。魏姓忠賢名字刁，他本河間府人氏。一旦割勢往京跑，自進宮門三五載，冷水常把茹茹淘。是時皇帝爺爺小，不足銀錢並礦條，一朝要用施宮妾，這個奴才帶得饒，即連貢上三千貫，暢快君王錢雨拋，誰知後日登皇位，此事端的在心苗，喚出忠賢丹墀跪，憑空賜與內廠鐐，賜鐐之後又賜錦，賜錦之後又賜餚。惡雙眉皺生奸計，選貢美人真個標，狐媚君王千百狀，御妃縊殺在西橋，可憐夜夜孤魂哭，紅樹無光青草焦。內有客氏外有魏，同謀共濟惡天滔，文武百官俱暗啞，塞上九邊任遣調。中華誰敢譚個魏，一有風聲首便梟，秦刑漢律千條布，楊左先生先赴招。繼而宗建西溪死，繼而王張徐萬敲，共計遭殃七十二，只有蘇州周子熬，為人忠肝并義膽，治家菽粟布衣袍，待人謙下多恩義，居里和平時燕毛。一朝官辱憑空到，確似轟雷掣電高，不由傍人說一句，就將枷鎖繫□□。妻兒哭倒堂前地，稚子牽衣不住號，內榻寢床俱鑿粉，家破人亡只一朝。傍觀個箇生嗔忿，里閭人人眼淚拋，竟有五個真豪傑，持鎗執棒打京鏢，立時打死三旗尉，其餘肉綻血流漂，一府之官盡披靡，驚做湯雞沒處逃。後械周郎到京去，奇刑酷法受千遭，五人自首俱身死，方把蘇州萬姓饒。那知天惘恢恢地，當今聖主受禪詔。深思遠慮鋤奸賊，先奪兵權後奪鐐，助惡奸臣呈秀等，一齊分付鬼頭刀。又差魏賊皇陵去，立刻還追一命銷。此奴已知身不免，香湯

一碗把喉澆。剛剛到得范家店，西體顛狂莫可撓，眼前盡見諸冤宰，又一冤魂御女蹂。口道惡奴直恁狠，如今還我萬千刀。頃刻一陣牛頭到，搗扚捶敲定不饒，嘈嘈說押閻羅殿，不知怎地定天條。（起介）

娘娘要識陰司事，且聽下回說分曉。完了。

不但可看出盲詞形式，也足以反映一時風氣，故並錄於此。文士偶取時下傳奇消閒悶，《療妒羹》第十一齣〈醉扶歸〉：「這是西廂、崔鶯鶯改訂張郎好。這是紅拂、李衛公偷挾侍兒逃。……這是明珠、喜無雙卒遇押衙豪。這是雙紅、美崑崙暗把紅綃盜。……這是還魂、……牡丹亭魂夢霎時飄。我便借玉茗堂畫本從頭叫。」計有西廂、紅拂、明珠、雙紅、牡丹亭等劇流行。

本節末了，附帶一提怕老婆的風氣，在《療妒羹》第五齣，褚大郎（淨）怕老婆，與韓泰斗（小生）一段對話，反映現實：

淨：「小弟從來沒用，怕楊不器也欠硬掙，老表兄只看你幫襯了。」

小生：「楊不器是居官之人，豈肯失了體面？」

淨笑介：「天下惟有戴紗帽的懼怕更甚。」

小生：「為何？」

淨：「怕他打出堂來，弄個閨門不謹。」

小生笑介：「這也有之。」

恐怕官吏懼內，比百姓還甚，這其中的原因，除了傳宗接代的傳統觀念外，[註23] 其家庭氣氛、男女關係，頗有值得推敲之處。此非本文探討的範圍，謹置於此，以觀其時風氣而已。

〔註23〕施克寬編譯：《中國的宦官秘史》，頁 52～57 略談及明代官吏懼內之例，可參。

結　論

　　明代文壇充滿復古聲浪；八股制義，又影響著創作風氣。八股之弊，早在
當時，即有深刻評論，例如王伯良曾告訴胡鴻臚：「今吾輩操管爲時文，既無暇
染指；迨起家爲大官，則不勝功名之念；致仕居鄉，又不勝田宅子孫之念；何
怪其不能角而勝之也。」〔註1〕由於士子兢兢於時文，一心求功名、求產業，所
以明劇不能像元曲蔚然成風，反映一代精神面貌。明代傳奇承南戲而來，雖然
有創新之處，但誠如周貽白先生所說：「中國戲劇的取材，始終跳不出歷史故事
的範圍，很少專爲戲劇而憑空結撰，獨運機構者。甚至同一故事，作而又作，
不惜重翻舊案，蹈襲前人。」〔註2〕如果只是在題材內容上，陳陳相因，不能創
新，而求形式的改變，是不能起死回生的。明代時事傳奇的出現，不論在題材
上、或形式上，都有異於前人之處，對中國戲劇的發展，彷彿一道曙光，給當
代帶來了沖擊，至清初仍迴響不已；甚至到了今日，都可以給人們無限的省思。

　　由明代時事劇的題材，我們看到了明代中葉以後的政治與社會變遷狀
況。帝王由極權統治到昏庸亂政，知識分子由忠君、諫君到隱遁，而百姓由
孝義忠勇到爲盜抗爭。維繫民心於不墜的，不再是君主的權威，而是佛、道
及傳統忠孝節義等思想觀念；安慰民心的，不再是道義責任，而是劇中的善
惡果報與纏綿團圓，那正是現實生活中所缺乏的。究其原因，可由劇中呈現
的政治、社會現象，歸納數端：

1. 政治污腐

　　世宗好道，嚴嵩父子以青詞媚主，而獨攬朝綱，搜刮聚斂，民心積怨。

〔註 1〕 王伯良與胡鴻臚之言，引自羅忼烈：《元曲三百首箋》敘論，台北泰盛書局，
　　　　民國 66 年 1 月。
〔註 2〕 周貽白：《中國戲劇發展史》，頁 765～766。

神宗失政，魏忠賢目不識丁，竟能號令天下，創建生祠，僭越人君。他們掌握用人的管道，知識分子有志難伸。尤其是世宗一朝，議禮充分表現了士大夫的氣節，這些正義的呼聲，卻隨著廷杖、任意誅戮，而逐漸消失於朝廷，取而代之的，是劇中的朝陽鳴鳳、鬼哭神號。其中以《鳴鳳記》最具代表性。而《一捧雪》、《飛丸記》則側寫嚴世蕃的跋扈橫行、影響社會民心甚鉅。魏忠賢一出，舉世混濁，貪污遍行。朝廷無人，士人氣短。即如東林清議，都成黨爭，牽連極廣，委實罄竹難書。此時如《喜逢春》、《磨忠記》、《清忠譜》等劇，為那些有識、有志卻遭閹宦辱戮的知識分子，一吐冤情，並且抒發了民情激憤。語云：「板蕩識忠貞」，而忠貞不也正宣告著時局的昏亂？

2. 世風浮靡

明末經濟結構變遷，風氣貪奢，可由劇中呈現出的銀團世界感受出來。為商為盜者富，如《二奇緣》中的楊遇春，《玉丸記》中的汪直；為官貪污者富，如《雙雄記》中的賈愛民；投機營利者富，例如《一捧雪》中的湯勤。有錢就可買官、買妾，如《回春記》中的員外孔方兄，《療妒羹》中的褚大郎；也可設家樂娛賓，又如《一捧雪》中的嚴世蕃、《望湖亭》中的高員外。至於讀書文士，則多貧寒酸腐，如《回春記》中的諸文止、《風流院》中的舒潔郎。除非是世家子弟，如《三社記》的孫湛、《玉丸記》中的朱其，才能遨遊湖山，風流倜儻，否則是辦不到的。於是文人求功名、埋首苦讀時文，希望鯉躍龍門，如諸文止、舒潔郎等。婦人則賣女為娼，以求厚贄，如周文娟、小青的母親；富人則守財聚產，以供享用，如《雙雄記》中的丹三木。風氣影響之下，試場弊端百出，夫婦爭寵嫉妒、造成妾妓悲劇，叔姪因分產反目……等等現象，也就成了社會進步的阻力。劇作家對此沈痾，感嘆之餘，遂羅織情節，筆之於書，一則遣悲懷，再則也為後世留下警世良言。

3. 市民覺醒

由社會結構改變，中產階層抬頭，市民崛起。他們面對時局的動盪，不能無動於衷，而戲劇是他們普遍的娛樂。劇作家的情感觀念，影響著群眾；觀眾的期望，也引導著戲劇創作的方向。觀眾的期望有三：一是期望著情節的發展，在某些方面和他們自己的生活經驗相關。二是期望著戲劇演出的韻味與形式，是自己一向所熟悉的。三是期待著因果關係的報應。〔註3〕由劇本

〔註3〕蘇桂枝譯、Robert W. Corrigan; Scott, 《The World of theTheatre Foreman & Company.》Glenvie 1979. P.304，《幼獅月刊》，76 年 2 月號。

中反映的事件、傳奇的形式、以及果報思想等等，可以看出觀眾與作者所關心的事。例如描寫魏瑠罪行的劇作風行，《冰山記》上演造成轟動，〔註 4〕都可在這些期望中找到答案。而作者不但生活於城市，也極力將案頭劇移向場上，如《望湖亭記》作者在末齣下場詩寫道：「梨園至、再請新聲，請得新聲字字精，只管當場詞態好，何須留與案頭爭。」因此更能深切的反映出民心趨向，以及社會風貌。

　　基於這些因素，明代時事劇為明代傳奇注入了新生命，創造了新題材，也給民眾帶來新的激盪，譜出了異於前代的新精神、新風貌。此外，在形式上也因應時代和觀眾的需求，而展現以下三個特色：

1. 戲中有戲

　　在《一捧雪》中，作者借《中山狼》一劇的演出，諷刺劇中人湯勤的忘恩負義。在《望湖亭記》中，作者透過〈柳下惠坐懷不亂〉一戲，襯托劇中主角錢子青的高節。在《風流院》中，盲婆唱一段〈盲詞〉，道盡了時人對魏忠賢的怨恨和觀感。凡此種種，不但豐富了劇作的思想，也打破了單一劇情的牢籠。

2. 作者自傳

　　劇作家將自己融入劇中，甚至化身為劇中人，作為見證，這也是明代時事劇的開創。《玉丸記》劇中的朱其，浙江上虞人，作者朱期，也是上虞人，音同字不同，卻很明顯的看出劇中、劇外就是同一人。另有袁于令作《西樓記》，生角為于鵑，于鵑反切為袁，其實就是袁于令自謂。而《三社記》的作者其滄，更兩次出現在劇中，為孫湛與周文娟之事做見證。這是劇作家以己身經驗，現身說法。

3. 人物眾多

　　在時事劇中的人物，有權臣、有宦官、有武將、有文臣、有地方官、鄉紳、文人、地主、員外，也有許多市井小民，如風水師、客商、皁隸、獄卒、裱褙、湯保、糞駝、娼鴇、無賴、僧尼、道士等等，更有玉皇大帝、文昌君、仙童、風伯、雨師、風姨、河伯、雪神、雷公、電母等天兵神將，也有蛇精、虎精、狐妖、牛頭馬面、黑白無常、閻羅王……等鬼府神差。可說是各色人物兼容並蓄了。

〔註 4〕張岱：《陶庵夢憶》卷七、冰山記：「觀者數萬，臺址鱗比，擠至大門外。」

　　凡此，都給時事劇帶來新的面貌，使其生命更加蓬勃。其他如抒情意味濃厚、以時文方式作劇、典故騈儷、團圓收場……等特色，也普遍存在其他傳奇劇中，此處就不再論列。由於時事劇在題材、形式上，開創新的面貌和途徑，不但在當代有很大的影響，到了清初更多有承襲和發展，甚至影響後人對劇中人物的評價。如無名氏的《錢神記》，因「直刺時事，毫無顧忌」，以致發生「縉紳大老橫罹粉墨者」的事件；袁于令《瑞玉記》脫稿時，魏黨毛一鷺還活著，就曾送厚幣賄賂袁于令，要求他把自己的名字從劇中除掉；嚴世蕃寵妾金鳳演出《鳴鳳記》，曾轟動一時；而《冰山記》演出時，更吸引數萬觀眾；可見明代時事劇在創作的當時，就已經發揮了影響力。

　　到了清初，以李玉為首的蘇州作家群，繼續這股精神，寫明代時事、諷政勸俗，造成康熙初年的傳奇創作高峰。許多寫南明政事的劇作，如《鐵冠圖》、《蛇蚺膽表忠記》、《虎口餘生》、《蜀鵑啼》、《耳鳴冤》、《錦江沙》（一名忠孝錄）、《昇平樂》（一名圓圓曲）、《桃花扇》、《南桃花扇》、《兩鬚眉》、《芝龕記》、《浩氣吟》……等，有些至今仍膾炙人口。此外，還有像《萬里圓》寫黃向堅萬里尋親，為清初實事。至於題材、形式採用明代故事的清人作品，更是不勝枚舉。

　　就以近來傳統戲劇所演的明代故事劇為例，也俯拾可見，都是取材於上述明時事傳奇的劇作。今據陶君起《平劇劇目初探》列出的有：《千忠戮》（本自李玉千鍾祿）、《鄭和下西洋》（本《西洋記》）、《千里駒》（本《千里駒》）、《楊椒山》（本《鳴鳳記》、《丹心照》）、《一捧雪》、《審頭刺湯》、《雪杯圓》（以上同本於《一捧雪》）、《沈小霞》（本《出師表》）、《鴛鴦淚》（本《忠義烈》）、《勘玉釧》（本《釵釧記》）、《五人義》（本《清忠譜》）、《秦良玉》（本《芝龕記》）、《對刀步戰》、《排王贊》、《煤山恨》、《明末遺恨》、《貞娥刺虎》（以上皆本《鐵冠圖》）、《李香君》、《史可法》（二者本《桃花扇》）。而田士林《中國戲曲的理解與欣賞》一書上冊中，列舉有待開採的劇目油源，也包括許多明代故事劇。經由這些戲劇的研究，反映出明代時事劇在題材、形式方面，實在給予後代無限的影響。

　　再則，明代史中多隱沒事實真相，即使明實錄也多將時事缺埋不錄，這是歷來治明史的學者所公認周知並深感遺憾的。時事傳奇流傳於民間，是民間生活最真實的現實寫照和旁白，有的可補史傳之不足，如《萬民安》中的葛成；而他們均因該等劇作，不是形像大大貶損，便是名譽、人格受高度贊

揚而昇華。有的更影響世人對歷史人物的評價，如《鳴鳳記》中的嚴嵩、楊繼盛，《瑞玉記》中的海瑞等等。

　　漢賦、唐詩、宋詞、元曲，在中國文學史上，分別綻放異葩、各領風騷。論及明清，清代有小說爲代表，明代則多以傳奇爲代表。但是過去在評斷明傳奇時，多止於泛論，不足以顯現一代精神。若欲論明代傳奇的時代精神和面貌，不能不以時事劇爲依歸。因此這些少數流傳的劇作，是值得重視、珍惜、肯定的。

　　「中國傳統戲劇雖是歌舞性質，但表現的都是忠、孝、節、義，教人忠君愛國，遵守政治規範」，〔註5〕明代在開國之初、政治穩定、君王主導一切的時候，這種現象的確很明顯，寓教於樂，戲劇成了教化、統治的工具。但戲劇是與現實環境互動的產物，不可能只有單向的要求，徐鉅昌說：「在一切文藝之中，戲劇藝術更接近人生，更能幫助我們欣賞人生的偉大壯闊」，〔註6〕當觀眾的期望與作家的體驗，和君王所作所爲相違背時，就會引起反響，在上位的君主，如果積怨於民，這股反動逆流就會如洪水爆發，不可遏抑。明代中葉以後，這股趨勢在戲劇的表現上，日益明顯，當諷諫、諷喻不足以收效時，就是厲聲喝斥；此時君王的教化不再，但有識的作家，以劇警世、傳播德教，也宣洩民情，也許不再溫柔敦厚，但他仍多少秉持了孔子「盡善」的理想。趙友培說：「政治爲管理眾人之事，文藝則爲表現眾人之事」，〔註7〕政治與戲劇二者，實在是息息相關，二者的目標是一致的，是相輔相成的。政治不能視戲劇爲奴，不能只認定戲劇是政治社會化的媒體，而輕視它、壓制它；戲劇也不能視政治爲仇，畢竟人在現實環境中，最大且最豐富的型態，就是政治社會的活動，人不能離政經、叛治道而生存，戲劇也不可能叛離此道而獨立。〔註8〕明代時事傳奇，在君主與民眾之間，一消一長的關係中，呈現出的獨特風貌，實在值得令人借鑑與省思！

〔註5〕鄧綏寧：《中國戲劇史》，頁1～3。
〔註6〕徐鉅昌：《戲劇哲學》，頁5。
〔註7〕趙友培：《藝術精神》，頁41。
〔註8〕參張信業：《戲劇的政治社會化功能》。

參考書目

一、劇本‧曲目

（一）劇本

1. 上海涵芬樓印行，《孤本元明雜劇》，台北：商務印書館影印，民國 66 年。
2. 〔明〕沈泰編輯，《盛明雜劇》初、二、三集，凡六冊，台北：廣文書局，民國 68 年 6 月。
3. 〔明〕毛晉編，《汲古閣六十種曲》，台北：開明書店（據上海開明書店原版重印），民國 59 年。
4. 林侑蒔編，《全明傳奇》，台北：天一出版社，民國 79 年。

（二）曲目

1. 〔明〕呂天成，《曲品》，楊家駱主編《歷代詩史長編二輯》，台北：鼎文書局，民國 63 年。
2. 〔明〕祁彪佳，《遠山堂曲品》，楊家駱主編《歷代詩史長編二輯》，台北：鼎文書局，民國 63 年。
3. 〔明〕晁瑮，《寶文堂書目》，楊家駱主編《歷代詩史長編二輯》，台北：鼎文書局，民國 63 年。
4. 〔清〕高奕，《新傳奇品》，楊家駱主編《歷代詩史長編二輯》，台北：鼎文書局，民國 63 年。
5. 〔清〕高奕，《古人傳奇總目》，楊家駱主編《歷代詩史長編二輯》，台北：鼎文書局，民國 63 年。
6. 〔清〕姚燮，《今樂考證》，楊家駱主編《歷代詩史長編二輯》，台北：鼎文書局，民國 63 年。

7. 〔清〕支豐宜，《曲目表》，楊家駱主編《歷代詩史長編二輯》，台北：鼎文書局，民國 63 年。

8. 〔清〕黃文暘，《曲海目》，見〔清〕李斗《揚州畫舫錄》卷五，台北：世界書局，民國 52 年。

9. 〔清〕董康編輯，《曲海總目提要》，台北：新興書局，民國 56 年。

10. 〔清〕闕名，《傳奇彙考》，石印本（祇八卷）。

11. 王國維，《曲錄》，台北：藝文印書館，民國 60 年。

12. 鄭振鐸，《西諦善本戲曲書目》，民國 26 年刻本。（今收入北京：商務印書館《中國名藏書家書目匯刊》，2005 年。）

13. 杜穎陶，《曲海總目提要拾遺》。（今見揚州：廣陵書社，2009 年）

14. 羅錦堂，《中國戲曲總目彙編》，香港：萬有圖書公司，民國 55 年。

15. 莊一拂，《古典戲曲存目彙考》，台北：木鐸出版社，民國 75 年 9 月。

二、古籍‧專著

（一）古籍

1. 〔宋〕王灼，《碧雞漫志》，《百部叢書集成‧知不足齋叢書第六函》，台北：藝文印書館，民國 55 年。

2. 〔宋〕吳自牧，《夢粱錄》，《筆記小說大觀》第三冊及二十一編第二冊，台北：新興書局，民國 67 年。

3. 〔宋〕曾敏行《獨醒雜志》，《筆記小說大觀》第一冊，台北：新興書局，民國 67 年。

4. 〔元〕陶宗儀，《輟耕錄》，《筆記小說大觀》七編第一冊，台北：新興書局，民國 67 年。

5. 〔明〕無名氏，《錄鬼簿續編》，見《中國古典戲曲論著集成二》，北京：中國戲劇出版社，1959 年。

6. 〔明〕何良俊，《四友齋叢說》，北京：中華書局，1959 年。

7. 〔明〕魏良輔，《曲律》，〔明〕騷隱居士《吳騷合編》卷首，（四庫叢刊續編集部），台北：商務印書館，民國 55 年。

8. 〔明〕王驥德，《曲律》，《百部叢書集成‧指海第七函》，台北：藝文印書館，民國 55 年。

9. 〔明〕沈德符，《顧曲雜言》，（叢書集成簡編），台北：商務印書館，民國 55 年 6 月。

10. 〔明〕沈德符，《萬曆野獲編》，台北：新興書局，民國 66 年。

11. 〔明〕徐復祚，《三家村老曲談》，任中敏《新曲苑》第一冊第七種，台北：

台灣中華書局,民國 59 年 8 月。

12. 〔明〕徐渭,《南詞敘錄》,楊家駱主編《歷代詩史長編二輯》第三冊,台北:鼎文書局,民國 63 年。

13. 〔明〕沈寵綏,《度曲須知》,楊家駱主編《歷代詩史長編二輯》第五冊,台北:鼎文書局,民國 63 年。

14. 〔明〕張琦,《衡曲麈譚》,楊家駱主編《歷代詩史長編二輯》第四冊,台北:鼎文書局,民國 63 年。

15. 〔明〕王世貞,《藝苑巵言》,《弇州山人四部稿》十三、十四冊,台北:偉文圖書出版社(明代論著叢刊),民國 65 年 6 月。

16. 〔清〕錢謙益,《列朝詩集小傳》,台北:世界書局,民國 50 年 2 月。

17. 〔清〕李漁,《閒情偶寄》,台北:時代書局,民國 64 年 3 月。

18. 〔清〕梁廷枏,《曲話》,(萬有文庫薈要),台北:商務印書館,民國 54 年 8 月。

19. 〔清〕李調元,《曲話》,《百部叢書集成卅七·函海第十二函之五》,台北:藝文印書館,民國 57 年。

20. 〔清〕黃周星,《製曲枝語》,任中敏《新曲苑》第一冊第十六種,台北:台灣中華書局,民國 59 年 8 月。

21. 〔清〕焦循,《劇説》,台北:廣文書局,民國 59 年 12 月。

22. 《古典戲曲聲樂論著叢編》,台北:學海出版社,民國 60 年 6 月。

23. 王國維,《論曲五種》,台北藝文印書館,民國 60 年 1 月。

24. 王國維,《宋元戲曲史》,台北:河洛圖書出版社,民國 64 年 9 月。

(二)專著

1. 張敬,《明清傳奇導論》,台北:東方書店,民國 50 年 3 月。

2. 趙友培,《藝術精神》,台北:重光文藝出版社,民國 52 年 1 月。

3. 任中敏,《曲諧》,《散曲叢刊》第四冊,台北:復華,民國 52 年。

4. 任中敏,《散曲叢刊》四冊,台北:復華,民國 52 年。

5. 任中敏,《曲海揚波》,《新曲苑》第四冊,台北:中華書局,民國 59 年 8 月。

6. 任中敏,《新曲苑》四冊,台北:中華書局,民國 59 年 8 月。

7. 青木正兒著、王吉廬譯,《中國近世戲曲史》,台北:商務印書館,民國 54 年 3 月。

8. 吳梅,《詞餘講義》,台北:廣文書局,民國 55 年 5 月。

9. 吳梅,《中國戲曲概論》,台北:廣文書局,民國 64 年 4 月。

10. 葉慶炳,《中國文學史》,台北:台灣學生書局,民國 55 年 11 月。

11. 龔德柏，《戲劇與歷史》，中美文化出版，民國 56 年。

12. 徐鉅昌，《戲劇哲學》，台北：東方出版社，民國 57 年 11 月。

13. 周志輔，《讀曲類稿》，香港：龍門書店，1969 年 3 月。

14. 陳鐘凡，《中國韻文通論》，台北：中華書局，民國 58 年 9 月。

15. 鄭振鐸，《中國文學研究》，台北：明倫出版社，民國 59 年。

16. 王易，《詞曲史》，台北：廣文書局，民國 60 年 7 月。

17. 王季烈，《螾廬曲談》，台北：商務印書館，民國 60 年 7 月。

18. 鄭騫，《景午叢編下編・燕臺述學》，台北：中華書局，民國 61 年 3 月。

19. 陳萬鼐，《元明清劇曲史》，台北：鼎文書局，民國 63 年 10 月。

20. 劉大杰，《中國文學發達史》，台北：中華書局，民國 64 年 9 月。

21. 盧前，《明清戲曲史》，台北：商務印書館，民國 65 年 8 月。

22. 謝无量，《中國大文學史》，台北：中華書局，民國 65 年 12 月。

23. 八木澤元著、羅錦堂譯，《明代劇作家研究》，台北：中新書局出版，民國 66 年。

24. 徐慕雲，《中國戲劇史》，台北：河洛圖書出版社，民國 66 年 4 月。

25. 周貽白，《中國戲劇發展史》，台北：學藝出版社，民國 66 年 4 月。

26. 盧元駿，《四照花室論文集》，台北：正光書局，民國 66 年 4 月。

27. 盧元駿，《曲學》，台北：黎明文化出版社，民國 69 年 11 月。

28. 田士林，《中國戲曲的理解與欣賞》，台北：芬芳寶島雜誌社，民國 68 年 6 月。

29. 許守白，《曲律易知》，郁氏印獎會，民國 68 年 7 月。

30. 陳榮捷等，《朱學論集》，台北：學生書局，民國 69 年。

31. 鄧綏宵，《編劇方法論》，台北：正中書局，民國 69 年 6 月。

32. 鄧綏宵，《中國戲劇史》，台北：政工幹校，出版年月不詳。

33. 鄭振鐸，《中國文學史—增訂中國文學年表》，台北：新欣出版社，未標出版年月。

34. 中國文學史研究委員會編，《新編中國文學史》四冊，台北：文復書店試印本，未標出版年月。

35. 曾永義主編，《中國古典文學論文精選叢刊・戲劇類》，台北：幼獅文化公司，民國 70 年。

36. 陸萼庭，《崑劇演出史稿》，台北：民俗曲藝（第五至十二期），民國 70 年 2 月始。

37. 錢南揚，《戲文概論》，台北：木鐸出版社，民國 71 年 2 月。

38. 羅錦堂，《明清傳奇選註》，台北：聯經出版社，民國 71 年。

39. 陳芳英，《市井文化與抒情傳統的新結合－古典戲劇》，《中國文化新論・文學篇－意象的流變》，台北：聯經出版社，民國 71 年。

40. 陶君起，《平劇劇目初探》，台北：明文書局，民國 71 年 7 月。

41. 趙如琳，《戲劇藝術之發展及其原理》，台北：東大圖書公司，民國 71 年 10 月。

42. 宋咸萃，《曲話》，台北：黎明文化公司，民國 72 年。

43. 王秋桂編，《善本戲曲叢刊》，台北：學生書局，民國 73 年。

44. 鄭向恆，《中國戲曲的創造與鑑賞》，中央文物社，民國 73 年。

45. 楊蔭瀏，《中國古代音樂史稿》，台北：丹青圖書公司，民國 74 年 5 月。

46. 周鳳五，《書法》，台北：幼獅文化公司，民國 74 年 10 月。

47. 郭紹虞，《照隅室古典文學論集》，台北：丹青圖書公司，民國 74 年 10 月。

48. 施克寬編譯，《中國的宦官祕史》，台北：長春樹書坊，民國 74 年 11 月。

49. 張庚、郭漢城等，《中國戲曲通史》，台北：丹青圖書公司，民國 74 年 12 月。

50. 林國源譯，《戲劇的分析》，台北：書林書店，民國 75 年。

51. 李瀅鋆，《舞台上的歷史人物》，台北：商務印書館，民國 75 年。

52. 王安祈，《明代傳奇之劇場及其藝術》，台北：學生書局，民國 75 年 6 月。

53. 董鼎銘，《歷史劇本事考評》，台北：商務印書館，民國 76 年 1 月。

54. 朱承樸、曾慶全，《明清傳奇概說》，台北：滄浪出版社，民國 76 年。

55. 韓幼德，《戲曲表演美學探索》，台北：丹青圖書公司，民國 76 年 2 月。

56. 張庚，《戲曲藝術論》，台北：丹青圖書公司，民國 76 年 6 月。

57. 蘇國榮，《中國劇詩美學風格》，台北：丹青圖書公司，民國 76 年 6 月。

58. 葉長海，《中國戲劇學史稿》，板橋：駱駝出版社，民國 76 年 8 月。

59. 洪柏昭，《孔尚任與桃花扇》，廣州：廣東人民出版社，1988 年 4 月。

60. 陳芳，《晚清古典戲劇的歷史意義》，台北：學生書局，民國 77 年 7 月。

61. 胡耀恆等，《戲劇欣賞》，空中大學，民國 77 年。

三、史籍・史論

（一）史籍

1. 〔宋〕司馬光，《資治通鑑》，台北：中華書局，民國 54 年。

2. 《明實錄》，中央研究院歷史語言研究所校勘，南港：中央研究院，民國 53 年。《明太祖實錄》1～8，《明英宗實錄》22～38，《明神宗實錄》96～

122。

3. 〔明〕焦竑編，《國朝獻徵錄》，台北：學生書局，民國 54 年元月。

4. 〔明〕李東陽等撰、〔明〕申時行等重修，《明會典》，台北：新文豐，民國 65 年。

5. 〔明〕尹守衡，《明史竊》，台北：華世出版社，民國 67 年。

6. 〔清〕夏燮，《明通鑑》，台北：世界書局，民國 51 年。

7. 〔清〕毛奇齡，《明武宗外紀》，台北：廣文書局，民國 53 年。

8. 〔清〕顧炎武，《日知錄》，台北：明倫出版社，民國 59 年。

9. 〔清〕趙翼，《廿二史箚記》，台北：世界書局，民國 59 年。

10. 〔清〕張廷玉等，《明史》，台北：成文書局，民國 60 年。

11. 〔清〕傅維麟纂，《明書》，台北：華正書局，民國 63 年。

12. 〔清〕谷應泰，《明史紀事本末》，台北：華世出版社，民國 65 年。

（二）史論

1. 李光璧，《明朝史略》，排印本，未標出版年月。

2. 孟森，《明代史》，台北：華世出版社，民國 64 年 10 月。

3. 黎東方，《細說明朝》，台北：傳記文學出版社，民國 66 年 10 月。

4. 吳智和主編，《明史研究專刊》一至六期，明史研究小組出版，民國 67 年 7 月 1 日起至民國 71 年。

5. 吳智和主編，《明史研究論叢》，台北：大立，民國 71 年。

6. 楊啟樵，《明清史抉奧》，台北：明文書局，民國 74 年 1 月。

7. 謝澄平，《中國文化史新編》，台北：青城出版社，民國 74 年 5 月。

8. 黃仁宇，《萬曆十五年》，台北：食貨出版社，民國 77 年 7 月。

9. 黃仁宇，《放寬歷史的視野》，台北：允晨文化公司，民國 77 年 7 月。

四、學位論文

1. 金夢華，《汲古閣六十種曲敍錄》，台北：嘉新水泥公司文化基金會 v.93，民國 57 年。

2. 汪志勇，《明傳奇聯套研究》，台北：嘉新水泥公司文化基金會 v.200，民國 65 年。

3. 張信業，《政治社會化中戲劇功能之研究》，北投政治作戰學校政治研究所碩士論文，民國 67 年 7 月。

4. 葉永芳，《鳴鳳記研究》，東吳大學中國文學研究所碩士論文，民國 71 年 4 月。

5. 吳振漢，《明代奴僕之研究》，台灣大學歷史學研究所碩士論文，民國 71 年 6 月。

6. 陳芳英，《明代劇學研究》，台灣大學中國文學研究所博士論文，民國 72 年 6 月。

7. 謝淑麗，《桃花扇研究》，東吳大學中國文學研究所碩士論文，民國 74 年 3 月。

8. 《中國藝術研究院首屆研究生碩士學位論文集》，北京：文化藝術出版社，1985 年 12 月。

五、期刊論文

1. 勞榦，〈評孟森《明代史》〉，《學術季刊》第六卷第四期，民國 47 年。

2. 羅錦堂，〈從宋元南戲說到明代的傳奇〉，《大陸雜誌》第二十八卷第三至五期，民國 52 年。

3. 高柄翊撰、林秋山譯，〈楊繼盛之上疏與遺囑─明代士大夫之政治觀及教育觀〉，《華學月刊》第八十七期，民國 68 年 3 月 20 日。

4. 王永健，〈我國古代的時事新劇〉，《光明日報》，1979 年 12 月 12 日。

5. 馬森，〈《竇娥冤》的時代意義〉，《時報雜誌》第二十期，民國 69 年 4 月 20 日。

6. 蘇寰中，〈關於鳴鳳記的作者問題〉，《中山大學學報》1980 年第三期。

7. 李焯然，〈從鳴鳳記談到嚴嵩的評價問題〉，《明史研究專刊》第六期，1982 年 6 月。

8. 余英時，〈儒家倫理的新發展〉，《知識分子》，1986 年冬季號。

9. 《湖南師大社會科學學報第五期》，1987 年。

10. 傅榮珂，〈晚明政風與學風之探微〉，《中華文化復興月刊》第二十卷第五期，民國 76 年 5 月。

11. 劉述先，〈論所謂中國文化的超穩定結構〉，《歷史月刊》第十二期，民國 78 年 1 月。

12. 張哲郎，〈于謙、海瑞、楊繼盛─明代大臣的氣節〉，《歷史月刊》第二十二期，民國 78 年 11 月。

六、工具書

1. 吳榮先編，《歷代名人年譜》，萬有文庫國學基本叢書第一集四十種，凡五冊，台北：台灣商務印書館，民國 54 年。

2. 楊家駱編，《叢書大辭典》，民國 25 年 7 月初版，民國 56 年中國學典館復館籌備處影印。

3. 程登元撰，《中國歷代典籍考》，又名《中國典籍史》，台北：順風出版社，民國 59 年 9 月。

4. 〔清〕紀昀等奉敕撰，《四庫全書總目提要》，台北：台灣商務印書館，民國 60 年。

5. 日本東方文化事業委員會編輯，《續修四庫全書提要》，台北：台灣商務印書館，民國 60 年。

6.《百部叢書集成分類目錄》，台北：藝文印書館，民國 60 年。

7.《百部叢書集成書名索引、人名索引》，台北：藝文印書館，民國 60 年。

8.《叢書集成續編目錄索引》，台北：藝文印書館，民國 60 年。

9. 潘承弼、顧廷龍同纂，《明代版本圖錄初編》，台北：文海出版社，民國 60 年 5 月。

10. 曹惆生編，《中國音樂舞蹈戲曲人名詞典》，台北：鼎文書局，民國 61 年。

11. 王德毅編，《中國歷代名人年譜總目》，台北：華世出版社，民國 68 年元月。

12. Herbert A.Giles，A Chinese Biographical Dictionary，（中國人名大字典，又名古今姓氏族譜），Taipei：Chen Wen Publishing，1975。

13. Goodrich，L. Garrington，Dictionary of Ming Biography：1368-1644，Columbia University，New York，1976。